メディアワークス文庫

2
新装版

野崎まど

目　次

頭の中で、クラッパーボードの音が鳴る。

0.1

1

自転車を止めて、地図を確認した。

駅から徒歩で十二分。自転車なら五分かからない。大きな通りに面しているから迷うこともまずない。というか僕はこの街にもう四年も住んでいるし、これから向かう場所も以前から知っているのだから改めて地図を見返す必要など全くないのだけど。

なのに僕は昨日の晩から目的地を繰り返し確認していた。緊張しているのが自分でもよくわかった。

地図をしまって自転車を漕《こ》ぎ出す。

『エリシオン』は吉祥寺《きちじょうじ》駅から井《い》の頭《かしら》通りを下ったところにある貸スタジオである。バンドの練習をするような音響スタジオではなく、鏡の並んだ壁と板張りの床を擁するダンススタジオみたいなものを想像してもらえれば良い。と言っても僕自身は一度も使ったことがない。今のは昨日ホームページの写真から仕入れた知識であり、中に入るのは今日が初めてだ。

ちなみに同じホームページで貸出カレンダーを見たら、月木金は一年先まで予約で埋まっていた。それもそのはず、実はエリシオンはそもそもが貸出を目的としたスタジオではない。エリシオンとは、とある劇団の〝専用稽古場〟であり、その劇団が使用しない時に一般への貸出も行っているだけなのである。つまり月木金は所有劇団の稽古日ということになる。

しかし劇団といえば貧乏、貧乏といえば劇団というこの現代日本において、専用の稽古場を持っているというのはなんとも豪気な話だと思う。中央線沿線にひしめく無数の小劇団はどこもやっとの思いで赤字と黒字の境界線上を行き来しているというのに。もう最初から赤黒い色のボールペンで帳簿を付ければいいような貧しい演劇の世界で、いったいどれほど登りつめれば専用稽古場などというものが持てるのだろうか。

ところで今のボールペン本当に作ったら売れないだろうかと新事業のアイデアを練りながら自転車を漕いでいると、道すがらで茶髪の小柄な女の子を追い抜いた。口を真一文字に結んだ真剣な表情で、すごい大股で勢い良く歩いていた。その真《ま》っ直《す》ぐな足取りは、彼女に明確な目的地があることを示していた。

続いてお洒落《しゃれ》な眼鏡をかけたクールな感じの男性を追い抜いた。長い足を自然な歩幅で振って、速過ぎず遅過ぎず自然な速度で歩く。さっきの子とは対極的な動きだが、その真っ直ぐな視線はやはりこの人にも明確な目的地があることを窺《うかが》わせた。

なんとなくだけれど。

行き先は僕と同じだと思った。

目的の場所に着いて、建物の横の駐輪場に自転車を停《と》めた。ビルの入口に回り込む。玄関のガラス扉の脇には金属のプレートで『スタジオ　エリシオン』の看板がかけられている。

そして扉には一枚の貼り紙があった。

『三次審査会場』

そう。
ここはその〝登りつめた劇団〟の稽古場。
年間観客動員数二〇万人を誇る、名実ともに日本一のプロ演劇集団。
超劇団『パンドラ』
その入団オーディションの会場なのである。

2

稽古場は建物の地下にあった。

ホームページで見たとおりの板張りのフロアの真ん中に十四、五人の男女が集まっている。皆一様にジャージ姿で、その表情からは緊張がまざまざと伝わってくる。きっと僕も同じような顔をしているのだろう。

さっき自転車で追い越した二人もいる。やっぱり受験者だったらしい。クールだった男性はジャージ姿もまたクールでかっこいい。茶髪の女の子は歩いていた時に発散していたエネルギーが止まっている時は滞留しているらしく、ゴゴゴゴという音が聞こえてきそうなほどに強張《こわば》っていた。もしかすると本当にそういうオーラを出しているのかもしれない。なにせこの二人も一次二次の審査を勝ち抜いてきた強者《つわもの》なのだ。二次の時に聞いた話によれば、一次の書類審査には五〇〇通の応募があったという。そこから二次の実技審査に挑めたのは一五〇人。そしてこの三次に来ているのが一五人なのだからなんとも恐ろしい倍率である。だがしかし、毎年ブログなどで発表される新人は多くて三人。年によっては〇人の時もある。つまりこの十五人がさらに五分の一以下まで減らされてしまうのだ。

きっとこの三次審査が最後の戦いとなることだろう。申し訳ないが茶髪さんもクールさんも諦めてほしい。今年の新人は僕である。いや三人で受かれるならばそれが一番良《い》いんだろうけど。

参加者を一通り観察してからフロアを見回す。壁際には審査員と思われる劇団関係者が数人立っていた。舞台で何度か見た人もいる。特に霜野《しもの》さんなんかはドラマや映画でも活躍中の人気俳優だからファンにはたまらないものがあるだろう。ちなみに僕は別にファンではないのでたまらなくはなかった。

とその時、ギィと扉の開く音がした。

振り返ると二人の人物が稽古場に入ってくるところだった。受験生の空気がにわかに変わる。当然だ。この場にいる人間ならば、この二人を知らないわけがない。

一人は細い眼鏡をかけた男性。大学の小さな演劇サークルを業界ナンバーワンの劇団にまで引き上げた立役者。超劇団『パンドラ』代表。演劇プロデューサー・不出三《でずみ》機彦《きひこ》。

そしてもう一人は。

初めて生で見るもう一人の女性は。

とても綺麗《きれい》だった。

超劇団『パンドラ』全作品脚本・演出。

座付き作家。

御島鋳《みしまいる》。

僕はここでたまらなくなった。

3

受験生全員が気をつけの姿勢で並ぶ。粗相は許されない。目の前にはパンドラのトップ2がいるのだから。

「ほどよく緊張しているねぇ」

前に立つ不出さんがにこりと笑って言った。女の子みたいなサラサラの髪に銀のフレームの眼鏡。その線の細い造型からか、なんとなく狐《きつね》のような印象を受けた。別に目がつり上がっているわけじゃないのだけど。

「じゃあ……まず鋳から一言ご挨拶をもらおうかな。ここまで残ってる中で知らない人は多分いないと思うけど、うちの座付き作家の御島鋳です」

不出さんが手で促すと、隣の御島さんが一歩前に出た。

御島鋳。

写真では何度か見たことはあったけど、こうして目の前にすると印象がかなり違う。なんというか、必要以上に美人だ。

御島鋳はパンドラの全ての作品の脚本を書く劇作家であり、その全てを自分で演出する舞台演出家である。十年前のパンドラ創立当時、彼女は芸大の学生劇団に所属する一大学生に過ぎなかった。しかし彼女の作った舞台が初めて上演されたその日から、劇団パンドラの大いなる躍進は始まった。

御島鋳の作る舞台は新しく、挑戦的で、そしてなにより面白かった。見た人間は全員が全員絶賛した。五〇人の小屋で始まった舞台は五〇人が激賞し、次の舞台を一〇〇人の小屋で行えば一〇〇人が熱狂した。その人数は公演の回数に比例して増し、パンドラと御島鋳の名はまるで正しくあるべき場所に戻るかのように大きく轟《とどろ》いていった。そうして彼女は三十を前にして揺るぎない業界トップの地位にまで登りつめたのである。とパンドラの解説本にはあった。もちろん僕自身も高校生の頃からのパンドラファンであり、御島鋳の大ファンである。

だがそんな彼女はあくまでも劇作家であって、自らが舞台に立つことは一切無い。本人がメディアに露出することもかなり少なく、公演前の雑誌に時々写真が載る程度、いやそれすらも僕は二、三度しか見たことがない。まぁ劇作家なんてみんなそんなものではあるのだけど。それにしてもここまで美人だとなんだかもったいないなと思ってしまう。

目の前に現れた御島鋳はほとんど化粧をしていないように見えるが、整った顔立ちはまるで女優のようだった。メディアへの露出が増えたら人気は飛躍的に伸びると思う。一応言っておくが信者補正とかではない。

そんな才色併せ持つ劇団の看板・御島鋳が、僕ら受験生の前に立つ。否応《いやおう》なく緊張が走る。

「はじめまして。御島鋳です」

小さいが通りの良い声が稽古場を抜けた。

「今日ここにいる人達《ひとたち》は、一次・二次の審査を通過した、実力十分の方ばかりです。皆さん、自信を持って頑張ってください」

彼女は小さく頭を下げると、そのまま下がった。

テンプレートだけで作られたような挨拶だった。いや別に悪いわけじゃないのだけど。でも劇団というのは基本的に変な人が揃《そろ》いやすい場所なので、御島鋳ほどの地位の人間ならどれほど変人なのだろうと勝手に想像を巡らせていた手前、正直に言えばちょっと拍子抜けではあった。

ただ一つだけ。最後にわずかに微笑《ほほえ》んだ彼女の顔を見た時に「張り付いたような笑顔」という印象が頭を掠《かす》めた。やっぱり役者は苦手なのかもしれないと勝手に思う。それは僕みたいなぺーぺーが業界トップに向かって言うことではないのだろうけど。

「御島鋳からのご挨拶でした」

下がった御島さんと入れ替わりで、再び不出さんが話し出す。

「鋳の言うとおり、ここにいる十五人は全員経験者だし、大きな劇団なんてことは意識せずに自信を持ってやってほしいね。これからその大きな劇団の一員になるんだからねぇ。遅くとも本番の舞台に立つまでにはそれなりの自信をつけておいてね」

なかなか残酷な事をサラリとおっしゃる。

当たり前だがここにいる全員が劇団の一員になれるわけではない。パンドラの一員になれるのは一五人のうち三人か二人か一人か〇人。残りの一二人は本番の舞台を客席から観《み》るファンに戻るのだから自信もへったくれもない。言った本人はそんな意識はないのだろうけど、言われた僕らは舞台に立つ自分とそれを羨ましく眺める自分をどうしても想像してしまう。

不出さんの言葉からそんな残酷さを感じたのはどうやら僕だけではないようで、受験生の間の空気がピリッと張ったのを肌で感じた。茶髪の子はゴゴゴゴゴしている。全員が競争相手だとみんな理解していた。そうだ、ここは戦場なのだ。

だがその戦場の空気を全く意に介さず、不出さんはにこやかに言った。

「ええと、最初に言っておきますが、実は入団審査はすでに終了してます」

僕らは止まった。

茶髪さんのゴゴゴも止まった。

「ああ、隠れてこっそり審査してたとかそういうことじゃないから」

不出さんは狐のように微笑んで続ける。

「実はパンドラの入団審査は二次までしかないんだよ。今ここに居る一五人は全員パンドラの新入団員です。おめでとう」

と言われても……。

僕らはにわかにざわつきながら、知らない同士で顔を見合わせる。状況が理解できなかった。一五人全員合格って……。そんなに大人数が入団したことは今まで一度も無かったはずだ。じゃあ今年の受験生が超優秀だったとか？　いやそんな。

「えー、説明すると」

不出さんが眼鏡をクイと上げて続ける。

「みんなは多分ブログとか見てるだろうから審査は三次までだと思ってただろうけど。でも本当の入団審査は二次までなんだよね。実はパンドラには、毎年一〇人から二〇人くらいの新入団員が入ってるんだ。だけどまぁ……んー……ここが演劇という世界の難しいところで。みんなわかってると思うけど、劇団に所属しても全員に給料が出るわけじゃありません。演劇だけで食べていけるようになるには時間が掛かります。だから最初はアルバイトや仕事と二足のわらじでやりくりするわけですが。でもそれってやっぱり辛《つら》いんだよね。大方の人にとっては想像以上に辛いものなのさ。だからせっかく劇団に入れても、生活が厳しかったりイメージと違ったりして退団してしまう人がかなりの数いるんだ。うちの新入団員も半分以上は大体三ヶ月以内に辞めてしまうかなぁ。もちろんそれは自由だ。向いてないと思ったら早めに抜けた方がいい。しがみついて人生棒に振る人だって多いしね。でもほら、劇団に入った人がどんどん抜けるのって対外的にイメージ悪いじゃない？　だからパンドラでは最初の三ヶ月を〝試用期間〟として、そこで残った人だけを新入団員として公式に発表してるんだよ。みんなが目にするのは三ヶ月耐えた人だけってこと」

わかったかな？　と言って不出さんは僕らに微笑みかけた。

なるほど、と心の中で頷《うなず》く。確かに二〇人入団したと発表した三ヶ月後に一五人辞めていたらイメージはかなり悪いだろう。いったいどんな稽古をしてるんだよと思ってしまう。劇団は人気商売なのだからイメージを気にするのは至極真っ当で正しい。

しかし……憧れの劇団に入れたのに、ましてやそれが日本一の超劇団『パンドラ』だというのに、そう簡単に辞めてしまうものだろうか。生活が厳しいのだってみんなそれなりに覚悟して来てると思うのだけど。

やっぱり超劇団と謳《うた》われるほどのパンドラの稽古は超過酷なのでは……。もしくは腕利きの新人が入ってきたら大御所の先輩方がトゥシューズに画鋲《がびょう》を入れたり……。

「いびりやいじめがあるわけじゃないから誤解しないように」

不出さんは僕と目を合わせて狐の笑みで微笑んだ。まるで心を読まれたような指摘にギクリとする。

「そんなわけで、君たちはもう今日からパンドラの団員だよ。〝試用期間〟の注釈付きだけどね。で、この最初の三ヶ月は僕たちも君らの腕や素養を見るのにちょうど良い期間だから有効に活用していきたいと思う。そこで今日、君たちに一つ〝課題〟を出します。これは毎年恒例の課題だから、今劇団にいる人間は全員やったことなんだけど」

不出さんが壁際に置いてあったホワイトボードをコロコロと引き寄せる。マーカーを取ると、そこに大きめの字で『5月1日』と書き込んだ。

「今日は二月一日だから、ちょうど三ヶ月後の五月一日。この日までに君たち一五人で劇を一本作ってください」

新人の間に小さなどよめきが起こった。

「シナリオは自由。やり方も自由。分担も全て君たちで決めて、みんなで劇を完成させてください。そしてそれを僕らに見せてください。言うなればパンドラの中だけで上演する〝新人公演〟だね」

「新人公演……」

僕の口から自然と言葉が漏れた。他の人もざわつきながら、キョロキョロと周りの面子《メンツ》を見回している。

「もちろんこの劇の出来不出来が〝試用期間〟の後の正式な入団に影響することはありません。これはあくまでもそれぞれの個性を摑《つか》むためだけの公演だからね。もう君たちは自主的に退団する以外では劇団を抜けることはないんだ。今日から君らは、間違いなくパンドラの一員なんだから」

4

稽古場に一五人の新人だけが残っている。

劇団員の人たちは散り散りに引き上げた後だ。今日は稽古日ではないので、この場所は自由に使って良いそうだ。「上の事務所にいるから何かあれば聞いて」と言って、最後に残っていた不出さんもさっき出ていった。

僕らはとりあえず車座になる。

さてなにか話さないと、と全員が思ったその時スッと手が挙がった。そのまま立ち上がったのは例のクールな眼鏡の人だった。

「えーと、これからみんなで相談しながら劇を作るわけだけど……。とりあえずまとめ役が立った方が早いと思うんで。最初は仮でオレが進めてもいいですか？　誰か他にやりたい人がいたら……」

クールさんがみんなを見回すと、いいでーす、ＯＫ、という声が上がった。

「じゃあそんなわけで、今日のところはオレが司会やります。後はまた相談して決めましょう」

パチパチパチと軽い拍手が起こり、クールさんの仮リーダーが承認される。初見の印象だとかっこよく隅に居る感じであんまり中心に来ないタイプの人かと思ったけれど。どうやらクールさんはテキパキと仕事をこなす人間のようだ。

「さてまずは……そうだな。ちょっと一分くらい待っててください」

そう言うとクールさんは稽古場を出ていき、言った通り一分ほどで帰ってきた。手に持った箱には、クリップで留めるようなプラスチックのネームプレートが詰まっていた。

「上で借りてきた。これで各自名札を作って付けましょう。自己紹介しても一発で覚えられないだろうし」

なるほど、そつがない。流石《さすが》は先陣を切るだけのことはあるなぁと思う。ちなみに僕はこういう気遣いが全くできないタイプなので言われるがままに名札をもらってモソモソと付けた。一五人の中では今のところモブAだ。Kくらいかもしれない。

そうして全員に名札が付いてから、新人全員で軽く自己紹介をした。

クールさんは阿部《あべ》足馬《たるま》といった。二十四歳。別な劇団で二年のキャリアがあるという。僕はそっちの劇団の名前も知っていた。そんなに演劇事情に詳しくない僕が知ってるくらいだから中堅以上の劇団だと思う。人手が足りない時は役者もやるが、基本的には制作全般を務めていると阿部さんは言った。背は高いしスタイルもいいのにもったいないなとちょっと思った。

もう一人印象に残っていた茶髪の女の子は振動《しんどう》槍子《やりこ》さんだった。超振動で何でも破壊しそうなエネルギー溢《あふ》れる名前だが、名は体を喩《たと》えの如《ごと》く本人からもエネルギーが止めどなく溢れていて声が非常にでかかった。大学在学中の二十一歳。その声量からつい役者だと思ってしまったが、大学の劇団では脚本・演出をやっているそうだ。きっと高カロリーな演技指導をしているのだろう。

あとやはり驚くべきなのは、ここまで残った子役の存在だ。二次審査で初めて見た時は子供が来てる！　と驚いたのだが、まさか本当に合格するとは思わなかった。しかもこの男の子、０歳デビューの十歳で、芸歴十年の大ベテランだというではないか。

新人全員の中でもトップのキャリアであり皆揃って平伏《へいふく》した。芸の世界は奥が深い。

そして僕は一五人中の一四番目に自己紹介をした。モブKどころかNだった。数多《あまた》一人《かずひと》。二十二歳。昔から自己紹介をする度に、両親は僕にモブになるようにと願いを込めてこんな名前を付けたのではないかと思わざるを得ない。芸大で役者コースでした、この春に大学卒業です、よろしくお願いします、という何の変哲もない自己紹介を終えて申し訳程度の拍手を受ける。自分で言うのもなんだが実にモブらしい。一応弁明しておくが別に好き好んでモブっているわけではない。

そうして全員の紹介が終わると、阿部さんが再び進行する。

「じゃあ早速だけど分担から決めますか。まずは脚本《ほん》と演出かな……えーと脚本の」

「うはい!!!」

阿部さんの進行が大気の振動によってせき止められた。

「……槍子さんどうぞ」

「やりたいです!!!」

「どっちを？」

「両方!!!」

「え、書くの？　今から？」槍子さんの隣の恰幅《かっぷく》のいい男性が言う。名札には森《もり》さんとある。「三ヶ月しかないのに？」

「確かに」森さんの意見に阿部さんも頷く。「時間も無いし初めて組む面子だから、今から書き下ろすのはちょっと厳しいかもなぁ」

それは僕も全面的に同意だ。

まだ槍子さんがどんなものをどれくらいの速さで書けるのかがわからない。脚本が上がってからでないと残りのメンバーは作業ができないわけで、三ヶ月という期限があることを考えればそこでギャンブルを打つべきではないと思う。

とその瞬間、槍子さんが車座から跳ね馬の如く飛び出し、鞄《かばん》をひっつかんで跳ね馬の如く戻ってきた。

「もう書いたのもある!!!」

槍子さんが再び叫んで鞄を逆さに振る。中からドサドサと沢山の台本が振り出された。二十冊近くある。なんでそんなに持ち歩いてるんだとつっこみたくなる量である。

槍子さんはさぁこれで！　とばかりに身を乗り出した。阿部さんはドウドウと動物を抑える手付きで制する。

「もうできてるのがあるならそれは候補に入れよう。でも槍子さんだけじゃなくて他の人も希望があるだろうから。じゃあ……次回までにそれぞれが好きな物を持ち寄るってのでどうですか。自作でも他作でもＯＫ。そこから多数決で決める。こんな感じでどうだろう？」

　阿部さんが水を向けると、槍子さんはうん!!!　と力強く頷いた。他のメンバーからも同意の声が上がる。僕もモブとしての役割を全うすべく横に倣った。

「演出の方は、槍子さんの他に希望者いますか？」

　これには一人が手を挙げた。地味なジャージの女の子、古屋《ふるや》さんだ。着替えられるとアイデンティティが消失するので次回までに他の特徴を見つけ出しておきたい。演出は槍子さんと古屋さんのどちらかを相談して選ぶことになった。

　そうして保留の部分は残しつつ、阿部さんは今日決められることを順番に決めていく。周りの対応も非常にクレバーで進行は早い。そのあまりにもスムーズな流れに僕は感心した。

　この場にいる全員が演劇経験者、ましてやパンドラの二次を抜けた一五人ということもあり、みんな十分な知識と経験があるようだ。自分も入っているので自画自賛のようになってしまって忍びないがとにかく全員優秀で、作業の進め方や方策のメリット・デメリットをよく理解している。そして何より取り纏《まと》める阿部さんの進行が完璧であり、意見が対立するようなことが一度も無いのには素直に驚く。大学のサークルの時はもっと侃々諤々《かんかんがくがく》してたものだけど。新人とはいえセミプロともなるとやっぱりレベルが違うのだなぁと嘆息した。

「希望者が複数のところは後に回して、先にそれぞれの希望場所のリスト作らせてください。役者と裏方と、今回は兼任も出るだろうけど」

阿部さんは自分のノートにメモを取りながらテキパキと事務を処理していく。

最後に今後のスケジュールなどを確認して、僕らのパンドラ生活初日は何の滞りも無く終わった。

5

エリシオンを出て時計を見るとまだ昼過ぎだった。三次審査が夕方くらいまでかかると思っていたけど、審査自体無かったので早い解散となった。

新人ズはそれぞれの帰る方向へ適当に解散していく。駅に向かう組はなんとなくのグループで歩いている。まぁ初日だし、みんなそれほど打ち解けたわけでもないのでこんなもんだろうと思う。僕はチャリなので一人駐輪場に向かって自転車を取った。

さて夜のバイトまで時間が空いてしまったけどどうしようか。図書館に行ってやりたい脚本を探すという手もあるが、実を言えば本は何でも良いとは思っている。僕は大学でも役者一辺倒できているしこれからもそうしたいなと思ってるので、脚本への要望は〝自分の出番がありそうなやつ〟くらいのものである。一五人全員がバラバラの脚本を持ち寄る必要もないだろうし、その辺は希望のある人に譲りたい。

そんなことを考えながら信号待ちをしていたら、後ろから来た人が横に並びかけた。見れば槍子さんだった。他のみんなと一緒に帰らなかったらしい。

「お疲れ様です」

僕は声をかけた。槍子さんはギョッとこちらを向いた。ビックリしている。気付いてなかったようだ。

「駅ですか？」

僕は駅の方を指差しながら笑顔で言った。槍子さんは眉を顰《ひそ》めた。引いている。何この人、もしかしてナンパ？と顔で言っている。

僕は鞄からさっきの名札を出した。

槍子さんはあ！って言った。十分前まで話し合っていた人間の顔を忘れる槍子さんが酷《ひど》いのか、それともモブ過ぎる僕のキャラが酷いのか。突き詰めないでおくのも一つの優しさだと思う。

「駅まで一緒に行きません？」

槍子さんはコクッと力強く頷いた。僕は自転車を押して一緒に歩いた。ここからが多難であった。

「JRですか？」

槍子さんはコクッと力強く頷いた。

「家近いんですか？」

槍子さんはコクッと力強く頷いた。

「……中野《なかの》の方？」

槍子さんはフルフルと力強く首を振った。

「三鷹《みたか》側……」

槍子さんはコクッと力強く頷いた。

「あの……」

槍子さんは動かなかった。

「……いい天気ですね」

槍子さんはコクッと力強く頷いた。

困った。

槍子さんがなぜか一言も喋《しゃべ》らない。おかしいな……さっきみんなで居た時は普通に話していたのに。普通どころか元気が良過ぎて最後の方はみんなちょっと離れて聞くくらいの音量で話していたのに。そういえば歩幅も小さくなっている。ただエネルギーの総量はエネルギー量保存の法則に従って変わっていないようなので動き自体の力強さは同じだった。小さい歩幅でズシンズシンと歩いている。なんというか元気良く元気がない。

「どうかしたんですか？」

槍子さんはその質問にもコクッと力強く頷くと、眉間にシワをいっぱいに寄せて言った。

「鋳さんが……」

「御島さんが？」

「いなかった……」

「帰ったんじゃないですかね」

「お話が!!!」

槍子さんは往来に立ち止まって叫んだ。

「お話がしたかった!!!」

「ははぁ……」

なるほど、つまり。

「槍子さん、御島さんのファンなんですね」

槍子さんはコクッと力強く頷いた。

どうやら槍子さんが一人で帰っていたのは、解散後にエリシオンで御島さんを探していたかららしい。そりゃまぁ今日はパンドラの稽古日じゃないのだから、やることが無かったら帰ってしまうだろう。

「でももう僕らも劇団員なんですから」僕はフォローしつつ歩き出す。「これからいつだって会えるんじゃないですか？」

「そうだけど……」

「あ、もしかしてさっき持ってた台本も……」

「鋳さんに見てもらおうと思って……」

なんで入団審査の日にあんなに沢山の台本を持っていたのか疑問だったが、やっと合点《がてん》がいった。もし今日が普通の審査だったら、落ちてしまえば御島さんと話す機会は二度と無くなってしまう。だから槍子さんは自分の脚本を見て欲しくて持ってきていたのだ。二十冊も。世間話のタイミングで読める量ではない。持ち込み過ぎである。

でもまぁ。

「気持ちはわかりますけどね。僕も御島さんに会えるのは楽しみにしてましたもん。審査のついでに演技指導とかしてもらえたら良いなって」

そう言うと、槍子さんは目をまんまるにして僕を見た。

「鋳さん好きなの？」

「ええ。僕もファンなんです」

「どれが好き⁉」

「えーと……全部好きですけど、そうですね……『銀河の実』とか」

「『銀河の実』‼」

槍子さんは歩きながら両腕をバタバタさせた。

「凄《すご》いよね‼『銀河の実』は凄いよね‼　あれだよね‼　人、人が‼　お母さんだよね‼」

何を言っているのかよくわからない。

「ええと、あの、みんなの、人類の‼　お母さんの気持ち‼」

元々からしてあまり喋りの上手《うま》くない槍子さんの日本語は興奮と共に崩壊を始めていた。よくこれで演出が務まるなぁと思う。僕は頭を捻《ひね》って解読に努める。

「えぇと……そうか。母性の話ですか？　そうそう『銀河の実』は確かに母性がテーマでしたね。うん」

「解《わか》る!?」

「多分……」

「でも、でもね!!　それだけじゃなくて!!　実は『銀河の実』はエリアの方の気持ちで見るのもできるから!!　だからその、本当は反対なんだけど、でも反対なのに大丈夫っていうか、成立!!　成立してるの!!　それは変なの!!　変なんだけどでもね!!　あの、だから、一言じゃ説明できないけど!!!」

長い話のようだ。しかしふと気付けば、僕らはもう吉祥寺駅南口の階段下まで来ていた。槍子さんもそれに気付いて「あ」と漏らす。

そして槍子さんは、何かを訴えるような目で僕を見た。

僕はしょうがなく駅前のマックを指差した。

「入ります？」

槍子さんは朝と同じ最大の歩幅でズンズンとマックに向かっていった。

結局僕らはそれから夕方まで、パンドラと御島鋳作品について熱く語り合ってしまったのであった。

6

二月なので外は肌寒い。でもコンビニの中は暖かい。しかしそのコンビニの中の冷蔵庫の中は寒い。寒さを防ぐ暖かい施設の中に寒い部屋という非効率。ペットボトルとアイスは外で売れば良いのだと思いながら、僕は品出しでかじかんだ手をストーブに当てた。

バイト先のコンビニエンスストア『夜の蝶《ちょう》』は、全国展開するような有名なコンビニチェーンではなく、元酒屋だったことが一目で判《わか》るようなちょっとレベルが足りない感じのコンビニだ。主な客筋は僕もまだ在学中である井の頭芸術大学の学生たち。売れ筋商品は手作りサンドイッチ。人気のガチャガチャは電気ショックマシン。近所のセブンイレブンに比べると二十年は余裕で遅れている店である。

店名は夜間もお客さんを誘うようにという理由で命名されたが、店長がその言葉の意味を知らなかったのも不幸の一つだろう。たまに周辺の老人からいかがわしいお店と思われていることがある。あと夜の蝶なのに深夜は閉まる。営業時間は朝六時から夜〇時。この時点でもうコンビニとは言い難い。

ストーブの上からやかんを取って急須にお湯を注いだ。エアコンの効きが悪いのでレジには灯油のストーブを置いている。レジの中でお茶を入れられるコンビニは吉祥寺広しといえどもこの店だけだろう。僕はおじいちゃんのようにのどかにお茶を啜《すす》った。二十三時を回ってからの夜の蝶には本当に一人の客も来ない。と思ったところでパジャマにどてらを羽織った女性が来店した。訂正したい。

「数多君、あたしにもお茶ちょうだい」

店長だった。客ではなかったので再び訂正したい。

店長は元々ここにあった酒屋の娘さんで、コンビニに改装する際に店長に就任した。二十八歳独身。趣味は発注。コンビニ店長の鑑《かがみ》と言える。

店長の住居は店の二階部分にある。一応店舗とは分かれているが、店長は普段からまるで自宅にいるような格好で店内をウロウロしている。僕は店長専用湯呑《ゆの》みにお茶を注いだ。店長はレジの奥のキッチンに入って冷蔵庫の中身を確認し始めた。趣味の時間である。

「で、どうだったの？　例の審査とかいうの」

発注書を付けながら店長が聞いてくる。

「審査はありませんでした」

　僕は今日のあらましを説明した。

「はー。一五人採用とは豪快じゃない。でもなに、八割も辞めちゃうの？　そんなに辛いもんなの、演劇って」

「僕もやってみないとわかりませんけど。やっぱり辛いことも多いんじゃないですかねぇ……。みんなにお金が出るわけじゃないですし」

「若いうちは貧乏なんて当たり前な気もするけどねぇ」

　僕もそう思う。なので一応覚悟はできているつもりではある。

「で、数多君は？」

「はい？」

「劇団入ってもここのバイト続けるのかね」

「え？　ええ、そのつもりだったんですけど……ダメですか？」

「いや良いんだけどさ。今からでもちゃんと就職しといた方が良いんじゃないのかなって」

「どうしてですか」

「だって数多君は八割に入る方でしょ」

「何を根拠に」

「人生的に」

その通りである。僕は名前の示す通り、様々なシーンでその他大勢に入ってしまう人間だ。選び抜かれるとか勝ち抜くという運命にはない。二次審査を通って一五人に残れているのはある意味奇跡と言っていい。

ここからさらに多数の自主退団者が出るとなれば、認めたくはないが経験上そっちに入りそうな気がひしひしとする。店長の予言通り退団組になってしまったら、就職もせずに劇団にも居られなかったフリーターという大変辛い春が訪れることになる。しかしもう二月だし今から就職活動というのもなかなか……。退団するって決まったわけでもないし……。

「いや別に責めてるわけじゃなくてね。ウチは居てもらって全然構わないのよ。急に辞められても困るしさ」

店長は気軽に言った。多分本当にどっちでもいいんだろう。

「すいません、まだ先行きが不透明なもので……。もうしばらく置いてください」

「不透明ねぇ」店長は笑った。「井の芸の学生に将来が不透明じゃないやつなんていないから安心しなよ」

「そうですかねぇ……」

「この店ができてからもう六、七年になるけどさ。バイトは大体芸大の学生だから、あたしはもう何十人という井の芸生を見てきてるわけよ。でも卒業する時に先行きが見通せてるやつなんて一人もいないね。本当に一人も」

「……芸大ってやっぱり将来性薄いんですかね」

「んー……芸大だからってわけじゃなくてさ」

店長は自分の湯のみを啜って言う。

「そもそも就職したやつもしてないやつも、将来の透明度なんか大差ないのよ。不透明なもんに目を凝らして、でも見えるわけなくて、しょうがないからもやっとしたものを掻き分けてもやっとしたまま生きてくの。それが人生ってもんよ」

「そういうもんですかね」

「そういうもんだよ」

そういうもんらしい。僕は諦めてお茶を啜った。店長は発注表を見ながら「からあげの売れ行きが不透明だわ」と嘆いた。

閉店前に外に出てゴミ箱を片付ける。

空は曇っていて不透明だった。でもあの薄明るくなっている雲の向こうには、きっと輝く月があるのだろう。と思ったら見間違いだった。僕のこれからの人生を暗示しているのではないと信じたい。

7

二回目の集合で、無事脚本が決まった。

結果から言えば選ばれたのは槍子さんの本だった。他にも出版されている脚本が三本と、地味ジャージの古屋さん（今日も地味）が以前に書いた一本が候補に上がったが、人数的なやり易《やす》さや舞台装置の作り易さを検討して槍子さんの本が採用となった。というか槍子さんは自作ライブラリの中から構成メンバーに一番合う本をきちんと選んできていたのでこの採用は必然とも言えた。槍子さんは口下手、あるいは日本語が下手だが、頭の中では様々なことを考えてくれているようだ。

また何よりその脚本は面白かった。御島さんの、パンドラ作品の影響が強く出過ぎていると感じる部分もあったけれど、それを差し引いても槍子さんの個性がしっかりと乗っている脚本だと思った。採用は全会一致。その流れのまま演出も槍子さんに決まったのだった。そっちは不安がないでもないけれど。

それから阿部さんが希望に沿って裏方と役者をざっくりと分け、それぞれの配置をテキパキと整えた。

役者勢は次回の集合までに脚本を読み込んでオーディションを行うことになった。とはいっても役の数と人数はほぼピッタリだから、誰かを落とすというよりは配役を決めるためのオーディションになるだろう。僕も間違いなく一役はもらえそうだ。端役かもしれないけど。端役っぽいけど。この車掌というのになりそうな気配をひしひしと感じるが精一杯頑張りたい。

練習日は火水土。月木金はパンドラメインスタッフの稽古日なので稽古場が使えない。専用稽古場といえどもそこまで広くはないので、二つの舞台を一緒に練習するのはちょっと厳しい。不出さんから「本公演の手伝いは新人公演が終わった後で」と指示されているので、先輩方と稽古を共にするのはまだ先になりそうだ。残念な気もする反面、ちょっとホッとしているのも事実である。

阿部さんは新人全員の仕事やスケジュールを聞いて練習時間を調整した。前にも言ったが非常に優秀な制作さんである。舞台だけを見ているとなかなか目に付きづらい仕事だけれど、制作進行という仕事は舞台のクオリティを左右する要だと思う。

そんな優秀な阿部さんの美しい手際で二回目の練習も円滑に終わり。僕ら新人は予定通りの時間に吉祥寺に到着した。

阿部さんが立ち上がってビールを掲げる。

「それでは皆さん……よろしくお願いしまーすザワザワガチャガチャとみんなでジョッキをぶつけ合う。

よろしくお願いしまーす！」

練習の後に吉祥寺で開かれたのは、親睦会を兼ねた打ち入りである。

演劇というのは集団作業であるから、最も大切なのは人間同士のコミュニケーションだ。人と人が協力し合い、助け合い、支えあって初めて面白い舞台は完成するのである。飲み会にはそのコミュニケーションを円滑に進める効果がある。また副産物として、主に誰が楽しい舞台を気持ちよく作り上げる人間で、誰がその後始末をするハメになる人間なのかが大体わかる。僕は当然背中をさする方だ。これはもう逃れられない運命なのだと思う。

8

会が始まって二時間が過ぎ、みんな順調に出来上がっていた。最初は全員がなんとなく全体に向き合っていたが、もうそれぞれのセクションごとに分かれて熱く語り始めている。舞台の作業は多岐にわたるので、役者は役者、小道具は小道具、照明は照明と専門同士が集まると話が弾む。僕はビールをちびちび飲みながら周りを見渡してみた。ちなみに子役の子だけは来ていないので全部で一四人だ。さすがに飲み会には連れてこられない。

人が一番集まっているのは役者の女の子・桜鳥《おうとり》さんのところだった。理由はもちろん桜鳥さんの深遠な演劇観に誰もが共感したからではなく可愛《かわい》いからだ。僕も話しかけにいきたいが残念ながらそういうキャラではない。一応役者だから脚本があればロールプレイもできるかもしれないけど。誰か僕の座付き作家になってくれないだろうか。

なってくれそうなパンドラ新人部座付き作家の槍子さんは、同じく演出の古屋さんと御島鋳作品について熱い議論を交わしていた。離れているが声が大きいので大体内容もわかる。ちなみに古屋さんは私服も地味だったのでアイデンティティはだいたい確立された。

ディストピアのマクガフィンなの!!!　という槍子さんの叫びを聞いて、ああ多分あの辺の作品の話をしているなと推測する。僕も彼女とは五時間にわたって語り合ったばかりだけれど、それでも槍子さんが話したい内容の十分の一も聞けてないように思う。自分も一応御島さんのファンを自称してはいたが、やっぱり本物は違うなぁ……。

「なに一人でやってんの」

顔を向けると、ジョッキを持った阿部さんが隣に立っていた。ビールを置いて僕の横に腰を下ろす。

「数多くん……ええと、数多でもいい？　オレも呼びやすいように呼んでもらっていいから」

「全然良いですよ、先輩ですし。僕は阿部さんのが呼びやすいんで、このままでもいいですか」

「じゃあそんなで」

阿部さんは笑って言った。もう何度か話しているけど、この人のサバサバした感じはなんだか話し易い。

「数多ってお酒ダメなの？」

阿部さんがあまり減ってない僕のビールを見て言う。

「人並みですかね」

「飲んでなく見えたからさ。桜鳥ハーレムにも行かないし」

「行こうかと思ったんですけど機を逸して……」

「あれにも入れないほど主張が薄いんじゃ、パンドラの役者なんてやってけないぞ」

おっしゃる通りだと思う。もうちょっと自己主張できるように頑張りたい。

「というか阿部さんこそ」

「オレ？　オレは飲んでるよ」

「でもさっきから見てたんですけど、みんなのところを順番に回って、グループの間をつないだりしてましたよね。あとちょっと浮いた人に声掛けたりとか。ずっと人にばっかり気を使ってたから、阿部さん楽しめてるのかなって思ってましたよ」

僕は感じたことをそのまま言った。少し離れて見ていると阿部さんが飲み会だというのに周りを気にしながら移動しているのがよくわかった。飲んでいるというより進行しているといった風情で、稽古で進行し飲み会で進行し、進行の化身のような人だなぁと思いながら見ていた。

「僕のところに来てくれたのもフォローなんでしょ？」

「いや、別にそういうわけじゃ…………まぁぶっちゃけそうなんだけど……」

阿部さんがバツの悪そうな顔をする。「でもそうはっきり言葉にされるとなんというか、こっ恥ずかしいというか……結構ヤなところを見てるな君」

「誉《ほ》めてるんですってば」

「ほんとかよ。まぁ、オレは好きでやってるだけだからさ。制作もそう。だからあんま気にしないでくれよ。気にされるとやりづらい」

そう言って阿部さんは残っていたビールをあおった。照れてるのかもしれない。

「でも演劇だと、制作志望の人って珍しいですよね」

僕は昔の仲間を思い出しながら言う。高校の演劇部や大学の演劇サークルで一緒だった面子は役者にしろ裏方にしろ自分の手で何かを創りたい人間ばっかりだったので、進んで事務や制作進行をやりたいという人は今まで見たことがない。

「少ないね、確かに」

「じゃあ阿部さんは、なんで制作に？」

「んー……」

阿部さんはビールのおかわりを注文しながら唸《うな》った。

少し考えてから口を開く。

「大学の時にさ。サークルで演劇やってて」

「ええ」

「オレは最初役者だったんだけど、たまたま人手が全然足りない時があってね。その時本当にバタバタしてたからさ。しょうがなくオレが役者を降りて、雑用を全部引き受けて制作進行やったんだよね」

「はい」

「で、その舞台はまぁ成功して。次は役者で入ってくれって言われたんだけど。でもオレ、初めて制作やってみてさ、気付いちゃったんだよね」

「何にです？」

「オレって人を使うの大好きなんだなぁって……」

「…………………」

「なんでそんな顔すんの」

「阿部さんがあんまりにも良い笑顔であんまりなことを言うのでつい……」

「や、別に人をアゴで指図したいとかそういうことじゃないよ？　説明するとだな……オレはスタッフが気分良く仕事ができるように周りの雑務を頑張るけど、それは別にスタッフの精神衛生が目的じゃなくて、その結果としてオレの見たい舞台を頑張って作ってもらうためなわけさ。まず最初にオレが計算するだろ、それから手を入れるだろ、スタッフが思い通りに動くだろ、そうして舞台が全部オレの手の平の上で出来上がっていく感覚がね……こう……最高なんだよ」

阿部さんは新しいビールを受け取りながらとても悪い笑顔で微笑んだ。

　この人はあれだ……悪い人だ……。

「そういう裏はあんまり知りたくなかったですね……」

「裏かな」

「裏ですよ。僕はそんな阿部さんの真実を知らないままで、阿部さんはみんなのために頑張って凄いなぁと思いながら幸せな気分で操られていたかったですよ……」

「いいや」

　阿部さんは細い目で僕を見る。

「数多はね、オレが裏を話したことを信頼されてる証《あかし》と理解して、これからオレのためにめいっぱい働いてくれるタイプの人間だよ」

「……………もしかして今の話も阿部さんのコントロールの一部ってことですか？」

「さてね」

　そう言って阿部さんは再び悪い笑顔で微笑んだ。やっぱり悪人だと思う。この人にはちょっとかなわない気がする。

「そういう意味では」阿部さんが宙を見つめて呟《つぶや》く。「理想はやっぱり不出さんだよなぁ」

「不出さんですか」

パンドラの制作を一手に管理する演劇プロデューサー・不出三機彦。

超劇団『パンドラ』のトップ。

「オレがやろうとしてることを物凄《ものすご》い高いレベルでこなしてる人だからな。パンドラは役者もスタッフもテレビや映画で活躍する一線の人間ばっかりだ。その全員のスケジュールを、立場を、モチベーションをコントロールして舞台に参加させる。そして頑張らせて、完成させて、最後に必ずヒットさせる。これがどんなに難しいことか、オレは駆け出しなりに身に染みて理解してるよ。それにパンドラには、何よりもコントロールの難しいものがあるしな。それは？」

阿部さんが僕に振った。

答えは簡単。

「御島鋳」

「その通り」

阿部さんがマルをくれる。確かに。それが一番の難題に思えた。

パンドラの舞台を何度か見た人間なら誰でも知っていることだが、御島鋳には作風というものがない。唯一作風と呼べるものがあるとすれば、それは〝新しさ〟だ。

御島鋳の脚本は、今回はどうする気なのだと不安になるような導入から始まり、どう動くのか全く想像できない乗り物に乗せられて、気付いた時には見たこともない星に連れていかれている。その先の見えない旅が何故《なぜ》か最高に心地よい。

奇想天外なアイデアと、新天地に踏み込むことを躊躇《ためら》わない勇気。

あれがプロデューサーにコントロールされたものだとはとても思えない。

「実際コントロールできてるのかは外から見てもわからないが。でも少なくとも不出さんは実際に御島鋳に舞台を作らせて、それを次々にヒットさせて日本一の劇団を作り上げてる。結果だけ見れば間違いなくコントロールの成果だろう？　オレはね、将来的にはああいうことがやりたいんだよ。そうだな……オレは、不出さんみたいになりたいんだ」

阿部さんは遠い目で呟いた。

「大きい目標ですね」

「言い過ぎ？」

「いえ」僕は素直に思った。「良いと思います」

「鋳さんみたいになる!!!!」

離れた所で槍子さんが店中に響く音量で立ち叫んだ。

新人全員から自然と拍手が湧き上がる。なんとも頼もしい仲間である。僕は日本一を目指す演出家を指差して言う。

「ちょうどいい相方も居るみたいですし」

「アレかぁ……」

「コントロールできます？」

「余裕」

阿部さんは例の悪い顔で微笑む。誇張でも何でもなく正確な分析だと思う。阿部さんなら余力をもって檜子さんをコントロールし切るだろう。そして檜子さんも阿部さんのコントロールの下でなら、彼女の取り回しの難しそうな大鉈《おおなた》をブンブン振り回せそうだと思った。

きっとこの二人は、迷うことはないのだろう。

阿部さんにも檜子さんにも確固たる目標がある。だから作っていく中で悩むことはあっても、迷うことはきっとない。二人とも自分たちのゴールに向かって真っ直ぐに歩いて行くんだろうと素直に思う。

僕は店長がしてくれた不透明の話を思い出していた。

阿部さんと檜子さんが、なんだかとても羨ましかった。

「数多は？」

「え？」

ハッとして阿部さんに顔を向ける。

「数多はなんでパンドラに来たの？　舞台役者志望？」

「ああ、えーとですね……」

僕はビールのジョッキを置いて、説明の言葉を探った。

「別に舞台一本でやっていきたいってわけでもないんですよね。大学の役者コースは映画学科でしたけど、特にジャンル分けしないで全般的に勉強してたので」

「じゃあ将来的には俳優か」

「そうですねぇ……機会があればドラマとか、あとやっぱり映画は好きなんで、いつか映画にも出たいなぁと思いますね。まぁ大体そんな感じなんですけど……」

「けど？」

「その……なんて言えばいいかな……」

僕は阿部さんに説明しようとしながら、多分自分自身にも説明しようとしていた。

正直、迷っていた。

高校の頃に友達と連れだって、なんとなく演劇部に入った。初めてやった役者はとても楽しくて、そのまま役者コースのあった井の頭芸術大学を受験した。なんとか合格した僕は四年前にこの吉祥寺にやってきた。それから今日まで、大学では役者の勉強をして、サークルでは演劇をやって、まさに役者漬けになりながら暮らした四年間だった。

そうして卒業を前にした秋。

「卒業したら役者になるの?」と自分に問いかけた時、僕は即答できずにいた。まずなれるかどうかがわからなかった。なっても食べていけるのかがわからなかった。ずっと続けられるかもわからなかった。僕に役者としてやっていけるだけの才能があると言い切れる根拠は、一つも無かった。

結局、四年もの時間をかけて僕がわかったことは本当に少なくて。

役者が好きだということ。

演じるのが好きだということ。

まだやめたくないということ。

その気持ちだけを持って、僕はパンドラの入団試験を受けた。正直ここまで残れるとは思っていなかったから、先のことは今もかなりあやふやのままだ。

とりあえず『夜の蝶』でバイトを続けていれば貧しいながらも食べていけるとは思う。シフトの融通も利くから稽古の時間は取りやすい。贅沢《ぜいたく》さえしなければこれからも役者漬けの日々を送っていけるかもしれない。

でも劇団の中にはフルタイムで働きながら役者を続けている人もいるわけで。

バイトに甘んじているのは、単に楽がしたいだけの言い訳かもしれなくて。

「先の事とか、まだ全然考えてなくて……」

頭をグルグル回したのに、僕の口から出たのは何の説明にもならない言葉だけだった。

説明できないのは当たり前だ。

今の僕には説明できる物が何もないのだから。

「すみません……」

「何に対する謝罪かよくわからないけども……オレに謝ることじゃないだろう」

「そうですね……そうなんですけど」

「ま、とりあえず悩んでるのはわかったよ。悩むのは悪いことじゃない。ここに居るみんな、多かれ少なかれ悩んでるだろうし。ただなぁ、数多」

「はい？」

「一度頭をリセットしてさ、周りを見渡してみなよ」

言われて僕は顔を上げた。阿部さんが紹介するような手付きで周りを指し示す。それぞれのテーブルでは新人公演のメンバーが熱く語り合っている。阿部さんはその中の槍子さんを指した。

「振動の脚本は面白いよ。粗もあるけど計算がちゃんと立ってるし、学生の書いた本にしてはかなり良くできてると思う。古屋さんは演出キャリアが長いから、今回は演《えん》助《じょ》か舞監《ぶかん》をやってもらおうと思ってる。どっちになっても古屋さんが立てば間違いなく舞台のクオリティは上がるよ。そして桜鳥はその辺の劇団にはなかなか居ないレベルの美人だ。あいつが居るだけで劇は半端無く華やかになるだろう。今日は来てないけど子役が使えるってのも相当な武器になる。ご覧の通り、ここにはパンドラの入団試験をくぐり抜けた精鋭が揃ってて、融通の利く稽古場があって、準備期間も十二分にある」

阿部さんは僕を見た。

「こんなに幸せなことってそうそう無いだろう？」

僕はもう一度みんなを見回した。

阿部さんの言う通りだった。このメンバーなら間違いなく良い舞台が作れる。

それは、とても幸せなことで。

「そんな難しい顔しながら作るのは勿体無《もったいな》いってことさ」

「……そうですね」

「数多にも好演を期待してるんだから」

「どの役でです？」

「そうだな……………車掌かな」

阿部さんは正直に言った。僕もそう思う。今回のキャストの中で僕に適役なのは車掌だ。今の僕にはこの面子の中で主役を張れるだけの力は無い。

でも、それでも、この精鋭の中に入って車掌を演《や》れるくらいの力ならある。

それはついビールがすすんでしまうくらいに嬉《うれ》しいことだった。

9

三月も半ばに差し掛かり、だんだん暖かい日が増えてきた。

公演準備は順調だった。

与えられた準備期間の半分が過ぎたが、作業は非常に良いペースで進んでいる。予定より早く立ち稽古が始まり、照明や美術のプランも着々と煮詰められている。ちなみに新人公演は毎年外部のホールを借りて演っているのだという。去年はなんと五〇

○席の吉祥寺・進歩《しんぽ》座《ざ》劇場《げきじょう》を使ったそうだ。劇団内部向けの公演なのにそれほどの予算が付くとは。さすがはパンドラと言ったところだ。

役者の稽古もまた、槍子さんの核融合のようなエネルギーに引っ張られてグイグイと進んでいる。抜擢《ばってき》当初は不安に思われた槍子さんの演出は、想像していたよりも大分論理的だった。ただそれは頑張ってなんとか論理的を保っているという風で、本人がちょっと油断するとすぐに感覚的な、というか意味不明な言葉が溢れ出て役者を混乱させてくれた。もちろん上手く汲《く》み取《と》れれば必ず質は上がるのだけど。なかなか難儀な演出さんである。

そんな槍子さんの片言を補って余りあるのが阿部さんの制作進行だ。特に舞監になった古屋さんとの連携は抜群で、資料集め、発注、調整などの煩雑な作業が一瞬の迷いも無く次々と片付いていく。それによって充分な時間が捻出され、槍子さんは演出のことだけを思いっきり悩むことができていた。阿部さんが整備した国立公園を野生の槍子さんが楽しそうに駆け回る。本当に良いコンビだと思う。

対する僕はといえば見事射止めた車掌役の稽古に邁進《まいしん》している。登場時間が短くてあんまり目立たないが、むしろ目立ってはいけないポジションの役なので与えられた仕事を全うしたい。稽古中槍子さんに「上手いよ！　全然目立ってない！　居ないかと思った！」と最大級の賛辞をいただいた。心が折れないように頑張りたい。

稽古の後は毎回ミーティングを行っている。みんなで車座になり、阿部さんが司会をする。これもう見慣れた光景だ。

まず阿部さんが総合的な進行状況を報告し、各セクションから話があれば逐次拾う。今のところ特に問題は出ていないので大した話は無い。今日出たのは買い出し手伝ってくれる人いませんか、こういう服持ってる人いませんか程度のちょっとした事柄だけだった。

じゃあ今日はここまで、と阿部さんが締めようとした時、稽古場の扉が開いた。

「ちょっと良いかな？」

入ってきたのは不出さんだった。

不出さんはスーツに鞄の営業ルックで稽古場に上がった。普段は外の仕事で出ていることが多いので稽古場に顔を出すというのは珍しい。というか初めてだ。

「みんないる？」

「ええ、今日は揃ってます」阿部さんが答える。

「ちょうど良かった。いや大した話じゃないんだけどね」

不出さんは車座を見渡して言う。

「ここにいるみんなはもう知ってると思うけど。パンドラでは現在、次の公演に向けて準備を進めてます。演目は鋳の新作『フォージ』」

それはもちろん知っている。制作発表前なので表には出ていないが、稽古に通っていれば自然と耳には入ってくる。まだ誰も知らない御島鋳の新作をタイトルだけでも発表前に知っているというのは、一ファンとしてはたまらない優越感である。

「やっとメインキャストも揃ってね。来週から立ち稽古に入るんだ」

「本当にオレたちは手伝わなくても良いんですか？」

「うん。こっちの手は足りてるから、君たちに参加してもらうのは次の公演からになるね。今回は新人公演に全力を上げてほしい。ただ、手伝う手伝わないとは別に一度見ておいた方が良いとは思ってるんだよね。パンドラの実際の稽古。というわけで」

不出さんがポンと手を叩《たた》く。

「来週の金曜日。『フォージ』の一回目の立ち稽古があるから、予定の空いてる人は是非見学に来てください。もちろん稽古はこれからもあるんでいつでも見学はできるけど。折角だから最初の一回目をみんなで一緒に見た方が良いかなと思ってさ。予定があるならそっち優先してくれて構わないです。っていう話なんだけど……どうだろう、みんな大丈夫かな？」

「大丈夫です!!!!」

説明するまでもなく槍子さんである。顔を真っ赤にして子供のように興奮している。でも子役の子を見るとそんなに興奮していなかった。子供のようにというのは訂正したい。槍子さんが槍子さんのように興奮している。

「じゃ、そういうことで。見学だけだからジャージじゃなくていいよ」

用件を済ませて不出さんは出ていった。阿部さんが全員に再度確認するとみんなスケジュールは空けられるという。そりゃあどんな用事があってもそっちをキャンセルするだろう。

超劇団『パンドラ』の新作舞台。

その稽古初日。

パンドラが大好きで、パンドラに入団までしてしまった僕らが、それを見たくないわけがない。さっきはつい槍子さんを小馬鹿にしてしまったが、僕だって本当は同じくらい興奮している。

しかしよく見たら槍子さんはもう座っていることすらできずに稽古場をバタバタと走り回っていた。同じくらいというのは嘘だった。これには負ける。

槍子さんは全力疾走からキキーッと止まって叫んだ。

「どうしよう!!!!」

見学すれば良いと思う。

10

当日、僕は新しいシャツをおろした。稽古の見学くらいでそこまでする意味は全くないのだけど、なんとなく姿勢を正して見学したくなったのだ。別に御島さんが来るから用心のために綺麗な格好をしておこうなどと思ったわけじゃない。何の用心なのかも全くわからない。

自転車をエリシオンの駐輪場に止める。稽古は昼の十二時からと聞いていたのに、二十分も早く着いてしまった。やっぱりちょっと舞い上がっている気がする。

ビルに入った所で、上から階段を降りてきた御島さんとバッタリ会った。

「う、おはようございます」

「おはよう」

御島さんはそれだけ言って、地下の稽古場に降りていった。

僕は悲しい溜息《ためいき》を吐く。突然の遭遇に焦って見事にどもってしまった。役者なのに何という体《てい》たらく……。こんなことだから車掌しかもらえないのだと猛省する。

ただ、それよりも。

今、少しだけ何かが引っかかった。そう……階段を降りていく前。御島さんは振り返る一瞬に、僕を横目に見て、なんだか気になる表情をした。

怒っている……という顔じゃなくて……。ええと、なんと表現したらいいか。

そうだ。今の表情は、

「うわあああああああああああああああああああ!!!!」

突然槍子さんの鳴き声がした。驚いて振り返ると槍子さんがいた。

「い、い、い!!! 鋳さんが!!! 今、鋳さんがいた!? いたよね!?」

「いましたよ」

「何話したの!?」

「ええと、僕がおはようございますって言って」

「なんて言われたの!?」

「おはようって」

「やああああああああああああああああああああ!!!!」

槍子さんはジタバタしている。

そして唐突に僕の両肩をガシッと掴む。

「数多くん役者でしょ!!!　役者なら!!!　今の鋳さんの『おはよう』を完璧に再現して演じてみせて!!!」

「えー……」

「数多くんならできる!!!」

僕は三十秒前の出来事を反芻《はんすう》しながら喉の調子を整えて、できる限りの力をもってリクエストに挑んだ。

「おはよう」

「鋳さんはそんなんじゃない!!!!」

槍子さんは僕のお尻を蹴り抜いて階段を駆け降りていった。劇団内暴力だ。ドラマティックバイオレンスである。僕はお尻をさすりながらヒョコヒョコと稽古場に向かった。

十二時前には新人全員が稽古場の後ろに並んでいた。前方にはバミで仕切られた仮想の舞台があり、その周りにパンドラのメインスタッフがずらりと揃っている。舞台や雑誌で何度も見た人たちがこうして集まると流石に壮観である。

「おはようございます」

正午ちょうど。全員の前で不出さんが挨拶をする。

「今日から立ち稽古になります。今回はスケジュールの都合で稽古に取れる時間がいつもより短めですが、その分は密度を上げて頑張っていきましょう。舞台から少し離れてた人もいますけど、怪我《けが》だけは充分に気を付けてください。あと本日はうちの新人さんが見学に来てます。ま、これも毎年恒例なんで皆さん慣れてるでしょうけど。新人の女の子を口説きたい男性陣は、仕事ぶりでなら口説くのを許可しましょう」

ほほう、と先輩の男性陣が後ろを振り返る。

新人女性陣代表として桜鳥さんが笑顔で手を振った。男性陣はおおおおおと色めき立った。アドリブも華麗な桜鳥さんはやはり女優である。

「じゃ、始めましょう」

そう言って不出さんが下がり、御島さんは演出のポジションである長テーブルの椅子に腰掛けた。こうしてパンドラの初日稽古が始まった。

この時、僕たちは初めて。

『パンドラ』という名の劇団の。その煌《きら》びやかな美しい箱の。

内側を見た。


最初の十五分を見ただけで僕は理解した。いいや僕だけじゃない。この場にいる新人全員が理解していたはずだ。僕たちが見たもの、それは紛れも無い『演劇の稽古』だった。

そこには僕らが理想として思い描いた稽古そのものが、いやそれ以上の、想像も追いついていなかったレベルの世界があった。

これだ。これが演劇だ。『演劇の稽古』とはこれのことを言うんだ。全員が直感的にそれを理解した。

だったら。

僕たちがやっていることは。

僕たちがやってきたことは。

そんなことを悩む間もなく、演技をした先輩の役者に向かって、御島鋳の演出指導が入る。

何を言ってるのか全く解らない。

御島さんの言葉は解る。何を喋っているかは解る。だがそれがどういう意味なのか、何を目的としているのかが全く理解できない。槍子さんの言葉とは全然違う、まるで異世界の言葉のようだった。

だが先輩の役者はうんうんと頷いている。そうして修正が加えられ、同じ場面の二回目の稽古が始まった。

二回目の演技は、完全に間違っていた。

指導を受けた役者の演技が明らかに度を越している。激し過ぎる。強過ぎる。僕は焦った。目の前の芝居に焦った。本当に芝居なのか？　これが演技なのか？　あの先輩は本当に心が壊れてしまったのではないのか？　心が掻き乱される。見ていられない。あまりにも刺激が強くて恐怖すら感じる。これは長時間見てはいけないものだ。

僕は、僕たち新人は、先輩の演技に怯《おび》えていた。

そこで御島さんが止める。先輩の役者ははたと正気に戻る。止められてみてやっと気付く。やっぱり今のは演技だったんだと。

御島さんの二回目の演技指導が入る。そして三回目の演技が始まった。

そこで演技が完成した。

綺麗だった。とても綺麗だった。一回目とも二回目とも全く違う新しい演技。それを見る前は微塵《みじん》も想像できなかったのに、見た後は初めからそれしかなかったかのように思えた。気持ちがいい。見ていて気持ちがいい。ずっと見ていたいと思うのに、同時に早く次が見たいとも思う。僕はそこでハッとした。そうだ、これは『パンドラ』の舞台だ。僕が今までファンとして見ていた、超劇団『パンドラ』の舞台だ。

その時、僕は初めて解った。

僕が今まで客席から見ていたのは完成した舞台なのだ。

面白くて楽しくて見終わった後に幸せな気分で帰路につく、極上のエンターテイメント。

面白さと楽しさと幸せ以外を取り除いた、調理済みのエンターテイメント。

だけど今僕らの前には調理前の素材がある。それは紛れもなく毒物だ。人に食べさせたら二度と目を覚まさないような、絶対に口にしてはいけない毒物だ。

御島さんは、この稽古でそれを選《よ》り分けているのだ。素材から毒を取り除いて、食べられる部分だけを抽出する。毒とピッタリ寄り添った、最高の味を持つ部分を取り分ける。

御島鋳は、人間の全ての演技の中から最も美味《おい》しい部分を選び出す。

それをたった二回の演技指導でやってのけた。

先輩の役者は、それをたった三回の演技でやってのけた。

僕にはできない。新人の誰にもできない。レベルが足りないとかいう次元の話じゃない。レベルを上げようにも、どっちが上でどっちが下かもわからないのだ。何をしたらああなれるのか、今の僕には想像すらできなかった。

稽古が続いていく。

新しい場面が始まる度に驚かされ、怯えさせられ、そして感動した。

その時の僕たち新人は、劇団『パンドラ』の一員などでは絶対に無く。

稽古を見学に来ただけの、
ただの観客だった。

僕の隣で、桜鳥さんが真円の目で稽古を見ている。

彼女の綺麗な瞳が、見てはいけないものを見るように、だんだんと小さくなっていく。

僕はその時、彼女の心が潰れる音を聞いた気がした。

ああ、そうか。

ついさっき僕が見た、玄関で一瞬だけ見た、御島さんの表情の意味がやっと解った。
あれは〝悲哀〟だったんだ。
「ああ、この子とも今日でお別れかもしれないのね」という〝悲哀〟だったんだ。

翌日。
八人の新人が退団した。

11

携帯の目覚ましより先に目を覚ました。
布団から手を伸ばして鳴る前の携帯を止める。午前十一時。バイトは夜からだ。
昼は新人公演の稽古がある。
起きて行かなきゃいけない。
行かなきゃ。
行かなきゃ？
行って……何をするんだろう。

それは、稽古だ。稽古。新人公演の稽古だ。稽古をして公演をするのだ。

なんで？

なぜ僕がそんなことをする必要があるんだろう。

僕がやっても、僕の望むものは創れない。

僕の望むものは他の人が創っている。

だったら僕がやる意味はなんだ。

僕が就職もせずに、自分の人生の大半を費やして、結果できないことがわかっているのに、それでも創る意味ってなんだ。

僕が創る意味。

僕が。

生きる意味。

頭をブンブンと振る。考えるな。今考えるな。今日は稽古日で、稽古日には稽古場に集まるというのは約束だ。当たり前のことなんだ。だから行く。だから行くだけだ。

とりあえずでも何でもいい。行かなきゃ。

僕は急いで着替えて家を出た。

余計なことを考えないように自転車を思いっきり漕いだ。

12

来ていたのは僕を含めて五人だけだった。

阿部さん、槍子さん、役者の森さん、美術の小倉《おぐら》さん、僕。

ヒロイン役の桜鳥さんは辞めた。舞監の古屋さんは辞めた。子役の子も辞めた。正式に退団届けを出したのが八人。残っているのは七人だが、今日はさらに二人来ていない。もう来ないのかもしれない。理由はこの場の全員が知っている。

小さくなった車座が押し黙る。

沈黙を破ったのは、阿部さんだった。

「今日は、これからの事を話し合いたいと思います」

「これから……」

森さんが呟く。森さんはこの中では年長の男優で、他劇団でのキャリアも長い。森さんは悲痛な表情で阿部さんに向いた。

「言いたくないけど……僕は正直、もう駄目だと思ってる」

「駄目って……どういう意味ですか」

「意味も何も、みんなが解ってるじゃないか」

「オレはそうは思いません」

阿部さんはいつも使っているノートを広げると、そこに日程を書き込みながら話す。

「八人も減ったのは確かに痛い。今日来てない二人もこのまま辞めてしまう可能性が高い。でもまだ五週あります。幸い振動さんはまだ脚本のストックを持ってるから、少人数の本に変更して美術も」

「そうじゃないでしょ」

森さんが阿部さんの言葉を遮る。

「問題から目を逸《そ》らしても何も解決しない」

「……オレが目を逸らしてるって言うんですか」

「…………いや、謝る。言い過ぎた。そうだな、阿部くんの立場からは言えない話だ。阿部くんは制作なんだから、完成に向けて頑張るのは当たり前だ。だから代わりに僕が言う」

森さんは沈痛な面持ちで僕らを見渡した。

「この五人でこれから五週あれば、きっと上演はできるだろう。規模の小さい劇にすれば、それは間違いなくできるさ。だけどそれを……できたものを…………

あの人達に見せるの？」

阿部さんの顔が歪《ゆが》む。

槍子さんが顔を伏せる。

「……僕はきっと堪えられない」

「だけど……！」

阿部さんが反論を振り絞った。だが続きはない。反論なんて誰にもできない。森さんが言っているのはこの場の全員が、この場に居ない全員が感じた事実だ。

『パンドラ』は別次元の人間の集団なのだ。

そんな人達に向かって、僕らが作るようなものを、どの面下《つら》げて見せられるというのか。

森さんの「もう駄目」という言葉が、石の詰まった荷物のように背中にのし掛かる。

みんな思ってしまっているんだ。

終わりなんだと。

僕も。

森さんも。

小倉さんも。

阿部さんも。

「私は!!!!!」

槍子さんが。

突然立ち叫んだ。

「私はやめない!!!!!」

槍子さんは顔を歪めながら尚《なお》も叫ぶ。

「やめない!!!!!　絶対にやめない!!!!!　怖いけど!!!!!　辛いけど!!!!!　どうすれば良いか全然わからないけど!!!!!　でもやめない!!!!!　この公演を絶対に途中でやめたりしない!!!!!」

それは。

〝誓い〟だった。

この場の誰かにではなく、ただただ自分に向けて叫んだ誓いだった。立ち尽くす槍子さんに僕は圧倒されていた。ああ、槍子さんは強い。こんなに強い子を僕は見たことがない。槍子さんの心はまだ潰れていないんだ。

でも。

僕は。

「……今週」

阿部さんがゆっくりと立ち上がる。

「土曜日にもう一回稽古日があります。それまでに、この場に居る人は結論を出しておいて下さい。続けるか。やめるか。退団される人は何も言わなくても大丈夫です。残ると決めた人だけ、次の稽古に来てください」

13

吉祥寺の街を歩いていると、霧雨《きりさめ》が降り出した。傘が要るほどじゃない柔らかい雨が、街の濃度を少しだけ薄くする。

何も考えずにアパートを出て、何も考えずに歩いていたらいつの間にか吉祥寺に着いていた。このまま帰ってもよかったが、バイトまでまだ時間があった。僕は特に行く当てもなく、そのまま霧の街を歩いた。

昨日、槍子さんは覚悟を決めた。

公演を最後までやり遂げると自分に誓った。

誓わなければ、誓いでつなぎ止めなければきっと流されてしまうから。槍子さんは誓いという名の杭《くい》で、自分をこの新人公演に縫い留めたのだ。それがどんなに辛い痛みを伴うのだとしても。

この舞台が完成すれば、当然パンドラの人達の前で上演することになる。

檜子さんは自分が作った舞台を見せることになる。

御島さんに。

御島鋳に。

自分の一番尊敬する人に、自分が何もできない人間であることを見せる。そのために身を粉にして舞台を作る。

檜子さんは、なぜそんなことができるんだろう。

そんな刃物の雨に飛び込むみたいな真似《まね》がなぜできるんだろう。

きっととても痛い。たくさん血が出る。下手をしたら死んでしまうかもしれないのに。そしてもしその痛みに堪えられたとしても、その先で何も手に入らないのかもしれないのに。檜子さんはなぜそれができるんだろう。

僕には。

僕にはできない。

あんな人達に、自分の何もできてない演技を見せるなんて。何も解ってない演技を見せるなんて。考えただけでも堪えられない。堪えられるわけがない。自分から進んでそんな真似をするなんて、まるで自殺じゃないか。

僕は土曜日の稽古には行けない。

檜子さんにはいくら謝っても足りることじゃないけれど……でも、それでも行けない。

僕の心は、あの稽古を見た日に潰されてしまったのだから。

あとはもう麻酔を打って、この痛みをやり過ごしながら生きていくしかないのだから。

顔を上げる。雨が止んだのかと思ったら、いつのまにか駅前商店街のアーケードに入っていた。顔を向けるとサンロードの本屋があった。僕はそのまま中に入る。本でも何でも良いから、何も考えないで済むものが欲しかった。

三階建ての本屋は二階に文庫、三階に漫画がある。少し急な階段を上がっていく。踊り場に差し掛かったところで、大きな紙袋を抱えた人が上から降りてくるのが見えた。そして見えた瞬間に足を踏み外して転げ落ちてきた。紙袋から重そうな本が次々とこぼれ落ち、全部が僕に向かって降り注ぎ、それからその人も降り注いだ。キャプテン翼《つばさ》の必殺技にスカイダイブシュートという自分からゴールに突っ込む技があったなぁと思い出しながら僕は潰れた。最高にどうでもいい走馬灯だった。

「ご、ごめんなさい……っ」

僕の上に乗っかっていた女の人が大慌てで横に降りる。

「ごめんなさい……ああう……あの……本当にごめんなさい……ごめんなさい……」

女性は僕に被《かぶ》さった本をどけながら繰り返し謝っている。僕は図鑑みたいな重い本を押《お》し退《の》けて体を起こした。

「ごめんなさい……あの……怪我は……ああ……ごめんなさい、ごめんなさい……」

女性はちょっと過剰なほど謝っていた。僕はかぶりを振る。痛いことは痛いがとりあえず怪我はなさそうだ。

「僕は大丈夫です……。そちらは」

「ごめんなさい、本当にごめんなさい……あ……。貴方《あなた》……」

僕は顔を上げた。

「ごめんなさい……」

御島鋳は僕の顔を見ながら、もう一度謝った。

14

スターバックスの窓辺の席で御島さんと向かい合う。

「ごめんなさい……」

「はぁ……」

僕はぞんざいな返事をした。憧れの御島さんに向かってなんでそんな真似ができるのかというと、数えて三十数回目の謝罪だったからだ。

「もう謝らないでください」

「ごめんなさい……」

「…………。しかし、すごい量の本ですね。美術書に写真集に……ウェブデザインなんかも。全部舞台の参考にするんですか？　これだけ一気に買うと重いでしょう」

「ごめんなさい……」

こんな調子である。

正直に言えば御島さんと、パンドラの人と顔を合わせるのは辛かった。あの日の稽古を見た後では、あれほどの痛烈なレベル差を見せつけられた後ではどう取り繕っても卑屈になってしまう。恥ずかしくて話なんかできない、ただ顔を伏せているしかない、と思っていたのだけど。目の前の御島さんが余りにも低頭なので低頭の僕よりさらに一段下に頭があり、そのおかげで僕らは何とか会話することができていた。

しかし。

稽古場と印象がかなり違うなぁ……。

エリシオンで見た御島さんは基本的にテンプレートみたいな応対しかせず、必要なこと以外はほとんど喋らなかった。稽古の時も指示以外の言葉は出さず、感情を露《あらわ》にすることも皆無で、まるで氷の華のような印象の人だったのだけど。

目の前にいる御島さんは又貸しされた猫くらい小さい。あの研ぎ澄まされた空気はどこにもない。スターバックスの甘いコーヒーを両手でちびちびと飲む御島さんは、まるで小さな子供のようだった。

「あの、御島さんて、外だと印象変わりますね」

言ってしまってからやべ、と思った。沈痛な空気に堪えかねてつい話題にしてしまったが、御島さんがもし本性を隠していたのだとしたら地雷である。

「…………」

御島さんは何も答えない。やっぱり地雷だったのか。踏んでしまったのか。今からでも取り繕うべきか、いやここは我慢のしどころなのではないかと葛藤していると、御島さんの口が小さく小さく開いた。

「……不出君が……」

御島さんは外を車が通ったら聞き取れないほどの小声で言った。

「新人さんの前では……毅然《きぜん》とって言うから……」

「じゃあ演技だったんですか？」

「ごめんなさい……」

「あ、いや、僕は別になんとも思ってないですけど。なんでまたそんな真似を」

「私もよくわからないけど……不出君は考える事がいっぱいあるから……。お願いされたら言う通りにはする……」

不出さんの指示ということは、つまり営業戦略的なものなんだろうか。

確かにインタビューなどでは御島さんは毅然とした印象を保っていたと思う。でもこっちの御島さんの方がむしろ、なんというか……可愛《かわ》い気《げ》がするのだけど。年上の人に言う言葉じゃないかもしれないが。

「一応毎年やってるんだけど……入団した人にはすぐにバレちゃうからあんまり意味は無いかも……」

「早くも僕にバレてるくらいですからね……」

「あの……不出君には言わないで？　怒られるから……」

御島さんは俯《うつむ》いたまま、上目で僕を見た。いやこっちが演技だろうと思うくらいにあざと可愛い。僕はどぎまぎしながらコーヒーに口を付けたがもう無かったのでしょうがなく飲むフリだけした。

それから御島さんはまた黙ってしまった。再び沈黙が下りる。

僕は空になったカップをもてくりながら、まだチビチビとコーヒーを飲み続けている彼女を眺めた。

やっぱり素敵な人だと思う。

今日初めて見た意外な一面には戸惑ったけれど、それはそれで彼女の魅力の一部だと思えた。やっぱり僕はこの人のファンなのだと気付く。今までもこれからも僕は彼女のファンで、そしてファンでしかない。

彼女の脇に置かれた紙袋に目を落とす。大量の美術書にデザインの本。どれも大判で厚くて、女性が一人で持つには辛い量だ。趣味の本かもしれないし参考資料かもしれない。でもこれが全て、御島鋳の作品の糧となっていくのだろう。今日は稽古日じゃないから御島さんもお休みのはずだ。でも彼女は今もきっと自分の作品の事を考え続けている。彼女は〝創る人〟なのだ。

僕は〝そちら〟に行けなかった。

だから僕と御島さんは、ここでお別れなんだ。

僕は土曜日の稽古には行かない。行けない。だからパンドラとの関わりはこれが最後になるだろう。これが最後の想《おも》い出《で》になるのだろう。

僕は今日のことを忘れない。

御島さんと二人でコーヒーを飲めたことは、高校の時から役者を頑張ってきた僕への、神様の小さなご褒美かもしれないと思った。

雲が切れたのか、窓の外がだんだん明るくなってきた。ずっと降っていた霧雨が上がる。もう雨を気にしないで帰れる。

彼女のコーヒーももう無い。

僕は名残惜しい気持ちを抑えこんで、足に力を込めた。

「数多君」

突然、御島さんの声が僕の動きを止める。

「辞めてしまうの？」

ドクンと心臓が一つ打った。

唾を飲み込む。見透かされている。そんな話は一切していないのに。

ああでも……そうだ。わかるはずだ。御島さんはもうずっとこんなことを経験し続けているのだ。発表されている入団者の数からしたら、きっと十人以上の人間が毎年辞めているのだろう。こんなことにはもう慣れっこなんだと思う。

だから僕もまた、『パンドラ』に引導を渡されるその他大勢の一人でしかない。でもそう思えば少しだけ気も楽だ。僕は元々そういうキャラなんだから。数多一人なんて名前に生まれてしまった、世界のエキストラの一人でしかないんだから。

「御島さん」

僕は、自分でも驚くほど自然に話しかけていた。

「一つだけ、聞いていいですか？」

これが本当に最後だ。

だから僕は。

ずっとずっと聞きたかった事を口にした。

「御島さんは、なんで創っていられるんですか？」

「………………」

「辛くないんですか？　苦しくないんですか？　もし一生頑張っても追いつけない人

がいて、もしどんなに頑張っても創れないものがあるんだったら、それでも創る意味って何なんですか？　いくらやっても辛いだけじゃないですか。創っても創っても痛いだけじゃないですか。それともこんな気持ち、御島さんは感じないんですか？　御島さんは天才だから、御島さんは何でも創れるから、追いつけなくて創れない人の気持ちなんて微塵も感じたことがないんですか？」

言葉が堰《せき》を切って溢れる。

「僕は……僕はできない。パンドラの人達には絶対に追いつけないから。いくらやっても無理だって解ってしまったから。もう続けられない。もう無理なんです。これから一生こんな気持ちのままで、何にもなれないままずっと創り続けるなんて……できない……辛いじゃないですか……そんなの、辛過ぎるじゃないですか……」

僕は全てを吐き出した。最後だから、恥ずかしくてもいいから、御島さんに聞いてほしかった。

でも言えた。吐露できた。だからもう充分だ。

答えは要らない。

だってきっと御島さんには僕の気持ちは解らない。先頭で創り続ける御島さんに、後続の気持ちなんて理解できるわけがないのだ。

いつのまにか紙コップを握り潰していた。

その手から、段々と力が抜けていく。

これで終わったんだ。

もう役者はやめるんだ。

「創るのは、辛いの」

僕は顔を上げた。

御島さんが空のカップを見つめている。

「いくら読んでも、いくら書いても、いくら観ても、いくら創っても、その辛さが消えることはないの……。三六五日創り続けても、十年創り続けても、絶対に消えることはない……。その辛さを消すには満足するしかない。でも満足なんてできない。私は自分が満足できるものを一度だって創れたことがない……。挑戦して失敗して、また挑戦してまた失敗して……。それはとても苦しくて……とても辛くて……どうしたらいいかなんて、今だって全然わからない……。でもね、私、一つだけ知っていることがあるの。たった一つだけ知っている、間違いのない、本当のこと」

御島さんは優しく微笑んだ。

「創るのをやめるより辛いことなんて、この世には無いの」

15

小さい頃から注射が大嫌いだった。歯医者も大嫌いだった。痛いからだ。今も両方大嫌いだ。

運動も好きじゃなかった。疲れることは嫌いだった。授業のマラソンを走り終えた時は、なんでこんな辛いことをわざわざしなければいけないんだろうといつも思った。

死ぬ時のことを想像して怖くなったことがある。子供だった僕は世界が滅ぶという予言を真に受けて眠れなくなった。せめて死ぬ時は苦しまずに死なせて下さいと神様に祈った。

思い出す。

僕は辛いことが何より嫌いな、どこにでもいる普通の子供だった。

地下への階段を駆け降りて勢いよく扉を開ける。

広い稽古場の真ん中には二人の姿があった。

「数多」

阿部さん。

「数多君」

槍子さん。

僕は二人のそばに行った。

円陣は組めなかった。どんなに頑張っても三角形が精一杯だ。

「すまん、数多」

阿部さんが頭を下げて言う。

「ぶっちゃけお前は来ないと思ってた」

「僕も思ってました」

僕は正直に言った。本当にそう思っていた。もうここには絶対に戻れないだろうと思っていた。戻ったら辛い目に遭うのは判り切っているのだから。

でも。

「わかったんです」

僕は二人を見て言う。

「続けるよりも、辞める方がずっと辛いんだってこと」

それはとても後ろ向きな選択だった。

続けても辛い、辞めても辛い、なら少しでも軽い方を選びたい。

だから僕は続ける方を選んだ。辞めるのが、辞めることが一番辛いんだと御島さんが教えてくれたから。

僕の選択は本当に後ろ向きだけれど。

それは妥協ではなく。我慢でもなく。

辛いことが何よりも嫌いな僕の、現時点でのベストな選択だった。

「なんでも演《や》ります」

僕は二人に向かって言った。自然に笑みがこぼれた。あの日以来、久しぶりに笑ったような気がする。つられて阿部さんも笑った。槍子さんも笑った。僕たちにはもう迷いは無かった。

「さてと……」阿部さんが腕時計を見て息を吐く。「数多で打ち止めかな……」

「え〜……三人〜……？」

槍子さんが不満を全く隠さず嘆く。

「役者足りない!!!　あと一人くらい欲しい!!!」

「贅沢言うな！　演出ならアイデアで何とかしろ！　足りないならお前も出ろ！　経

験無いわけじゃないだろ！」

「ぐっぬっ……じゃ、じゃあ阿部君も出てよ!!!」

「オレまで役者やったら現場が崩壊するだろう……」

「うぬぅ……もういい!!!　数多君!!!　なんでもやるっていったよね!!!　一五役やって!!!」

「どうしてもやれと言われるならやりますが……会話できないですよ」

「じゃあ五人に増えて!!!」

非常に高度な演出指示だった。流石は槍子さん。無理だ。

「いいから持ってるシナリオ全部出せ」阿部さんが槍子さんの鞄を引き寄せながら言う。「一人舞台のとか無いの？」

「あるけど〜……」

槍子さんが鞄を振って大量の脚本を振り出した。前に見た時のさらに倍くらいある。

あれで全部じゃなかったのか。

「これとか一人だよ。『最後の地底人、廃村に死す』」

「……他は」

「他には〜……」

それから僕ら三人は槍子さんの数十冊の脚本を全て漁《あさ》り。

そうして、一本のシナリオを選び出した。

16

吊《つ》り下《さ》げられた三〇機のフラッドライトが舞台を照らす。間口一五メートル、奥行き一二メートルの広大な世界に僕は一人立っている。わざとらしいシルクハットにわざとらしい灰色のコート、そしてどこまでもわざとらしいパイプをくわえて。

名探偵ポラリスは一〇〇〇の事件を解決した世界一の探偵だ。

名探偵ポラリスはどんな難問も解決する世界一の探偵だ。


用意された舞台はあまりにも広かった。

突貫で作ったボロボロの大道具と、突貫で稽古したボロボロの役者ではとても埋めきれないほど広かった。

名探偵ポラリスは休むこと無く事件を解き続けた。

名探偵ポラリスは休むこと無く悪人を捕らえ続けた。

いつしかポラリスの周りからは事件が消えていた。

ポラリスに捕まるのがわかっていて悪事を働く者はいなかった。


スポットの光が慎重に絞られていく。照明は阿部さんが操作している。槍子さんは舞台裏にスタンバっている。役者ではない。道具出しや転換を手伝ってくれるだけだ。今回の役者は僕一人だ。


しかしたった一人だけ、改心しない者がいた。

アケルナル教授はポラリスのライバルだった。

アケルナル教授は幾度も幾度も悪事を働いた。

ポラリスは幾度も幾度も事件を解決した。

アケルナル教授は幾度も逃げ、幾度も捕まって、幾度も脱獄し、ポラリスに挑み続けた。

ポラリスの周りで悪事を働くのは、いまやアケルナル教授だけだった。

僕は精一杯の声を出す。
こんな広い劇場で演技するのは初めてだ。声が客席の闇に吸い込まれていくように感じる。人が足りないから音響もほとんど使えない。僕の台詞《せりふ》が途切れれば舞台全てが無音となる。僕はその静寂を恐れて渾身《こんしん》の力で声を張った。アケルナル教授を追って、力の限り叫んだ。

そのアケルナル教授から、最後の挑戦状が届いた。
アケルナル教授は病気だった。彼は自分の死期を知っていた。
最後に決着をつけようと、彼はポラリスに挑んだ。
街の人々はポラリスの勝利を望んだ。
ポラリスが勝ってアケルナルが亡くなれば、街には平和が訪れる。
街の人々はポラリスの勝利を願った。
この世から事件が消えるのを願った。

舞台の真ん中で、僕は俯いた。

舞台の真ん中で、ポラリスは俯いた。

名探偵ポラリスは一〇〇〇の事件を解決した世界一の探偵だ。
だから彼は知っていた。
自分はアケルナル教授の最後の事件を解決できると。
名探偵ポラリスはどんな難問も解決する世界一の探偵だ。
だから彼は知っていた。
自分はアケルナル教授の病《やまい》だって解決できると。

ポラリスは考えた。

それはとても難しい問題だった。
それはとても悲しい問題だった。
だけどそれよりもっと悲しいことに。
名探偵ポラリスはどんな難問も解決する世界一の探偵だった。
そしてポラリスはこの世で最後の事件に挑んだ。

事件は解決した。

ポラリスの解くべき事件はもうこの世にない。

ポラリスの解くべき問題はもうこの世にない。

こうなることは知っていた。

こうなることは解っていた。

だけどポラリスは微笑んだ。

「たとえどんな事件といえど、解かないわけにはいかないさ。なぜなら私はどんな難問も解決する世界一の名探偵なのだから」

緞帳《どんちょう》を下ろす機械の音が静寂の舞台を包む。

僕たちの新人公演『名探偵ポラリス　最後の事件』の幕が下りていく。

客席から拍手が起こった。公演を見ていたパンドラの劇団員五〇人分の拍手が惜しみなく僕らに向けられる。

それは僕らの無力さを全力で苛《さいな》む、拷問のような音だった。

幕が下り切る。僕は覚束《おぼつか》ない足取りで舞台袖に向かった。槍子さんがいる。遅れて照明室から阿部さんが戻ってくる。僕たちは舞台袖の暗がりの中、三人で立ち尽くした。

誰も、何も言わなかった。

三人とも解っていた。全部解っていた。僕たちが与えられた時間の中でできる限りのことをやったこと。これ以上は望めないほど頑張ったこと。今できる最高の物を創り上げたこと。

それでも全く足りないこと。

話すことは、何も無かった。

じっと見つめた床にポタンと水が落ちた。槍子さんが泣いていた。血が出そうなくらいに拳を握りしめて、全身を強張らせて、顔をクシャクシャにして泣いていた。声は上がらなかった。それが槍子さんの精一杯の抵抗だった。出せない声の代わりに、涙がボロボロと止《と》め処《ど》なく溢れ続けた。

阿部さんが天井を仰ぐ。そしてどこにも届かないような小さい声で、くそと呟いた。その言葉はもちろん僕の耳にも届いていない。でも僕にはわかる。だって今の僕らを表現する言葉はそれしかない。

そんなくそみたいな僕は、一人の友人のことを考えていた。

この一ヶ月間、朝も晩もずっと一緒に過ごした大切な友人、名探偵ポラリスのことを考えていた。

ごめんなさい、と心の中で言った。

ごめんなさい、ごめんなさいと繰り返す。ポラリスに、槍子さんに、阿部さんに、御島さんに、見に来ていた全員に、心の中でごめんなさいと繰り返す。

違うんだ。全然違うんだ。お客さんが見たポラリスは偽物だ。粗製乱造の真っ赤な偽物だ。槍子さんの生んだポラリスはこんなものじゃない。こんな物足りない、期待はずれの人間じゃあないんだ。名探偵ポラリスは一〇〇〇の事件を解決した世界一の探偵なんだ。

なのに僕が。

僕のせいで。

悔しい。

死ぬほど悔しい。

涙が一滴出た。それから溢れた。僕は泣いていた。泣いてしまった。慌てて両手で目を覆う。ああ、みっともない。ただでさえみっともない僕がこれ以上みっともなく泣いたりできない。歯を食いしばって声を殺す。それでも涙は止められない。悔しい。悔しい！　全部、全部僕が駄目だから！

二人に背を向けて、袖の壁に額を押し付ける。自分が泣くのも止められない僕は、せめて顔を見せないくらいしかできなかった。僕は本当に非力だった。それが悔しくて悔しくて死んでしまいそうだった。

その時、袖の扉が開いた。

舞台袖に御島さんが入ってくる。続いて不出さんが入ってくる。客席で見ていたはずの劇団員の人達が次々と中に入ってくる。

僕は心底焦った。槍子さんも驚いている。やばい。なんで、なんでこんな時に。逃げたい。逃げ出したい。だけど逃げ場なんてどこにもない。

阿部さんが一歩前に出て、姿勢を正して胸を張る。

僕も覚悟を決めて、阿部さんの隣で気を付けをする。顔はまだぐちゃぐちゃで涙も止まらない。歯を食いしばって目だけ必死に見開く。反対側に立つ槍子さんもきっと同じだろうと思う。

劇団員全員が舞台袖にぎゅうぎゅうに詰め込まれ、僕らは決死の想いで五〇人と向き合った。

先頭にいた御島さんが、ゆっくりと僕らに歩み寄る。

その手にはピンクの表紙の本があった。

御島さんが槍子さんに本を渡す。同じ本を阿部さんにも渡した。最後に僕の目の前に来る。僕は涙でびしょびしょの顔を気にしながらそれを受け取った。

本の表紙にはタイトルがある。

『奇跡の創作』

それは台本だった。以前に見せてもらったパンドラの新作『フォージ』と同じ装丁の台本。でもタイトルは聞いたことがない。パンドラファンの僕が一度も見たことがない。

つまりこれは『フォージ』の次の。

御島鋳の新作の台本。

僕は濡《ぬ》れた顔を上げた。

「その悔しさは、私達みんなで晴らしましょう」

御島さんは僕に向かってにこりと微笑んだ。

「『パンドラ』へようこそ」

こうして僕たち三人

振動槍子、

阿部足馬、

そして僕、数多一人は、

超劇団『パンドラ』の、本年度の入団者となったのであった。

17

自転車を漕ぐ足取りが軽い。さっきタイヤに空気を入れたからだろうけど、でもきっとそれだけじゃない。僕は井の頭公園の入口の坂を下って、人の少ない緑道を気持ちよく走っていく。

ふと見れば公園の桜がすっかり緑になっている。五月も半ばだから当たり前ではあるのだが。この一ヶ月は本当にがむしゃらだったので、桜が咲いたのも散ったのも全く気付かなかった。

新人公演を終えてから一週間が経《た》っていた。

公演を終えた僕たちを劇団の先輩方は手厚く、というか手荒く歓迎してくれた。稽古場で行われた歓迎会は二十四時間くらい続いた。あんなに飲んだのは学生時代を通じても初めてだった。

先輩たちはそこで色んなことを教えてくれた。無いと教えられていた本当の三次審査は《新人公演を終えるまで辞めないこと》であったこと。それは言われてみれば当然過ぎる条件だった。稽古を見て辞める人が団員になんてなれるわけはない。腕はまだまだ足りないけれど、その点だけなら僕ら三人はなんとかクリアできたと言える。だけどたとえ最初の壁を抜けた人でも、その先で辞めてしまうことは必ずあるのだと不出さんは言った。

「パンドラの中にも技量の上下は間違いなくある。鋳をはじめとするトップクラスの団員と作業するうちに、心が折れて辞めてしまう人は毎年必ずいるんだ。それでも辞めたくない、石に齧《かじ》りついてでもついていきたい、いつの日か必ず追い越したい、そういう人間だけがここでやっていける。新人公演はその最初の一歩に過ぎない。だから君達はこれから、新人公演の時に味わった苦しみをずっと味わい続けるだろう。でもそれはね、すごく幸せなことなんだよ」

それから不出さんは「僕も早く追いつかないとな」と言った。阿部さんが全く追いつけない不出さんも先頭ではない。槍子さんが背中すら見えない御島さんも先頭ではない。それは想像するに恐ろしくて、でもとても素敵なことだと思った。

ちなみに御島さんはその飲み会の席で早くも地金を出していた。毅然としているのはやはり疲れるらしい。缶チューハイを両手で申し訳なさそうに飲む御島さんはとても可愛く、槍子さんは「かわいい!!!!!!!」と叫んで鼻血を噴いていた。御島さんは血だらけでにじり寄る槍子さんに怯えて泣いた。早くも打ち解けられたようで何よりだと思いながら僕は陰惨な血溜《ちだ》まりを拭いた。

そして今日は、その飲み会以来の稽古日である。

現在パンドラは三週間後に控えた舞台『フォージ』の稽古を煮詰めている。僕ら新人三人は途中参加なのでそこまで深くは関われないが、できる限り雑務を手伝うことになった。きっとその中でも、また大きな壁を見せつけられるのは間違いない。

でも僕はもう知っている。

やめるより辛いことなんてこの世には無い。

だって僕は、役者が好きなのだから。

18

「入団……審査？」

僕は持てる限りの演技力を駆使して不安な顔を作る。阿部さんも思いっきり眉を顰める。楢子さんは野生動物のようにずりずりと後ずさった。

「ああごめん、悪かった。言い方が悪かった。君達のじゃないから」

不出さんが両手を振って否定する。

ちょっと話が、と不出さんに呼ばれて僕ら新人三人は稽古場の隅に集まったのだが。突然入団審査などという不吉極まりない単語を聞かされたのだから不穏な空気にもなる。

「驚かせないでくださいよ……」阿部さんが息を吐く。「まだ審査が残ってるのかと思ってビビったじゃないですか」

全くだ。瀕死《ひんし》だった心を奮い立たせて新人公演をくぐり抜けたというのに、まだこれから審査がありますと言われたらもう一度奮い立たせる際の振動で心が崩れる。

「それで入団審査って……」楢子さんが恐る恐る聞く。

「うん。実は先週、入団希望の履歴書が一通届いてさ」

言って不出さんは封書をヒラヒラとさせた。

先週と言ったら五月の頭である。パンドラの入団審査は毎年一月なのだからちょっと気が早すぎる。もしくは遅すぎる。イレギュラーでも取ってもらえるかもと思って出してきたんだろうか。

「もちろん今年の審査はもう終わってるから来年に回すのが筋だし、そうしようと思ったんだけど。なんかその履歴書を見た鋳がね、ちょっと興味を持ったみたいなんだよ。珍しいことに」

「鋳さんが？」檜子さんがピクリ、いやガツリと反応する。

「書類で鋳が気にするなんて本当に珍しい、というか初めてだからさ。もしかしたら逸材かもなぁと思ってね。それで今日の稽古の前にちょっと時間を取って見てみようかって話になったんだよ。今日は通し稽古で団員もほとんど揃うからちょうど良いかなと……。ただ、これはイレギュラーには違いないからね。先に正規の入団者の君達に話さなきゃと思った。もし君達三人がそういう横入りの新人は嫌だというなら、帰ってもらって来年受け直させるよ。さて、どうだろう？」

僕は二人と顔を見合わせた。まぁでも話すまでもない。ここで嫌ですと言えるほど僕ら三人は偉くない。

それにたとえイレギュラーでも僕らと同じ審査を受けるわけで、それを抜けられる人なんだったら文句があろうはずも無い。パンドラの練習を見ても心が折れないでいられるなら、それはとても貴重な新人仲間だ。

「オレたちは問題ないですよ」

阿部さんが代表して答えた。僕と槍子さんも頷く。

「良かったよー。事後でゴメンねほんとに。じゃあ後十分したら君らもやった二次審査をするよ。課題の台詞の読み上げと自由課題のPR。筋トレ関係はまぁ後でいいとして……。その後は僕らの通し稽古を見てもらうことになるから、それが自動的に三次審査かな」

不出さんは気軽に言ったが僕はゾッとした。ただでさえ緊張する二次の演技審査を、今日はほぼ勢揃いの団員の前でやらなければいけないのだ。僕らの時には御島さんも不出さんも居なかったから、それに比べたら緊張度は段違いだろう。そして演技審査の直後にパンドラの稽古を見せられるという。そんな壮絶なコンボに耐えられる新人がいるんだろうか……。

不出さんはじゃ、と言っていそいそと退場していった。

「鋳さんのお眼鏡に適《かな》った新人…………うぬ……」

槍子さんは嫉妬と興味が半分ずつくらいの微妙な顔をしていた。表情の豊かさは大変役者向きなのだけど、振動槍子役以外演じられないのが弱点である。

十分後。パンドラの全団員が稽古場に並んで座った。

僕ら新人三人は一番前の方に体育座りで並ぶ。先輩として新人をしっかり値踏みするようにとの不出さんからのお達しである。僕はそんな偉そうなと思ったが隣の槍子さんは値踏みする気満々のようだ。僕の分まで頑張ってほしい。

ほどなくして、不出さんが一人の女の子を連れて来た。

背は低めだった。そしてとても若く見える。もしかして高校生だろうか。短く切り揃えられた黒髪の女の子は、これがなかなかに可愛い。もちろん御島さんには全然及ばないけれど。

その子はこれから審査だというのに何故かジャージではなく私服だった。持ってきてないんだろうか。変なタイミングで履歴書を出してきていることといい、ちょっと無礼で不遜な子なのかもしれない。まぁ十代の無礼と不遜ははしかみたいなものではあるけれど。

「えー、皆さんにはさっき話しましたが」

これから変則で入団審査しますと不出さんが簡単に説明した。先入観を無くすために経歴は伏せるという。この辺は僕らの時と同じ方式だ。

「じゃあ早速」不出さんが説明を終えてみんなと一緒に座る。「あ、始める前に鋳も何か一言」

水を向けられて、御島さんがスッと立ち上がった。あ、これは毅然としてる方だなと動作で判った。イレギュラーの審査とはいえ一応ちゃんと猫をかぶるらしい。

「課題の台詞は五つです。頭に入っていますか？」

御島さんの質問に、新人さんはコクリと首だけで頷いた。返事もない。やっぱり不遜だ……。

「それでは審査を始めましょう」

「審査……」

新人さんが初めて声を発した。小さい声だったが一番前に座っていた僕にはよく聞こえた。割と可愛い声である。彼女はその一言だけ呟くと、なんだか不思議そうな顔をしてわずかに首を傾《かし》げた。なんだその顔。審査を受けに来たんだろうに。

数瞬の後、彼女は傾いだ首を戻して言った。

「ああ……ええ、審査」

彼女は合点がいったように呟いた。

なんだろう……不思議ちゃんのロールプレイ中なんだろうか。この辺も十代の若さであろう。なんだかんだ言いつつ僕もしっかり値踏みしていた。年下だとわかると現金なものである。

「ではお願いします」

言って御島さんが腰を下ろす。超劇団『パンドラ』の二次審査が始まる。

演技課題の台詞は五つあり、それに自分の好きな演技を付けながら読み上げる。どれもそんなに長くはないが、感情を込めなければいけない分短い方が難しいとも言える。特に最初の一つ《愛してる》はとても難しいと思う。人生で言ったことないし。こういう表現の幅を求められる台詞は若いほど難しいはずだ。十代の新人さんには酷な課題かもしれない。

ただこの新人さん、見た感じだと全く緊張していないように思える。勝負度胸は凄そうだ。さていったいどんな愛してるを聞かせてくれるのだろうか。

場が静まる。

彼女は静かに口を開いた。

「愛してる」

新人さんは大き過ぎも小さ過ぎもしない、この場に居る全員にだけちょうど届くような声で言った。あ、すごい。正解だ。この愛してるは正解だ。「愛してる」次にそう言ったのは僕の後ろに居た先輩の役者だった。でも言えてなかった。それは正解じゃない。端の方に座っていた別の役者の先輩も「愛してる」と言った。言えてない。全然違う。そうじゃないでしょう。僕はたまらなくなって自分も「愛してる」と言った。言えなかった。あれ。違うな。どうやって言えばいいんだ今の。「愛してる」もう一回言ってみる。でも駄目だ。こうじゃない。「愛してる」隣で槍子さんが言った。もちろん不正解だった。「愛してる」阿部さんも言った。「愛してる」大道具の先輩が言った。「愛してる」美術の先輩も照明の先輩もみんな言っていた。正解は出ない。どれも違う。不出さんも確かめるように呟いている。当然正解ではない。御島さんは何も言っていない。よく我慢できるなぁと思う。僕はもう一度言う。「愛してる」駄目だ。「愛してる」ああもっと離れてしまった。「愛してる」何度も言っているうちに頭の中で正解がぼやけてきた。「愛してる」だからこうじゃないだろう。こんなの何も愛してない。ただの嘘だ。愛してるっていうのはもっとこうさっきみたいな。「愛してる」もう一回言ってみるがちょっと周りがうるさくなってきて聞こえない。少し静かにしてもらえないだろうか。考えたいのに。正解に向けて方向を修正したいのに。集中できない。駄目だ。もう一度。もう一度正解が聞きたい。そうしたらきっと解るんだ。解るのに。その時ずっと立っていた新人さんの唇がわずかに動いた。全員がそれに気付いて一瞬で息を潜めた。どうやらもう一度聞きたかったのはみんな同じらしい。

「愛してる」

そうだ。そうだよ。これこれ。なんで朧《おぼろ》げになってしまっていたんだろう。いや覚えてはいたんだ。不正解を判別できてはいたんだから覚えてはいたんだと思う。でも自分ではできなかっただけだ。まぁ何度も繰り返しやらないとできないこともある。僕はここで正解を出すぞという気分で呟いた。「愛してる」駄目だ。やっぱり違う。いや最初よりは良くなったぞ。もうちょっとなんじゃないか？「愛してる」うーん……違うなぁ。何が足りないんだろう。その時一人の先輩が立ち上がって「愛してる」と言った。あ。そうか。姿勢か。新人さん立ってるもんな。何人かが続く。僕も慌てて立った。なるべく新人さんに近い姿勢で「愛してる」と言ってみる。多少良くなった気はするがまだ正解には程遠い。「愛してる」愛してない。「愛してる」まだ愛してない。僕は呟き続ける。槍子さんも阿部さんも呟き続けている。全員が呟き続けているが正解は一向に出ない。唯一御島さんだけが沈黙を守ってる。すごいなぁさすが御島さん。劇団の長としての威厳を感じる。もしかして御島さんは言えるんだろうか。後で是非やってほしい。ただ今は自分のことで手一杯だ。「愛してる」もう何度目かわからない言葉を呟く。「愛してる」難しい。「愛してる」また駄目だ。ふと気づくと後ろでずっと呟いていた先輩が言うのを止めていた。目を見開いている。涙がこぼれている。どこかで見た表情だと思ってすぐに思い出した。ああそうだ。桜鳥さんだ。つい一ヶ月半前に見た桜鳥さんと同じ顔だ。僕にはその気持ちがよく解る。そうですよね。辛いですよね。自分ができないことを見せつけられるのは本当に辛いですよね。でも先輩。駄目です。やめちゃ駄目です。だってやめる方がもっと辛いんですから。僕は自分にもそう言い聞かせながらもう一度「愛してる」と呟く。まだできない。遠い。先輩はそのまま稽古場を出ていってしまった。僕には止められない。気持ちはよく解る。これは創作を続けていく上で必ず当たる壁なのだ。先輩は自分だけで乗り越えるしかない。僕は僕のことしかできない。「愛してる」違う。別な先輩が出ていった。「愛してる」近くなったか？「愛してる」もう人数は半分くらいになっている。「愛してる」今惜しかった気がする。「愛してる」何か摑めたような気がした。「愛してる」気のせいだった。「愛してる」今出ていったのは阿部さんだろうか。「愛してる」それもしょうがない。「愛してる」隣の槍子さんがとても正解に近いものを呟いた気がした。僕は槍子さんを見た。喜んでいるかと思ったけれど違った。彼女の顔には他の人と同じような絶望が浮かんでいた。そうか。ここまでなんだ。ここまでが限界だと悟ってしまったんだ。その感覚もよく解る。そういう時は必ずある。でも乗り越えないと。槍子さん。槍子さん。槍子さんは出ていく。ああ。でも止められない。しょうがない。止めるよりも大切なことが今はある。「愛してる」「愛してる」「愛してる」もうすぐだ。もうすぐな気がする。それに大分考えやすくなった。雑音はもう無い。もう稽古場に残っているのは僕と新人さんとまだ一言も発していない御島さんだけになっていた。御島さんは静かに立ち上がった。ああ御島さんだ。御島さんがとうとう口を開く。

「愛してる」

それは正解ではなかった。不正解だった。ああ。ああ。御島さんは静かに振り返ると覚束ない足取りで稽古場を出ていった。僕は寂しかった。とても寂しかった。今すぐ追いかけて抱き止めてしまいたかった。でもできない。それはできない。だって僕は役者だ。役者の僕には今やらなければならないことがある。僕はもう一度呟いた。「愛してる」もう一度。「愛してる」もう一度。「愛してる」いったい何度言っただろうか。稽古場にかけてある時計のお陰で時間だけはわかる。そうして新人さんの入団審査が始まってから十三時間後。僕はまるで何かの中心に吸い込まれるように。あるべき場所にあるべきものが収まるように。その一言を呟いた。

「愛してる」

言えた。

ああ。

ああ……。

これか……………。

言えた。やっと言えた。

これが愛してる。愛してるの正解。

人間の中にたった一つだけある。

この世界にたった一つだけある。

本当の「愛してる」。

僕は震える膝を押さえた。今すぐその場にへたり込みたい気持ちに必死で抗《あらが》う。

なぜなら新人の女の子が、その両目で僕を見据えているからだ。

前髪を両側に分けてピンで留めている。そのせいでおでこと目がはっきり見える。しっかりと見開かれた目が僕を見ている。その目には全く動きが感じられない。一ミリのブレもなく、ただまっすぐに僕を見ている。目の前にいるのに写真を見ているような感覚だった。

「お名前を」

僕はハッとする。

「教えていただけますか？」

彼女は僕に話しかけていた。

「数多……一人です」

「数多さん」

彼女は僕の名前を噛《か》み締《し》めるように呟く。

そこで僕は気がついた。だんだんと気がついてくる。我に返る、と表現するべきだろうか。

今まで自分がやっていたことを思い出す。出ていってしまった人たちを思い出す。覚えてる。全部覚えてる。この十三時間のことを全部覚えてる。何が起きたのかよく覚えている。覚えているが。じゃあいったい、これはなんだ？

「役者の方ですね」

彼女の言葉にドキリとして動きが止まる。

なんで、なんでそんなことを知っているんだ。今日来たばかりの君が、なんで僕が役者だと。

「役者が好きですか？」

考えがまとまる前に、唐突に質問が投げかけられる。

「……好きです」

僕は困惑したまま答える。

「創るのが好きですか？」

「好き、です……あの」

「なぜ？」

え？

なぜ？

なぜって……なんで創るのが好きかってそれは……。

理由は、それは色々あるけれど
「愛とはなんですか？」

再び唐突な質問が投げられる。そんな。そんな難しい質問。

「……わかりません」僕は答えられない。

「人とはなんですか？」

「……わかりません」

何も答えられない僕に構わず、彼女は言った。

「創作とはなんですか?」

それはあまりにも壮大な質問だった。

わからない。

答えられない。

その質問の答えはもう僕の、僕らの、人間の理解の範疇《はんちゅう》を超えているような気がした。

「それがわかりそうなのです」

彼女は変わらない声で、そんな大それたことを呟いた。

「映画を撮ります」

新人の言葉が続く。

「役者を探していました」

彼女は一歩踏み出すと、僕に手を差し伸べた。

「数多一人さん」

彼女は。

薄く微笑んだ。

「映画に出ませんか？」

彼女は最《さい》原《はら》最《も》早《はや》といった。

2

その日。
超劇団『パンドラ』は解散した。

0.2

1

鍵を閉めて部屋を出る。

五月の陽が暖かい。上着は要らなかったかもしれない。アパートの階段を降りて自転車を取った。携帯を取り出す。僕は昨日届いた一通のメールを開いた。

差出人には『最原最早』の名がある。

あの日から一週間が経っていた。

彼女の入団審査があったあの日。

超劇団『パンドラ』が消滅した、あの日から。

劇団の解散はあまりに、そう、あんまりだと思うほどにスムーズだった。審査の翌日、先輩たち劇団員は一斉に退団届を出した。中には出さなかった人もいたようだけれど、届けの有無はあまり関係が無かった。結局全員辞めるのだとみんなが理解していて、そしてみんなが諦めているように見えた。ただ一人、僕だけを除いて。

一部の先輩と責任者の不出さんは劇団の解散作業を黙々と進めた。決定していた公演のチケットを払い戻し、借りていた資材を返却し、管理していた建物の売却先を探した。その作業に従事していた先輩たちは、誇張でなく本当に屍《しかばね》のようだった。みんな一様に生気が無く、ただただ作業的に劇団の撤収を急いだ。僕は何とも割り切れない気分のままそれを手伝っていたが、結局数日としないうちに不出さんはエリシオンの事務所を引き払ってしまい、残務は全て自分の方で引き受けると言って立ち去った。

それから僕は劇団の誰とも会っていない。

槍子さんにも阿部さんにも、ずっと会えていない。

二人ともやはり翌日には退団の旨を伝えていた。もちろん僕は止めようとした。立ち去ろうとする阿部さんを引き止めた。でも振り返った阿部さんの目を見た僕は、それ以上何も言えなかった。

何かを考えたり何かを悩んだりしている人が相手ならば僕だって言葉のかけようがある。話のしようもある。でも阿部さんは違った。阿部さんの目は「もう終わったことだ」と言っていた。終わったことをなぜ話さなければいけないのか、こぼれた水の戻し方を話すことに何の意味があるのか。阿部さんの意志は明確だった。引きとめようとしている僕の方がむしろおかしいのではないかと戸惑うほどに。

それでも僕は以降も何度か阿部さんと槍子さんに電話をかけた。メールも出した。しかし一向に返信は無かった。二人は今どこで何をしているのか、今の僕には全くわからない。

そして、あの場に最後まで残っていた御島さんは。

あの日以来失踪している。

稽古場を出ていってからの御島さんの足取りを知る人はいない。不出さんも行方不明になった彼女を捜そうとはしなかった。御島鋳は消えた。

御島さんがいなくなり。

超劇団『パンドラ』も解散した。

僕が追いかけてきた日本一の劇団はもうこの世にない。

その全ての元凶こそ、間違いなく、あの新人。

最原最早。

突然の解散劇の原因が彼女の入団審査にあるのは誰の目にも明らかだと思う。しかしいったい彼女の何が原因だったのかは全く明らかではない。

いや……明らかでないと言うのは、違うかもしれない。だって僕は解っている。あの日、あの場で何が起きたのかをよく解っている。

彼女は課題の台詞を読んだのだ。「愛してる」と一言だけ読み上げた。それだけだ。

だがそれが上手過ぎた。

あれは……そう、解だった。「愛してる」という言葉の正解だった。すぐにやってみようとした先輩の気持ちがよく解る。あんなものを聞かされたら自分でも言いたくなるのは当然だ。だけどできなかった。誰もできなかった。だから僕らはあの場で何度も何度も「愛してる」と繰り返した。僕らはあの場でずっと練習していたのだ。そしてできなかった人は去っていった。心が折れて去っていった。その気持ちもまた解り過ぎるほどに理解できる。それは僕が初めて『パンドラ』の稽古を見た時と全く同じ気持ち。自分の腕の足りなさに絶望する感覚。もう創るのはやめようと思うあの感覚だ。そう、あの場で起きた出来事はとてもシンプルだ。自分より遥《はる》か高みの人間と出会い、そして沢山の人が引退を決意したんだ。あの「ありがとう」の一言によって。

だから僕が理解できないのはただ一点だけ。

そんな演技が本当に存在するのか。

事実だけを見れば……存在するのだと言わざるを得ない。でも僕はまだ信じられないでいる。理解し切れないでいる。あの「愛してる」を直感的には認めていても、理性の方が受容できずにいた。

あの演技は何なのか。

最原最早という女の子はいったい何なのか。

その答えが多分、このメールの先にある。

メールは昨日の晩、僕の携帯に届いた。あの日、僕は彼女から連絡先を聞かれて、戸惑いながらも電話番号とメールアドレスを教えてしまっていた。

メールには画像ファイルが添えられていた。吉祥寺駅を中心としたこの周辺の地図。その中の駅向こうの一ヶ所に赤い印が付いている。そして本文には、たった一行の簡潔なテキスト。

『お待ちしています』

僕は携帯を鞄にしまって自転車を漕ぎ出した。

2

ガードレールに寄せて自転車を止める。特に急いだわけではないがアパートから十分とかからなかった。

地図の場所は吉祥寺通りに面した駅近くの一等地で、スマートな白いビルが建っていた。一階には洋服屋が入っている。見上げると上は六階まであった。僕はそのまま洋服屋の脇の入り口から建物に入る。僕はそのままエレベーターに乗って、地図に記載されている通りに五階まで上がった。

五階には事務所然とした扉が一つだけあった。

表札は掛かっていない。特に部屋番号などもない。

僕は少し戸惑いながら、インターホンを押した。数秒の間の後、不躾《ぶしつけ》に『どうぞ』という女性の声が返る。何も言っていないのに入室許可が下りてしまった。ちゃんと僕だと解っているんだろうか。不安を感じながら、僕は扉を開けた。

中はなんとも殺風景な部屋だった。

靴を脱いで部屋に上がる。フローリングの室内。壁際には簡素なキッチンが見える。

多分ここはダイニングなんだろう。だが視界の中に荷物が一切無い。キッチンも使った形跡が無い。ここだけ見ていると入居前の空き部屋にしか見えない。

少し気後れしながらダイニングを渡って隣の部屋へと向かう。奥の引き戸が開け放しで次の部屋とつながっている。

隣の部屋にはフラットで大きなテーブルがあり、その左右に折りたたみの椅子が四脚ずつ、合わせて八脚並んでいた。また窓際にはキャスター付きのホワイトボードが置いてある。まるで会社の会議室か何かのようだ。さらに奥にはもう一部屋あるようで、同じく引き戸が開け放しになっている。ただこちらからはL字の方向になるので、部屋の中までは見えなかった。

その開け放しの入口から、極自然に彼女は現れた。

「どうぞ」

最原最早は会議室の椅子を指しながら言った。

3

ドン、とテーブルの上に二リットルのペットボトルが置かれた。お茶だった。それと一緒に重なったままの紙コップも出される。

「どうぞ」

「……どうも」

僕は紙コップを一個取って、自分でお茶を注ぐ。

「……いります？」

最原さんはうん、と頷いた。僕は彼女の分のお茶も入れて渡した。お茶汲みはバイトでも慣れている。

椅子に腰を下ろして、お茶を一口啜る。

正面に座る彼女も同じように啜る。

最原最早はキャミソールに短パンという大変リラックスされた格好で出迎えてくれた。部屋着、というか寝間着みたいだ。今まで寝ていたと言われても信じるだろう。この何もない部屋に住んでるんだろうか。

でも彼女の外見を見る限りだとやっぱり十代っぽい印象なのだけど……。高校生だったらこんなマンションに一人暮らしというのも変だ。多く見積もれば大学生に見えないこともないが……もう成人しているんだろうか。

僕は彼女の後ろ側を見遣《みや》る。開け放しの戸の向こうにさっきまで見えなかった奥の部屋が見えている。中には事務用っぽい机が二台置いてあり、PCの大きなディスプレイが覗《のぞ》く。奥にたたまれた家具がある。パイプベッドだろうか。やっぱりここで寝ているのか。

視線を戻す。最原さんはお茶を置いた。

だが彼女は何も言わない。

沈黙が場に下りる。

「あの……」

僕はそう言ってから、また止まった。

ええと……どうすればいいのだ。そうだ、僕は話をしにきたんだ。なら話さないと……でも、いったい何から話せば。

「どうぞ」

混乱する僕に向かって、最原最早は言った。

「え？」

「私に聞きたいことがあるのではないですか？」

「あ……ええ、はい、あります」

僕はまぬけな返事をしてしまう。なんだかこちらの心情を読まれているように感じる。イニシアチブを取られているような居心地の悪い感触が、僕の心の中に不安を広げていく。

「お答えしますよ」

最原最早は、僕の全てを見透かすような不吉な微笑みを浮かべて言った。

「中田《なかた》さん」

「……数多です」

最原最早はハッとした。

それからまじまじと僕の顔を見つめた。

「…………………………………………………中田さん？」

「それだけ考えたのにやっぱり合ってると思ってもう一度確認しないでもらえませんか……数多です」

「…………」

最原さんは手を伸ばしてテーブルの端に置いてあったメモパッドとボールペンを引き寄せる。そしてメモに『中田』と書いて僕に見せた。僕はペンを借りて『数多』と書いて返した。

「あー……」最原さんは呻《うめ》いた。

……忘れていたのか………。

自分で呼んでおいてそれはちょっと酷いんじゃないだろうか……いやそりゃ僕はモブキャラ的だとは思うけどさ……でも名前はちょっと珍しい方だとも思うんだけどな……。

彼女はメモパッドを脇に避けながら呟いた。

「大体合ってた……」

「〝だ〟しか合ってないでしょう！」

叫んでからハッとする。つい突っ込んでしまった。何をやっているんだ僕は。いやでも、今のは僕のせいじゃないような……。

対する最原さんはつっこまれた事実など無かったかのように平然としている。それはそれで腹が立つけど。まぁいい。僕は別につっこみたいわけじゃないのだ。流してくれるならそれでいい。

最原さんは僕に向き直る。

「お答えしますよ」

最原最早は、僕の全てを見透かすような不吉な微笑みを浮かべて言った。

「数多さん」

「やり直した!?」

「なにか」

「だって君何も見透かせてないよね！　そういう顔してるだけだよね！　名前も覚えてなかったよね！」

最原最早は片目をつむって舌をぺろりと出した。

可愛くない。

僕は眉根を寄せる。なんだこの子……。ちょっと変だぞ。いや変なのは最初からだけども……。それとは別の意味でも変だ。僕は怪訝《けげん》な目で彼女を見た。最原最早は片目をつむって舌をぺろりと出した。

「だからなんで二回やる！」

「可愛いかと思って……」

「可愛くないですよ……イラッとしますよ」

「イラウザい……」

最低の顔だ……。

「もうその顔はやらないでもらえませんか」

「すみません」

最原さんはしょんぼりとして謝罪した。割と素直だった。まぁ解ってもらえたならそれでいい。僕はペットボトルのお茶をおかわりして一息つく。なんだか妙な達成感に包まれていた。

最原さんもずず……とお茶を啜った。

穏やかな時間が流れた。

「特に質問がなければ今日はこれで……」

「いや、待ってください、あります、あります」

言われて慌てて取り繕う。そうだ、そうだった。僕は別に彼女の顔の指導に来たわけじゃない。

気を引き締め直す。聞きたいことは山ほどある。

僕は頭を回した。たくさんの質問が次々と浮かぶ。最初に何を聞けばいいのか考える。そうしてしばらく自分の内で検討してからやっと気付く。僕は目の前の彼女の事を、何一つ知らないということに。

「貴方は……」

「はい」

「……何者なんですか？」

僕が最初に口にしたのは、あまりにも根本的な疑問だった。

最原最早さん。この子は、いったい何なのか。

「私は映画監督です」

最原さんは表情一つ変えずに答えた。

「映画監督って……え、プロの？」

「プロかアマかという分け方で言えば、私は商業的な映画を作ったことがありませんから、一般的な定義に照らし合わせるとアマチュアということになりますね」

「つまり自主制作映画を作ってるってことですか？」

最原さんはコクリと頷いた。

自主映画の監督さんかぁ……。

僕も一応は芸大出、それも役者コースの卒業生なので、演劇だけではなく映画の知識もある程度はある。というかそもそも役者コースは映画学科なので、同級生は映画方面志望の人間が大半だ。友人には監督志望者も何人か居る。

その学生生活の中で僕が知ったのは、映画監督というのは、なるのに凄く時間が掛かるものだということだ。

映画とはとにかくお金のかかる創作ジャンルである。撮りたい人間がすぐに撮れるというものではない。スポンサーは収益を得るために撮らせる監督を吟味する。その吟味に辿《たど》り着けるのは下積みを乗り越え、仕事を黙々とこなし、実績と才能を認められた一握りの人間だけなのだ。映画監督とは長い修行の道の先にある山の頂《いただき》なのである。

だが映画をこよなく愛する監督志望者たちに「山頂まで我慢しろ」と言ってもできるはずもない。そこで彼らは当然考える。スポンサーが居ないならブリオッシュを撮ればいいじゃない。そんな意味不明な創作意欲に突き動かされてノンスポンサーで勝手に作る映画こそが自主制作映画、インディーズムービーなのである。

将来的に商業映画監督を目指す志望者、サークル活動の人々、個人的な趣味の人、様々な人達が自主制作で映画を作っている。昨今は機器の発達で撮影のハードルもグンと下がり、三万円くらいのデジタルビデオカメラが一台あればそれだけでハイビジョン画質の映画が撮れてしまう時代になった。もちろんちゃんと撮ろうとすればスタッフに照明に音響とハードルは高いが、その気になれば中高生でも簡単な映画を作ることはできるだろう。

つまり目の前の最原さんも、そんな数多い自主映画監督の一人なのだろうと思う。

中央線沿線は芸大もあるし劇団も多いので、野良監督がウロウロしていること自体はそれほど不思議じゃない。

　だが彼女はどう見ても相当若い。

「あの、最原さんて幾つなんですか？　学生ですよね？」

僕はお茶を手に取りながら素直に聞いた。多分部活か、サークル活動か。

「三十です」

僕は持ち上げた紙コップを置いた。

「え？」

「三十です」

「三十？」

「そうです」

僕はまじまじと最原さんの顔を見た。

いや。いやいや。

どんなに増し増しても二十歳かそこいらだろう。これで三十は無理がある。いやまぁ、確かに喋りだけ聞いていれば多少大人びてると思えなくもないけども……。それにしても、三十というのは。

「嘘でしょう。本当は高校生くらい？」

「本当です」

「えー……だったらなにか証明できるものは……免許とか」

「証拠ですか」

「ええ」

「ロンよりショウ子を見せたげる」

「うん？」

「今のは一九八七年に稼動した脱衣麻雀《マージャン》ゲーム『スーパーリアル麻雀PⅡ』のキャッチコピーで、ヒロインの名前ショウ子と麻雀のロンを〝論より証拠〟と掛けたものです。ちなみにゲーム中の対戦相手はショウ子ではなく代打ちという設定になっています。ショウ子は代打ちが負けた時に脱ぐためだけの存在で、ゲーム中では麻雀を打ちません」

「それが……なんなんですか」

「こんなに八〇年代の脱衣麻雀に詳しい私が十代のわけがない……」

「そんなものが証拠になるか！」

「後は保険証しか」

「初めからそっちを出してくださいよ……」

僕は差し出された保険証を受け取った。

絶句する。

「本当に、三十？」

「数多さんはお幾つですか」

「に、二十二です」

「そうですか」

最原さんは自分の紙コップを僕に差し出すと、折りたたみの椅子に背を預けてのけぞった。

「お茶」

僕はペットボトルを取ってお茶を注いだ。

本当なの……。偽造じゃないの、あの保険証……。

「ちょっと失礼します」

そう言って最原さんは席を立つと、そのまま玄関から出ていった。三分後、戻ってきた。その手にはタバコの箱と百円ライターが握られている。最原さんは元の席に戻るとタバコの包装を剝《む》いて一本咥《くわ》えた。そして百円ライターを僕に向けて滑らせてきた。僕は言い知れない屈辱感に塗《まみ》れながら、彼女のタバコに火を点《つ》けた。

「うえっぶっえっふ」

「吸えないのかよ!!」

「なんですかこれは……こんなものを好き好んで吸う人の気がしれない……」

「じゃあなんで買ってきた……」

「それは……ですね……今私の年齢を知った数多さんが事実を信じ切れずに心で抵抗しているなと感じたので、ここで数多さんに火を点けさせれば上下関係を明確にしつつ数多さんを貶《おとし》められるなと思ったら、気付いた時にはいつのまにかタバコを買いに……」

「貴方、僕が嫌いなんですか……」

最原さんは照れくさそうにはにかんだ。

「…………え、嫌いなんですか……？」

「すみません、話が中断してしまって。まだ質問がおありなんですよね。どうぞ」

「え、ええ…………聞きます……けど……」

話を逸らされた。

そうなんだ……。

嫌いなんだ……。

「何でも聞いて下さい」

「ええと……じゃあ……」

僕はなにげにダメージの深い心から目を逸らしながら、次の質問を考える。なにか嫌われるようなことしたかな僕……。

とりあえず。彼女が自主映画の監督だということはわかった。もう良い大人だということもわかった。なら次に聞きたいことは。

聞きたいことは。

「……あの」

「はい」

僕は唾を飲み込む。

「あの「愛してる」はいったい……」

僕は、自分でもまとまっていないと思う質問をしていた。何が聞きたいのか自分でもわからない。でもとにかく聞かなきゃならないという衝動だけがあった。

あれは、いったい。

「あれはああいうものです」

最原さんはそんなあいまいな質問に全くよどみなく答えた。

「ああいうものって」

「『愛してる』はああやって言うんです」

最原さんは、断言した。

そして僕は自分が何を聞きたかったのかをやっと理解した。そうだ。僕はもう九割方解っていたはずだ。あの日彼女が何を言ったのかも、何が起きたのかも全部解っていて、ただそれが信じられなかっただけなのだ。

だから僕が聞きたかったのはたった一つ。

肯定。

あれでいいんだと、あれが正しいんだという肯定だった。

「ただ、ああいう演技を身に着けるには練習が必要です」最原さんが言葉を続ける。

「多くの人は辿り着く前に挫折してしまう」

それもまた目の当たりにさせられた事実だった。僕はあの日、挫折してしまった五〇人を見た。その中には僕より演技の上手い人達がたくさんいた。不出さんもいた。なにより御島さんがいた。なのになぜ僕が残ったのだろうか。超劇団『パンドラ』の精鋭の中で一番下っ端のはずの僕が、なんで。

「役者を」

「え？」

「探していたんです」

最原さんの丸い瞳が僕を見ている。

彼女の言葉の意味に気付いてハッとする。

「役者が集まるのは劇団です。都合の良いことに日本一と名高い劇団がすぐ近くにありました。私はその劇団にお伺いして、簡単な〝審査〟をしたんです」

僕は思い出す。そうだ……この人は演技をする前に、「審査」という言葉に確かに反応していた。

今やっとわかった。彼女はあの日、審査を受けに来たんじゃない。

審査をしにきたのだと。

「映画を撮る時、私は監督として役者の方に演技指導をすることになるでしょう。そのためには私の演技を見せなければいけません。ですから役者は、私の演技を見ても、やめない人間でなければならない」

それはパンドラの審査と全く同じものだった。心が折れないスタッフを探す。一緒にやっていけるスタッフを探す。創ることを最後まで諦めないスタッフを探す。

つまりその諦めないスタッフが………。

「……僕？」

最原さんは首肯する。

「数多さん」

「は、はい」

「これからあ、あ、い、う映画を撮ります」

ごく簡単な指示語で最原さんは言った。それは僕と最原さんと、もうやめてしまったパンドラの全員だけが解る表現だった。

ああいう映画。あの「愛してる」のような映画。

映画の。

解。

それはこの世の全ての期待と不安を綯《な》い交《ま》ぜにしたような、蓋の閉じたパンドラの箱のような、あまりにも蠱惑的《こわくてき》な言葉だった。

「映画に出ませんか？」

最原さんはあの日と同じ言葉を繰り返す。

僕は、考える。

選択肢はいくらでもあった。たとえばこの話を断って新しい劇団に入り直し、また役者をしながら普通に暮らすこともできる。劇団は『パンドラ』だけじゃない。良い団体はまだまだたくさんある。

劇団じゃなく俳優養成所なんかに行く道もあるだろう。バイトをしながらドラマや映画の出演を目指して練習を積む。それもまた真っ当な役者の道だと思う。今の僕はこれから先の事を自由に考えて選べる立場にある。

でも。

僕はもう解っている。

僕も、最原さんも、辞めてしまった五〇人の先輩達も、きっと解っている。

僕はもうあの演技を見てしまったのだ。

見る前の世界にはもう戻れないのだ。

だから選択肢は一つしかない。

もう僕には、箱を開ける以外の選択は残されていないんだ。

当惑、懸念、焦燥、危惧、期待、不安、すべてが入り混じる胸騒ぎのような気持ちを抑えこんで。

僕は小さく頷いた。

最原さんはそれを見て薄く微笑んだ。

「……あの」僕は不安に抗うように口を開く。

「はい」

「映画撮影って、今どれくらい進んでいるんですか？　僕の他には何人くらいの人が」

「先日、準備のためにこちらの事務所を借りました」

最原さんは部屋を見回して言った。なるほど、ここは事務所だったのか。

「監督は私です。そして役者の貴方が見つかった」

「はい」

「それだけです。私と貴方とこの事務所。それが今の進捗《しんちょく》の全てです」

「え、ふ」僕はどもりながら聞き返す「二人、ですか？」

「ええ」

二人……って……。それは流石に自主映画にしても少な過ぎるのでは……。監督一人役者一人では何も撮れない。最原さんがカメラを回して僕が演技をしたとしても、それは映画撮影というよりもビデオカメラを買ったカップルのデートにしか見えないと思う。

しかし最原さんは別におかしいことは何もないとでも言いたげに、何もない部屋を見渡している。

「全てはこれからです」

彼女は空っぽの事務所を眺めながら呟いた。

「数多さん」

「……はい」

「頑張りましょう」

4

夜の『夜の蝶』は閑散としていた。一番賑《にぎ》わうのは学生がお弁当を買いに来る昼である。もう十九時くらいで閉めたらいいのにとも思うが、そうなると僕の食《く》い扶持《ぶち》がなくなるのでこれからも頑張って夜行性昆虫として羽ばたいてほしい。

賄《まかな》いで勝手に作ったゴージャスなサンドイッチを齧りながら、僕は今日の話を反芻していた。

映画かぁ……。

役者の僕はこれまで主に演劇畑で演じてきた。映画はといえば、学生の時に授業の課題で一本撮ったことがある。クラスの数人の班で作った映画はなかなか惨憺《さんたん》たる出来だった。それから今日までカメラの前で演技をしたことはない。

でも映画自体はとても好きだ。今日まで流れで舞台役者をやってきたけれど、映画にも出たいと思っていたのは確かだ。だから降って湧いたこの自主映画出演の件は、そう悪い話でも無いとは思う。

何より最原さんの映画に強い興味がある。

彼女はいったいどんな映画を作るんだろうか。

「数多君も銀幕デビューかぁ」

店長が発注しながら言う。

「劇場で上映するとは決まってませんよ。自主制作だからＤＶＤかも」

「何にしても良い話じゃん。次の劇団だって決まってなかったんだし、抜群のタイミングだったね」

説明しても伝わらなさそうなので店長には言わなかったが、そもそも劇団をつぶしたのはその本人なのだからタイミングが良いのは当たり前である。なので良い話かといえばそうでもない。

「それに、今その子一人なんでしょ？　もしかしたらラブコメになるかもよ」

そういう点は別に期待していない。そりゃ最原さんは可愛いことは可愛いが、でもアタックするほど好みかというとそうでもない。そもそも八つも年上だ。全く見えないけど。

「さっきからなんか不満そうな顔ね」

「いえ別に不満というわけじゃ……」突っ込まれて取り繕う。「ただやっぱり、期待と不安と半々て感じですかねぇ……」

「ふーん……じゃああたしが良い話だと思う理由を教えてあげようか。その映画のオファーはここが素晴らしいってポイント」

「ほう。なんですか？」

「数多君、スカウトされたんでしょ？　それがポイントよ」

「もうこの先スカウトされることなんか無いだろうと……」

「違う違う。数多君だって舞台経験長いんだからわかってるでしょ？　映画も演劇も同じ。集団作業は人と一緒に作るもんだって
「そうですね」

「他人と一緒に作る時は、愛されてないとね」

店長が発注用のボールペンで僕を指す。

「愛される、ですか？」

「そうそう。愛してるだけじゃ半分。愛されてやっと一人分以上の仕事ができんの。でも仕事の現場で相思相愛ってなかなか難しいからさ。相手からもう愛されてる時くらいは、こっちも心を開いてあげたらいいよって思うわけ。そしたらきっと最高の仕事ができるからね」

「愛される……」

深夜のコンビニのレジで、僕は愛について考える。

愛ってなんだろう。

何かもわからないのに、なんで欲しいなって思うんだろう。

「店長は僕のこと愛してますか」

発注の読みが冴《さ》えてた時は愛してると店長は言った。相思相愛には程遠い現場だった。

0.3

1

翌日。

僕は最原さんに呼び出されて吉祥寺駅に行った。改札口に着くとすでに彼女が待っていた。

最原さんは無地のパーカーに中途半端な丈のパンツというシンプルな服装だった。手に持ったトートバッグも飾り気無く、足元はつっかけだ。どうもあまり服には頓着のない人らしい。人のことは言えないけど。

このまま西友《せいゆう》にでも行くのかなと思ったら、彼女は特に何も言わずにJRの改札を抜けた。電車に乗るらしい。僕らはそのままホームに滑りこんできた東京方面の電車に乗りこんだ。

「数多さん。映画を撮る時に一番大切な物が何かわかりますか」

車中で最原さんが聞いてくる。

「なんでしょう……。人手、お金……創作意欲に、あと技術とか……」

「ブブー」

不正解だった。ちょっとイラッとする不正解音だ。

「正解は」

「はい」

「お金です」

「言いましたよね。あなた不正解出しましたよね」

「さっきのは不正解音ではなく豚の鳴き真似です」

「なぜ突然豚の真似をした……」

「豚真似クイズだから……」

不正解か豚の鳴き真似かを判断して答える今小学生の間で流行中のクイズなのだと

最原さんは教えてくれた。想像以上にどうでもいい話だったので僕は続きを促す。

「映画制作にはお金がかかるものです」

「そうですね」

「まだ予算規模は確定できませんが、今回の映画もある程度以上の額面は必要になるでしょう」

「まぁそりゃお金はあるに越したことはないですが……。でも自主映画ですよね？」

最原さんそんなにお金持ってるんですか？」

「あまり」

「ならまぁ出せる範囲で作るしか……」

「私の友人にスーパーハッカーがいるのですが」

「うん？」

「なにか」

「今なんて言いました？」

「私の友人にスーパーハッカーがいるのですが」

「ああ、スーパーハッカー」

スーパーハッカーて。

とりあえず突っ込まないでおく。一応オチまで聞いてあげよう。

「その友人に昨日調べてもらったところ」彼女は窓の外を見た。「この近所に大変なお金持ちがいるらしいのです」

「はぁ」

「そのお金持ちはもうずっと退屈していて、面白いものには目がないそうなのです」

「その人がどうかしたんですか」

「お金を出してもらいましょう」

「はい？」

「映画のお金を出してもらうんです。その人に」

電車は吉祥寺から二駅先の荻窪《おぎくぼ》に停車した。扉が開いて最原さんがひょいと電車を降りる。

「え、いや、出してもらうって」僕も慌てて後に続いて降りる。「最原さん、その人知ってるんですか？」

「知りません」

「……じゃあどうやって出してもらうつもりなんですか」

「大丈夫ですよ」

最原さんは振り返って言った。

「この映画はとても面白いですから」

2

僕らは荻窪駅の南口に出た。最原さんはそこから迷いも無くスイスイと歩を進める。どうやら目的地はもうわかっているらしい。

懐かしい感じの商店街を通り抜け、車の少ない裏通りに入っていく。荻窪は吉祥寺から近いので僕もたまに自転車で遊びに来るが、駅ビルか古本屋くらいしかいかないので裏通りは詳しくない。

少し歩いてから最原さんは立ち止まった。

「ここですね」

言って彼女は建物を見上げる。そこは築四十年は経っていそうな相当にボロいビルだった。古めかしい紺色のタイルが建物の前面に貼られ、白いはずの部分も経年劣化ですっかり色褪《いろあ》せている。懐かしいマンションの風情とでも言おうか。端的に表現するならサラ金とかが入っていそうないかがわしい空気のビルである。

だがそんな入りづらい外観にも全く動じることなく、最原さんは重そうなガラス扉を押し開けて中に入っていく。僕は選択の余地なく後に続いた。

中は外の印象から一歩も外れずボロいビルだった。入口脇にはチラシで溢れた銀色の郵便受けが並ぶ。エレベーターは無い。僕らは階段を上がった。

三階まで上がると、曇りガラスの入ったドアの前にきた。何かの事務所のように見える。ドアには白いプレートで名称が貼られていた。


『㈱楠井《くすい》リサーチサービス』


「リサーチサービス？」

「探偵業の別称でしょう」

え？　と僕が聞き返す間もなく、最原さんはドアをノックしていた。

探偵業？　探偵ってあの……浮気調査とかする探偵？

扉の向こうから「どうぞ」と男の声で返事が返った。最原さんは躊躇《ちゅうちょ》なくドアを開けて中に入っていく。もちろん僕も付いていくしかない。

中には一昔前の事務所という感じの空間が広がっていた。壁には書類の詰まったスチールの棚が並び、窓際に大きな事務机が一つ。その手前に普通の事務机が二つ。さらにその手前には使い倒したソファとテーブルの応接セットが置かれている。探偵物語とかに出てきそうな部屋だなぁと思った。ちゃんと見たことないけれど。

僕の目線は、室内に居た二人の人物に自然と流れる。

一人は窓際の大きな机についている男性だった。白いワイシャツを着た男性は二十代か三十代か、それなりに若く見える。めんどくさくて普通の人と表現してしまうくらい普通の人だ。もしネクタイを締めていたら何も考えずにサラリーマンだと断定してしまうだろう。

そしてもう一人は女性なのだが。

こっちがかなり普通でない。

濃赤のワンピースに白いジャケットという弾《はじ》けたファッションの女性は一目で素晴らしいスタイルだとわかった。なぜわかるのかというと椅子に寄っかかりながら美しい足を机の上に投げ出して物凄い態度の悪さでマンガを読んでいたからである。スカートがはだけて太ももまで露になっていて、正直目のやり場に困る。女の子がそういうはしたない格好をしてはいけないと思う。だがそんなショッキングな格好も慎みのない態度も、女性の一番普通でない部分と比べれば瑣末事《さまつごと》だった。

その女性はなぜか、動物のようなデザインの白いお面をかぶっていた。

僕は彼女の顔、もといお面をまじまじと見る。神社で売ってる狐のお面のようにも見えるが、狐かと言われると悩む。じゃあ何の動物かと言われるとよくわからない。犬みたいにも見えるし、猫みたいにも見えるし、哺乳類のお面としか言いようのない不思議なデザインだ。というかなんで部屋の中でお面をかぶってるんだろう。コスプレだろうか。お面で漫画は読みづらいんじゃないだろうか。

その時突然そのお面がこちらを向いた。目の所に開いた黒い穴が僕を見る。僕は焦って目をそらした。

「すみません、今ちょっと責任者が出払っていて」

座っていた男性が立ち上がりながら、僕らに向かって柔らかな物腰で言った。

「また後ほどいらしていただけますか」

「いえ、構いません」

最原さんは止められたにもかかわらず躊躇なく奥に入っていく。僕は戸惑いながらもしょうがなく続いてドアを閉めた。

「構わない、とおっしゃいますと……」

男性は不思議そうな顔をしている。お面の女性も最原さんを見ている。多分。

「探偵さんにご依頼に来たのではないのです」

「では？」

「貴方にご依頼があってきたのです」

最原さんがそう言うと、男性がピクリと反応したのがわかった。

「僕の事をご存知なんですか？」

「はい」

最原さんは応接セットに目を落として言う。

「立ち話もなんですし、かけてもよろしいでしょうか。舞面真面《まいつらまとも》さん」

3

舞面と呼ばれた男性はコーヒーを出してくれた。僕らの分を置き、最後に自分の分を置くと、正面のソファに腰掛ける。ちなみにお面の女性は先ほどと変わらず足を投げ出してマンガを読み続けている。一言も喋らないが非常に威圧的である。なんだろうあの人……。

「それで、貴方がたは……」

舞面さんが尋ねてくる。僕は隣の最原さんに目をやった。正直連れてこられただけなので何もわかっていない。説明は全部お任せしたい。

「最原最早といいます」最原さんはいつもの調子で淡々と答えた。「映画監督です」

「映画監督？」

「はい」

「最原最早さん……。失礼だけど、聞いたことがないですね」

「商業的な映画を撮ったことはありませんから」

「というと、自主制作映画？」

「そのようなものです」

ふむ、と舞面さんは頷く。そして僕を見た。

「あ、と、数多一人です。役者をやっています」

僕は少し慌てながら答えた。初対面からイマイチの役者と思われたことだろう。

「映画監督さんに役者さん……」舞面さんはコーヒーに口を付ける。「それで……貴方たちはなぜ僕のことを？」

と言われても。僕は知らない。最原さんは知っているようだけど。僕は戸惑いながら最原さんの方を向いた。

「こちらは舞面真面さんです」最原さんは舞面さんを手で指して、僕に紹介してくれた。「舞面グループの」

僕は目を丸くする。

「舞面グループって……舞面銀行のですか？」

「舞面商事の」

「舞面不動産の？」

「舞面重工の」

「あの舞面グループですか？」

「その舞面グループの」最原さんは舞面さんを指したまま言った。「会長さん」

僕は恐る恐る首を回して舞面さんを見る。舞面さんは僕と目があって、うん、と頷いた。

会長さんて……。

あの財閥系企業の？　え？　本物？

いやぁ……。まさかそんな。舞面グループといえば今並んだような錚々《そうそう》たる大企業を擁する日本有数の超巨大企業グループじゃあないか。その会長なんていう大物が、そんなとてつもなく偉い人が、なんで荻窪の片隅のこんなボロビルに居るのだ。

僕は失礼とは思いつつもまじまじと舞面さんを見る。白いワイシャツにグレーのスラックス。ノーネクタイのリラックスした格好だ。実は物凄く高いワイシャツなのかもと思いながら眺めたがそうでもなさそうだった。財閥の会長というよりは大学の若い先生といった風体である。これは違うでしょう。こんな若い人が超大企業の会長なんて聞いたことがない。

「実際は会長じゃないんだけど」

舞面さんがさらりと言った。

やっぱり違うんじゃないか。

「調べればすぐわかるけど、実際に会長をやっているのは別の人間なんだ。僕はなるべく顔を出さないようにしているから……。責任者の権限だけはあるけれど、会長職には就いてない。隠れた真の会長みたいな感じと言えばいいかな……」

ああなるほどつまりお飾りの会長みたいな人が別に居ていや何言ってるのこの人……。

そんなマンガみたいな話……と僕は怪訝な顔を隠せない。だが舞面さんは別に冗談っぽい顔をするでもなく大まじめな顔でコーヒーを飲んでいる。隣の最原さんも茶化す様子はない。まさか本当なんだろうか。でも流石に……ちょっと信じられないんですけども……。

「だから、僕がここにいることを知っている人間は一握りのはずなんだけど」僕の疑念をよそに舞面さんは平然と話を続ける。「貴方はどうやってここを？」

「スーパーハッカーの友人が見つけてくれました」

「スーパーハッカー？」

舞面さんは目を丸くした。そりゃまぁそんな顔になるだろう。財閥の会長とスーパーハッカーだったら似たようなものだという気もするけれど。

最原さんはもう一度スーパーハッカーです、と繰り返す。

「つまりクラッキングで僕の情報を盗み出したと？　セキリュティにはそれなりに気を使っているつもりだけど……」

「ですが私達はここに来ています」

「それはそうだ」

舞面さんは頷いて、もう少し気をつけようと言った。横で聞いている僕はえらいふわふわした会話だと思う。だってもし両方とも本当なんだとしたら、事実は小説より奇なりを通り越して事実はマンガかアニメより奇なりである。ライトノベルだってもうちょっとキャラクターの設定が行き過ぎないように気をつけると思う。

「それで、クラッキングなんて真似までして、僕にどんなご用事が？」

「映画を撮ります」

最原さんは、それ以外の答えは無いというように、ザックリと答えた。

「舞面真面さん。貴方に、私の映画のスポンサーになっていただきたいのです」

最原さんの言葉を聞いて、僕はやっと今日の本題を思い出した。そうだった。僕らはお金持ちの人に映画の制作費用を出してもらおうとしてここに来たんだった。

その相手というのが舞面グループの会長だったらしい。

僕は思う。

もしかして最原さんは、馬鹿なんじゃなかろうか。

まぁ冷静に考えても見てほしい。もし目の前の人が本当に財閥の会長だったら最原さんは馬鹿だと思う。そんなお金持ちが突然現れた素人監督の映画に出資してくれるわけがない。そしてもしこの人が会長じゃないんだったら当然お金は持ってないだろうから出資してくれるわけがない。つまりどっちに転んでも最原さんは馬鹿だという結論に到達してしまう。シュレディンガーの最原さんは馬鹿と馬鹿の重ね合わせ状態であり箱を開ける必要もないのではないか。

後ろでずっとマンガを読んでいたお面の女性が「ふっ」と鼻で笑うのが聞こえた。

今の話を笑ったのか読んでいたマンガを笑ったのかはわからなかった。

「映画のスポンサーですか……」

舞面さんはそんな馬鹿みたいな話を、特に笑うでもなく聞いている。

「いくらくらいかかるんです？」

「わかりません」

「うん？」

「まだ何もできていません。制作にいくらかかるのか今の段階では予想できません。なのでもし予想より多くかかってしまった時に、途中で予算が足りなくなるのが嫌なので、最初からなるべくたくさんお金を持っている人に頼むのが良いかと思いまして、舞面真面さんにお願いに来たのです」

最原さんはこの上なく身勝手な事をスラスラと話した。僕は隣で聞いているだけでちょっと胃が痛くなってきた。

「大体のオーダーもわからないですか？」

「わかりません。一〇〇万円かもしれませんし、一兆円かもしれない……」

胃がビックリして痛くなくなった。今この人、一兆円って言わなかったか。一兆円？　一兆円て。僕が知っている映画制作費の最高額は『タイタニック』の二億ドルだ。一兆円というのはまぁ大体その六倍くらいのことだろう。僕は心の中でシュレディンガーの最原さんの箱を開ける。最原さんの馬鹿っぷりが収束していく。

「一兆円は困るなぁ……」

舞面さんはやはり真顔で答えた。ふわふわした話も極まってきた。

「じゃあもし仮に一兆円出資したとして。いったいその映画でどれくらいの収益が見込めるものなんです？」

「収益は望めません」

最原さんが美しい声で言い切った。僕の胃は再び痛み出す。

「興行収益は望めません。販売収益も望めません。収益は一切望めません。私がこれから撮ろうとしている映画は金銭的な利益を求めるものではないのです。先に言っておきますが、出資されたお金は基本的に戻らないと思っていただいて構いません」

並べ立てられる言葉に耳を疑う。しかし胃がどんどん痛くなっているので耳は合っているようだ。

言っていることがメチャメチャだ……。最原さんは一兆円かかるかもしれないと言ったその口で一円も返せる見込みが無いと説明している。そんなものにいったいどこの誰がお金を出すというのか……。

「舞面真面さんなら」最原さんは言葉を続けた。「この映画に出資していただけるだろうと思って来ました」

「僕ならって……」舞面さんが不思議そうな顔をする。「どういう意味です？」

「聞いて来ました」

「何をですか」

「貴方が」

最原さんが薄く微笑んだ。

「退屈していると」

舞面さんの目がパチリと一回だけ瞬《またた》く。

数瞬の後、舞面さんは口を開いた。

「その映画」

「はい」

「面白いんですか？」

「とても」

最原さんは簡単に答えた。

口を挟みづらい空気が漂っているのを感じる。なんだろうこの緊張感は。あ、胃が痛い。帰りたい。それから十秒ほどの沈黙の後、舞面さんが再び口を開いた。

「どれくらい面白いんですか？」

舞面さんは非常にアバウトでなんとも答えにくい質問をした。

映画がどれくらい面白いか、とは。また難しい問題だ。○○くらいと言っても人によって感じ方が全然違うだろうし。あまり有効な回答が得られなさそうな質問だなと思う。

だけどそれは僕も答えが気になる質問ではあった。最原さんは自分の映画をどれくらい面白いと思っているのだろうか。どんな了見ならば一兆円出せなどという大それたことが言えるのだろうか。僕は舞面さんと一緒になって、最原さんの顔を見た。彼女は宙空を眺めながら何かを考えている。

「どれくらい……」

最原さんが言葉を探りながら話す。

「映画の面白さを映画以外で説明するのは難しいですが……」

「可能な限りでいいですよ」

「そうですね……なるべく齟齬《そご》のない表現をすると」

小さな沈黙の後、最原さんが口を開く。

「この映画で」

「うん」

「これまでの映画は全て……過去のものとなります」

最原さんは。

顔色一つ変えずにそう言った。

僕はキョトンとした目で彼女を見た。

そしてそれを聞いた舞面さんは、今日初めての笑みをこぼした。

「大きく出ましたね」

「いえ、大きくは出ていません」最原さんは淡々と続ける。「私は今、自分の映画を過大評価も過小評価もしませんでした。今言った通り、これから撮ろうとしている映画はこれまでの全ての映画と本質的に異なる作品なのです。これが完成した時、映画は《この映画》と《これ以外の映画》に自動的に分類されることになるでしょう。明確に。誰一人間違えることなく」

最原さんは過大評価をしていないと添えながら、どこまでも大きなことを言い続けている。僕は隣で呆然《ぼうぜん》としながらそれを聞いていた。

全ての映画を過去にする映画……？

これまでのあらゆる映画と一線を画す、全く新しい映画。

《この映画》。

「うん」

舞面さんが小さく頷く。

「それは確かに面白そうですね」

「いかがでしょうか」

最原さんがズイと推した。

その時。

「はん」

再び鼻で笑う声がした。

声の方を見ると、お面の女性が読んでいたマンガを無造作に投げ捨てていた。机に乗せていた足をゆっくり下ろして立ち上がる。長身の女性は立ってみてもやはりスタイル抜群だった。女性はその足でコツコツと僕らのそばに来て、ソファに座っている僕らを上から見下ろした。彼女が体を折ると、動物のお面が僕の顔にグッと近付く。

二つの真っ黒い穴がじっと僕を見ている。

「なんだお前ら。詐欺師か」

「え、いえ、あの。そういうわけでは」

僕はオロオロして取り繕う。だが繕うのはちょっと無理だった。突然現れて映画作るからお金出せと言う二人組を形容する一番適切な言葉は詐欺師である。釈明の余地が一切ない。

「ああ、紹介します」

舞面さんは僕に詰め寄った女性を手で制しながら言う。「僕の秘書で、みさきと言います」

「別に覚えんでいいぞ」

紹介されたみさきさんはぶっきらぼうにそう言った。

秘書の人だったのか……。まぁ本当に財閥の会長なら秘書の一人くらいいるんだろうけど。でも秘書ってその……こういうのじゃなかったような……。会長が自分でコーヒーを出してお客さんの応対をしてる時にずっとマンガを読んでる秘書は首にするべきだろう。それに態度もそうだが、言葉遣いもちょっと変だった。男っぽいというか年寄り臭いというか。お面のせいで年齢はわからないが、声が若いので何とも違和感がある。

みさきさんは次に隣の最原さんにお面を向けた。

二つの穴がじっと最原さんを見る。

「ふん……」

みさきさんはもう一度鼻で笑うと。

「おい真面。こいつ嘘《うそつ》吐きだぞ」

突然最原さんをなじった。

「しかもただの嘘吐きじゃあないな。そんじょそこらの、十把《じっぱ》一絡《ひとから》げの嘘吐きじゃあないな。筋金入りの、本物の嘘吐きだ。嘘を純粋培養して作った嘘の結晶みたいな目をしている。これはなかなか珍しい。おいお前、今までいったいどんな生き方をしてきた？」

みさきさんは止めどなく容赦なく最原さんをなじり倒す。詐欺師扱いなのはしょうがないとはいえこれは中々酷い……。僕は最原さんを擁護しようかと思ったが、よく考えたら僕も彼女のことを何も知らなかったので擁護のしようもなかった。あと嘘吐きと言う説に僕も説得力を感じてしまっているのが悲しい。

「私は嘘は吐きません」

最原さんは最高に説得力のない台詞を言った。今日だけでも相当数の嘘を吐いていそうな気がしてならない。

「嘘吐きはみんなそう言う」

みさきさんは説得力のある台詞を言った。ダメだ、向こうに分《ぶ》がある……これは負け戦だ……。

「よかろう。なら確かめてみようか」

「え？」僕は聞き返す。「確かめる？」

「簡単なことよ」

彼女は僕に顔を向けると、お面の下でくっと笑った。

「まぁ聞け。私は今は秘書をしているが、本職は占い師でな」

「占い師……？」

「そうだ。占い師、易者だよ。新宿《しんじゆく》とかにお悩み相談の奴《やつ》がよくいるだろう。見たことはないか？」

それなら見たことがある。新宿西口には夜になると手相を見たり棒をジャラジャラやったりする路上占い師がちらほら居る。僕は知っていますと頷く。

「あの辺の連中を思い出してみろ。まずやってきた客の悩みを、心を読んだようにピタリと言い当てるだろう？　するとわーすごーいなんでわかったんですかーとなる」

「まぁ……そうなりますね」

「だから私も、今から占いでお前らの心を読んでやろう」

僕は眉間に皺《しわ》を寄せた。突然何を言い出すんだろうかこの人は。お面だけでも充分怪しいのに、そのうえ占いで心を読むとか。いや占い師だからお面をかぶってるのか？　シャーマンみたいなものなんだろうか。

「ま、簡単なことだ。心を読んでみてお前らが本当に凄い映画とやらを作ろうとしてるならそれでいい。嘘なら叩き出す。それだけよ」

そんな乱暴な決め方はちょっとないのでは……。

僕は助けを求めて舞面さんを見た。舞面さんは両手を合わせて「ごめんね」と言った。僕は悲しい気持ちになった。まさか本当に占いで決める気なんじゃないだろうな……。

「やり方は簡単」

そう言うと、みさきさんは自分のお面に手をかける。

「この面をかぶってもらうだけだ。これが私の占いのやり方なんでな。それだけでお前たちの心など手に取るように言い当ててやろうじゃないか」

あ、そのお面取るんだ……。

ミステリー小説なんかだとお面の人が出てきたらずっと顔を隠しているのが相場だけれど。あと犯人だったり入れ替わりだったりするものだけど。その辺はやっぱり小説の方が奇らしい。

みさきさんは何のてらいも無く、自分のお面を外した。

下から現れたのはとても整った顔立ちの若い女性の顔だった。これは誰が見ても美人だというだろう。だがその整った顔が、目を妖艶に細め、口角をわざとらしく上げ、なんとも皮肉めいた笑顔を作っていた。

みさきさんは片手で外したお面をそのまま僕にかぶせようと近づけた。裏返しのお面がだんだんと寄ってくる。余計な想像をしながら身を固くする僕の顔に、お面がカポッとかぶせられた。

そして十秒も経たないうちにカポッと外された。

「お前はなんにも知らんな」

みさきさんはお面を片手に持ったままでザクリとそう言った。

「え……いや、その……」

「こっちはなんにも解ってないぞ真面」

みさきさんは僕を指差しながら舞面さんにそう報告する。いやまぁ仰《おっしゃ》る通りですけども。

え、もしかして……今のが読心なの？　僕は拍子抜けした。知らんなとか。言い当ててるには違いないが、ちょっと内容が薄過ぎるんじゃないだろうか。ていうかそれくらいなら、この場での僕の挙動不審ぶりを見ているだけでも予想できそうなものだ。占いというよりプロファイリングっぽい。もっとこう具体的なものを当ててもらわないとわーすごーいなんでわかったんですかーとはなれない。

「じゃあそっちか」

言ってみさきさんは最原さんに歩み寄った。ソファに座ったまま、不思議そうな顔で見上げる最原さん。

その顔に、僕と同じように動物のお面がカポリとかぶせられた。このインチキ臭い占いに何の意味があるんだろうか……。僕は自分の隣で起きている珍妙な光景を眺める。最原さんは僕よりも長くお面をかぶせられている。

そうして大体二十秒くらい経った時。

「ひ」

みさきさんは変な息を漏らしてから。

「ひいいいいいいいいいいいいいいいいいいいい!!!!」

突然絶叫した。

僕は驚いて反射的に立ち上がる。え？　なに？

叫んだみさきさんはお面をつかんだまま、何かに弾かれるように勢い良く後ずさった。足を縺《もつ》れさせてその場で尻もちをつく。そのままお尻をひきずりながら、腰を抜かしたような状態で壁際まで一気に後退していく。

「ひ、ひ」

壁に張り付くみさきさんを見る。彼女の綺麗な顔は、あらゆる方向に向かって引《ひ》き攣《つ》っていた。

「な……な……何だお前!!!　お前、どんな頭を、お、お前っ、本当に人間か!?　やばい、やばい、やばい、やばい、おかしい、おかしい、化生《けしょう》だ、悪魔だ!!!　化物!!!」

みさきさんは半狂乱で叫びあげ、そのまま壁をずりずりと伝って這々《ほうほう》の体《てい》で奥の部屋へと駆け込むと、物凄い音を立てて扉を閉めた。

なに……？　いったいなんなの……？

「すいません、ちょっと」

舞面さんはそう言って奥の部屋に様子を見に行った。残された僕は最原さんの顔を見る。最原さんもキョトンとしている。珍しく最原さんと意識が一致している気がする。今のは珍妙なイベントはなんだったんだろう。

一分もしないうちに舞面さんは戻ってきた。

「読めないそうで」

「え?」僕は聞き返す。

「そちらの、最原最早さんの心は読めないそうです」

「はぁ……」

僕はなんとも覚束ない返事をした。普通、人の心は読めない。当たり前の事を改めて確認できた。読めたという結論にならなくてよかった。

「とりあえず連絡先を教えていただけますか?」

舞面さんはそう言うと、紙とペンを最原さんに渡した。最原さんは言われた通りに連絡先を記入する。僕は舞面さんをチラリと見た。心なしか、さっきよりもちょっと楽しそうに見えた。

「それで、いかがでしょうか」

連絡先を書き終えた最原さんは聞いた。それはもうすっかり忘れそうになっていた、ここに来た最初の目的のお話だった。

「ああ」舞面さんは紙を受け取りながら言った。「出しましょう」

4

翌日、僕は西友に行って、吉祥寺の事務所で使う日用品を揃えた。

事務所に顔を出して買ってきた物を並べる。スポンジや食器洗剤をキッチンに置き、流し口にネットをかけた。トイレの上には突っ張り棚を付けてトイレットペーパーを載せる。大学に入って引っ越してきたばかりの頃を思い出した。

一仕事終えて紙コップでペットボトルのお茶を飲んでいると、ＰＣに向かっていた最原さんがチョイチョイと手招きをした。

最原さんの後ろからディスプレイを覗きこむ。

ネット銀行の通帳のページに表示されていたのは、0が8個並んだ振り込みの明細であった。

0.4

1

事務所に入ると、ダイニングの隅に昨日まではなかったピカピカの冷蔵庫が増えていた。買ったらしい。映画の出資金で最初に買ったものが冷蔵庫というのもどうかと思うが、今まで室温だったペットボトルのお茶を冷やせるのは正直嬉しくもある。

舞面さんから振り込まれた金額は三億円だった。

その額面を見た最原さんは「やりましたね」と言ってから鼻歌まじりにアマゾンを閲覧し始めたので僕はすぐさまLANケーブルを引っこ抜いて舞面さんに電話をした。

しどろもどろになりながら事情を聞くと、舞面さんは「とりあえずの分として」という戦慄《せんりつ》の返答をくれた。足りなくなったらまた連絡してと言って電話は切れた。僕は携帯を片手に呆然と立ち尽くした。最原さんはLANケーブルを挿し直していた。

正直に言えば、昨日まではまだ何かの間違いだと思う気持ちもあった。データ上の手違いで大金が表示されているだけで、本当はお金なんて存在しないいんじゃないかという疑念があった。だがこうして新品の冷蔵庫が届いているのを見てしまってはもはや観念するしかない。

舞面真面さんは本当に財閥の会長であり超常の資産家だったのだ。

僕らは突如として莫大《ばくだい》な映画制作費を手に入れてしまったのである。

そんなマンガのような現実に呆然としながら真新しい冷蔵庫を眺めていると、隣の会議部屋にいた最原さんが紙コップの底でテーブルをココッと鳴らした。注げと言っているらしい。僕は冷蔵庫を開けてお茶のペットボトルを出した。ああ冷えてる。夢じゃない。

最原さんのコップにお茶を注ぎ、自分の分も入れて会議テーブルにつく。

「どうする気なんですか最原さん……」僕は恐る恐る聞いた。

「どうするとおっしゃいますと」

「いや、こんな大金いったいどうやって使う気なのかと……」

「映画を撮ります」最原さんはいつも通りに言った。「映画の予算としてはそれほど多いわけでもないと思いますが」

「多くないって、それはハリウッドとかと比べてでしょう？　そりゃ向こうは何十億何百億と使うんでしょうけど、自主制作の映画でこんな凄い予算……」

「お金はたくさんあるに越したことはありません」最原さんは整然と話す。「ですが、数多さん。お金があるだけで面白い映画が作れるわけでもありませんね」

僕はう、と口籠《くちごも》る。正論だ。確かに制作費数十億円の駄作映画はいくらでもあるし、低予算の傑作映画も無数にある。そう考えると予算が多いだけでどうしようどうしようと狼狽《うろた》えるのは確かに間違っている気もするけれど……。かといって最原さんのように一切動じず冷蔵庫とカーテンとＳＤカードをポチるのもどうかと思うが……。

「数多さん」

最原さんはキリッとした顔で言う。

「映画を撮る時に一番大切な物は何か解りますか」

これは。

前に電車でされた質問と同じだ。

前回の答えは〝お金〟だった。そしてもうお金はある。つまり今回は答えが違うということか。なんか適当なクイズだな……。

僕は頭を回した。お金以外で大切なものといえば……。

「アイデア、じゃないですか？」

「ブブー」

……………豚真似クイズだな‼

わかっている、わかっているぞ。これを不正解音だと思ったら負けというルールだ。迂闊《うかつ》に動いてはいけない。僕は無言で様子を見る。

「ブブブー」

堪える。これは不正解ではない。豚の真似だ。だから心が折れてはいけない。自分の解答を信じる強い精神が必要なのだ。本当に流行《はや》ってるのかこれ。小学生の遊びにしては高度過ぎないか。

「ブヒィ」

もはや完全に豚であった。こうなると不正解と間違えることはないが、クイズ中に突然豚の真似をされているという事実につっこみたくてたまらなくなりこれはこれで辛い。だが堪えるしかない。ここまできたらもう降りられはしない。

「ブヒィブヒィ」

最原さんの見事な豚真似が続く。僕は堪えながら、なんだか妙な気持ちになってきた。ところでいったい何をしているんだろうか僕たちは。

それから十分間、最原さんは見事に豚を演じ切った。

僕は謎の興奮に包まれながらも堪え抜いた。

豚真似を終えた最原さんは、頬を紅潮させ、息を荒らげながら、椅子に腰掛け直して呟いた。

「いや、こういうプレイもなかなか……」

「流行ってないだろ!! これ絶対小学生の間で流行ってないだろ!!」

流行っていてたまるか……。こんな行為が小学校で日常的に行われているとしたら日本は終わりだ……。

「良い汗をかきました」最原さんは清々《すがすが》しい笑顔で立ち上がる。「シャワー浴びてこよ……」

「クイズの答えぇ！」

「ああ」

最原さんは思い出したように振り返った。実際思い出したに違いない。

「映画を撮る時に一番大切な物は」

「物は」

「シナリオです」

至極真っ当で普通の答えであった。この一言のためになぜ僕は十分もプレイに従事しなければならなかったのだろう……。

「私の友人にスーパーハッカーがいるのですが」

「あの、最原さん」

「なんでしょう」

「その人……なんなんですか」

「スーパーハッカー」

埒《らち》が明かなかった。僕は面倒になって「どうぞ」と続きを促す。

「そのスーパーハッカーの友達のスーパーハッカーが」

「せめて一人にしてもらえませんか!?」

「そう言われましても……そもそも七人組ですし……」

多いよスーパーハッカー……。そんな設定いらないよ……使い切れないから……。

最原さんは面倒そうにホワイトボードに向かうと、マーカーを取って板書を始めた。

白板に《ハッカーD》《ハッカーA》の文字が書き込まれる。

「私の友達がハッカーDさん。さらにその友達がハッカーAさんです」

「はぁ」

「このハッカーAさんが」

再びさらさらと板書される。

最原さんは《世界一の作家》と書いた。

「世界一の作家をご存知らしいのです」

「はい？」

僕は間抜けに聞き返した。

「世界一の作家をご存知らしいのです」

最原さんも間抜けに繰り返した。

「世界一の作家って……ええと、どういう意味ですか？」

聞きながら自分でも考える。世界一って何が世界一なんだろう。売上？ ええと世界的に売れてる作家と言ったらスティーブン・キングとか、J・K・ローリングとか。作家にはあんまり詳しくないからもっと売れてる人もいそうだけど。

「世界一の作家というのは」

最原さんは自分で書いた文字を眺めながら言う。

「〝この世で一番面白い作品〟を書ける人、という意味です」

僕はポカンとした。

〝この世で一番面白い作品〟……？

そんなものが……あるのか？　いや、まぁそりゃあるんだろうけど。今ある小説なり脚本なりの中で一番面白いものがそれなんだろう。しかし同時にそんなの決められるのかという疑問も持たざるを得ない。何が面白いかなんて人によって千差あると思うんだけど……。

「その方にシナリオを依頼します」

最原さんは僕の疑念を意にも介さずに平然と続ける。

「まずはそのために」

彼女は蓋をしたマーカーでホワイトボードをコツンと叩いた。

「ハッカーAさんと接触しましょう」

2

午後三時。学校帰りの学生や買い物中のセレブ主婦で賑わいを見せる吉祥寺駅前。その中でも最も人通りが多いであろう駅前アーケード・サンロード商店街入口のスペースで僕は一人立ち尽くす。警官が来た。

「君」

「はい」

「何やってるの」

「怪しい者ではないんです」

真っ黒な分厚いマントの下に真っ黒い筒みたいなワンピースを着こんで真っ黒のガラス板みたいなゴーグルを着けた僕はそう答えた。怪しい者だった。

状況を説明しよう。僕は今まるでアニメのコスプレのような格好で吉祥寺駅前に立たされていて、予想通り職質を受けたところである。四文字で表現すると絶体絶命だ。二文字だと終了である。むしろさっさと終了したい。帰りたい。しかし帰るわけにはいかない。残念だがこれが最原さんから与えられた仕事である。

二十分前、僕はこの全身真っ黒のアニメ的な衣装を渡された。

「これは以前に借りておいたハッカーDさんの私服です」最原さんは言った。

「私服って……こんな格好で普段から暮らしてるんですかその人」

「なかなか機能的だそうで」

「まぁ別に人の趣味に口出しはしませんけど……。それで、この服をどうするんですか」

「着て下さい」

「なんで」

「ハッカーDさんの話によると、ハッカーAさんはアンダーグラウンドの人間なのでなかなか連絡が取れないそうなのです。ですが何とかしてアプローチしなければなりません。そこで数多さんがハッカーDさんに変装して、目立つ所に立ってアピールするんです。私はその情報をネットに流しますので。釣れるのを待ちましょう」

「一ついいですか」

「なんでしょうか」

「それは僕じゃなくて、貴方の友達のハッカーDさん本人がやればいいんじゃないでしょうか」

「連絡が取れなくて」

そうして僕は駅前でコスプレという羞恥《しゅうち》プレイに従事することになったのである。でも恥ずかしいだけで済めばまだいい。このままお巡りさんと同行するはめになったらただの犯罪だ。大学まで出させてもらった身としては親が悲しむようなことは可能な限り避けたい。僕は両親の恩に報いるために、職質してきた中年のお巡りさんに向けて吉祥寺を中心とする中央線沿線・西武《せいぶ》新宿《しんじゅく》線・西武池袋《いけぶくろ》線沿線のアニメスタジオの多さとそこから生み出される豊穣《ほうじょう》な文化の価値を説いた。アニメーションは今や日本を代表するトップカルチャーでありコスチュームプレイもまた社会的地位を獲得して久しいという事実を訴えこんな格好で街中に立っているのは自身の欲求を満たすという低劣な理由ではなくこの吉祥寺からアニメーション文化の真価を啓蒙《けいもう》し発展させていかねばならないという使命感に裏打ちされた壮大な社会実験なのだと熱弁した。巡査のおじさんはあんまり関わりたくないと思ってくれたようでなるべく早く帰るようにと注意して一旦去った。僕は死線をくぐり抜けた。勝った。携帯が震える。最原さんからのメールだった。

『その調子です』

僕はメールを返す。

『いつまでここに立ってればいいんですか』

メールが速攻返る。

『もうちょっと』

『もうちょっとってどれくらいですか。具体的に言って下さい』

『5縲・6譎る俣縲c縺ｪ縺・╂縺吶。縺ｪ』

『わざとらしい文字化けはやめてください。そんなに長くは立ってられませんよ。長く居たらまた職質されますし。回避し続けるなんて無理ですよ』

『数多さんの素晴らしい演技力に期待しています』

『何が演技力ですか。演技でもなんでもないでしょこんなの。コスプレで突っ立ってるだけじゃないですか。怪し過ぎます。ていうかもう無理です。次の職質で絶対引っ張られます。そもそも本当にこんな作戦で目当ての人が引っかかってくるんですか。勝算があってのことなんですか。ちゃんと説明してください』

『うっせぇな』

メールは途切れた。

僕は呆然と立ち尽くす。通りすがりの女子高生数人が僕に携帯を向けてピロリロリンと写メっていた。そりゃそうだろう。僕だってこんな人がいたら写メる。すると写真を取られた時に僕が何も反応しなかったせいで、さらに何人かが遠巻きにカシャカシャと撮り始めた。僕は諦めてせめて危険人物だと思われないように隅に寄って小さくなった。
顔を伏せて手元のメモに目を落とす。メモには最原さんから演技用の参考資料として渡された、ハッカーDさんのプロフィールが書かれている。

【遠遠《えんどう》⊿《デルタ》】

【December《ディッセンバー》 ever《エヴァー》】【永遠の師走《しわす》】の二つ名を持つ、世界最高のスーパーハッカーの一人。また同時に世界で五指に入る高名な魔法使いでもある。常に大きなグラスで顔を隠しており、その素顔を見た者はいない。アンダーグランドの人間だが武蔵野《むさしの》市井《しし》の頭公園付近ではよく目撃されており、地元住民からは〝吉祥寺の魔法使い〟の呼び名で親しまれている。

なにこの人……。
ちょっと頭痛がしてくる。スーパーハッカーで魔法使いってオーバーパワー過ぎるだろう。スーパーハッキング中に魔法を使う必要に迫られたらどうする気なのだ。ワークシェアリングという概念を知らないのか。なんというかアニメやライトノベルに出てきそうな、十代読者の万能感にアピールするような設定のスーパーキャラである。まさか他称じゃないだろうから自称だろうけど……。僕は会ったこともない遠遠⊿《デルタ》さんを想う。社会復帰は早い方が良いのではないでしょうか。不況で大変でしょうけどふてくされずに腰を据えて頑張ってみてはいかがでしょうかと伝えたい。

悲痛な気分でメモから顔を上げると、最原さんが少し離れたところから僕の写メを撮っていた。そして他人のふりで立ち去った。しばらくしてメールが来た。本文中のアドレスにアクセスすると、ウェブにアップされた僕の写真と『100以上がリツイート』の文字が出た。良かった、遠遠さんが顔を隠しているキャラで本当に良かったと思いながら、僕は二回目の職質と戦った。

それから三時間。

ツイッターの素晴らしい情報網のせいで見物人はさらに増え、僕の周りは大道芸みたいに人の流れが停滞していた。もはや言い訳のしようもないほど公共迷惑行為だが、それでもなんとか嘘理屈を捻出して四回目の職質を丸め込む。だがもう限界だ。僕はよく頑張った。次にお巡りさんが来たら大人しく事務所に引き上げるか交番にしょっ引かれよう。そう思った時だった。

周りの人ごみがにわかにざわめく。

なんだろうと思って見ていると、正面側の人垣がモーゼの海のように自然に割れていき、一筋の通路を作った。

その先には。

真っ白い筒みたいな服を来た、真っ白い長髪の女性が立っていた。

僕の着ている黒い服と色違いの同デザイン。つまり僕と同じようなコスプレをした女性は。

夕暮れの空をゆっくりと見上げて呟いた。

「《電子》たちの謳《うた》が聞こえる……」

さぁ。

困ったぞ。

沈黙が漂う。ギャラリーの皆さんがチラッチラッとこちらを見ている。どうやら次は僕の番だと思っているらしい。順番とかないんで気にしないでほしい。しかしあろうことか真っ白い女性本人が空を見上げるポーズを決めつつチラッチラッとこっちを見ていた。とにかく僕の番らしい。もはや逃げられる状況ではなかった。

僕は数瞬の葛藤の後。

その白い女性と同じ方角の空を、ゆっくりと見上げた。

「まるで《鎮魂歌《レクイエム》》だな……」

二人で駅前派出所のパイプ椅子に座って事情聴取を受けていると、最原さんが身元引受人としてやってきた。巡査長の名札を付けたお巡りさんが僕に言う。「まだ若いんだからこれからなんとでもなる。不況で大変だろうけど、ふてくされずに腰を据えて頑張ってみなよ」。僕はすみませんでしたと頭を下げた。白い女性もすみませんでしたと頭を下げた。最原さんはそんな僕らを見て「まるで《鎮魂歌《レクイエム》》だな」と言った。

3

僕ら三人は個室タイプの居酒屋に入った。オープンなお店は無理だった。着替えを持っていないからだ。僕だけでも事務所かアパートに戻って着替えてきていいですかと聞いたらダメだと言われた。多分そうだろうとは思っていた。

僕の隣には最原さんが座っている。最原さんはなぜか今日に限ってとても可愛い格好をしていた。ちゃんとコーディネートが考えられたカットソーとカーディガン、ふわふわ系のショートパンツを愛する吉祥寺ガールである。普段はパーカーでうろついているくせに今日に限ってお洒落なのは間違いなく我々への嫌がらせであろうと思われる。

そして個室席の正面には、現在の僕の仲間と思《おぼ》しき女性が座っている。

さっきも言ったが、その人は全身白ずくめだった。白い筒のような服に、真っ白に脱色された長髪。その長い髪が顔全体を覆い隠していて人相が全く判らない。目は全部隠れてしまっていて、鼻先で分かれた髪の隙間からかろうじて口だけが見えている。

初対面の女性に抱く印象としては大変失礼だが、こういう妖怪いる。

「ウフフフフ……」

妖怪のような女性は突然笑った。怖い。

「あの最原さん、もしかしてこちらの方が……」

「多分」

最原さんは女性に向かって聞いた。

「貴方が【答えをもつ者《アンサー》】、【answer answer《アンサーアンサー》】の在原《ありわら》露《あらわ》さんですね？」

うん？

アンサー、なんだって？

最原さんはまたかなり痛々しい名前を口にした。僕はさっきのメモを思い出す。確か僕がコスプレをしているこっちの人がディッセンバーなんとかさんだった。つまり同じような肩書きの仲間達、という設定なのだろうか。そういえば七人組のハッカーだとか言ってたなぁ……。

「あたしのこと知ってるの?」在原なんとかさんは首を傾げる。

「はい」

「ウフフフ……」

在原さんは再び笑うと、なぜか突然その場で立ち上がった。両腕を鳥の羽のように大きく開く。だが個室が狭いので壁にぶつかった。いたっ、と言いながら彼女は個室の中で可能な範囲で謎の決めポーズを作る。

「お答えしましょう。正しくお答えしましょう。なぜかって? ウフフフ。なぜならあたしは【答えをもつ者】、【answer answer《アンサー アンサー》】の在原露だからです」

僕は目をそらした。あまり長くは見ていられない。心が痛い。自分も今この人と同じ格好をしているのだと思うと胃も痛い。

彼女はもう一度ウフフと笑うと、ポーズをやめてまた座った。座る時に変な形の服の袖にお通しを引っ掛けて倒した。ポーズを作る時も決まらないがやめる時も決まらない。アニメと違って現実は厳しい。

「そいであなたは？」在原さんは砕けた調子で聞き返す。

「最原最早と言います。映画監督です」

「最原最早さん。ふんふんふんふんふん……」

在原さんはふんふんと言いながらメトロノームのように首を左右に振った。止まった。

「井の頭芸術大学映画学科監督コース卒。一芸入試生。在学中に三本の映画を制作。以降は特になしかなぁ。商業作品は撮ってないのかな？　あ、でも日展《にってん》取ってる。絵も描くんだねぇ」

在原さんは突然、最原さんのプロフィールと思しきものをスラスラと語り出した。

あれ、知り合い？　いやでも……なんか言い方が変だな。

「私をご存知なのですか？」

最原さんも不思議そうに聞き返した。やっぱり知り合いじゃないようだけど。

「うん。そこまでしかご存知じゃないけど。そこまではご存知だったみたいだね。多分どっかで見たんだと思うよ。あたし見たことあんまり忘れないから」

在原さんはなんだか恐ろしい事を言った。

つまり今のは、たまたまどっかで見ていた最原さんの情報を覚えてたってこと、なのか？　いやしかし……そんな赤の他人のことをまるっと覚えているもんだろうか。第一いつ見たんだ。昨日今日の話ならともかく。

とそこで僕はあれ、と気付く。今の在原さんの話が本当だとすると。

「最原さんて井の芸卒だったんですか？」

「ええ。映画学科です」

先輩じゃないか……。全然知らなかった。僕がこないだまで通っていた役者コースも映画学科なので、最原さんは直系のＯＢということになる。三十だと、八年先輩だ。流石に学内で会ったことはなさそうだけど。

「お見知りおきいただいて光栄です」

最原さんは在原さんに軽く頭を下げる。

「うふふ。よろしくね……」

在原さんは会釈を返すと。

チラッと一瞬こっちを向いた。

髪で目が隠れているのでどこを見ているのかはよくわからないが、頭が一瞬確かに僕に向けられた。あ、もう一回やった。またやった。チラッチラッチラッとこっちを窺ってくる。唯一見えている口が物凄く嬉しそうにニヤニヤと笑っている。

「あたし達もオフで会うのは初めてだね……【December ever《ディッセンバー エヴァー》】」

僕はうっと息詰まる。

困った……僕は本人じゃないんだけど……バラしてしまってもいいんだろうか。いやしかし最原さんにも何か作戦がありそうだし、勝手に明かすのはまずいのかも。かといってなりきりで誤魔化せるかというと僕は元の人を全く知らない。だがここが正念場かもしれない。できるか？ なんとか想像力でカバーしながら話せるか？

「ネットでは何度も話したことがあるけど。戦ったこともあるけど。もう長い付き合いなのに初対面だなんてなんだか不思議だね【December ever《ディッセンバー エヴァー》】。さっきツイッターで貴方の画像見てあたし大慌てで来ちゃった。あたしが送った服ちゃんと着てくれてるんだね。やっぱり嫌がってなんてなかったんだね。あたしが付けた二つ名も嫌がってるのかと思ってたけどそれも何かの間違いだったんだね。でも当然だよね。カッコイイもんね。名前も服もカッコイイもんね。こんなにカッコイイ服を痛いなんて言う方が間違ってるよね。ウフフ……お揃いだ……ウフフ」

無理だった。

「（あの、最原さん）」僕は小声で隣の最原さんに助けを求める。「（なんとかしてください)」

「(わかりました)」

最原さんはなんと素直に僕の助けに応じてくれた。あんまりにも素直過ぎて嫌な予感しかしない。

「何話してるの【December ever《ディッセンバー エヴァー》】? あ、もしかし本名で呼んだ方がいい? そうだよね。ずっと二つ名じゃ長いもんね。カッコイイけど長いもんね。カッコイイけどしょうがないよね。ええと【December ever《ディッセンバー エヴァー》】の本名は、遠遠、遠遠⊿《デルタ》だね。遠遠君? ⊿《デルタ》君? デルタン? バルタンみたい。あ、誤解しないでね。あたし別にウルトラマン直撃世代とかじゃないからね。まだ二十代だからね」

「在原さん」最原さんが在原さんの歓喜の語りに割り込む。

「何?」

「実はこの人は【December ever《ディッセンバー エヴァー》】、【永遠の師走】の遠遠⊿《デルタ》さんではありません」

「え?」

最原さんはそう言うと、僕の顔に手を伸ばして黒く巨大なグラスを外してしまった。

久しぶりに視界が晴れる。

「彼はフリーターの数多一人さんです。あなたを呼び寄せるために、彼には遠遠さんの変装をしていただいたんです」

正体をバラされて、僕はバツの悪い顔をしながら頭を下げた。

「え…?」

在原さんはきょとんとしている。口からは笑みが消えていた。ショックを受けているらしい。悪いことをしたなぁと思う。

「したがって彼はこの服の持ち主ではありません。当然ですが好き好んでこんな服を着ていたわけではありません。格好悪いですし」

「え……?」

最原さんは矢継ぎ早に残酷な真実を明かしていく。在原さんの返事はだんだん小さくなっていた。格好悪い点に関しては流石に擁護できないので僕は黙って聞いていた。

しかし事実とはいえ少し可哀想《かわいそう》になってくる。

「そして彼は【December《ディッセンバー》 ever《エヴァー》】という二つ名も格好悪いと思っています。【永遠の師走】も意味がわからないと思っています。恥ずかしいと思っています。痛いと」

「え………?」

在原さんの声はもうかなり小さくなっている。全部事実だがかなり可哀想になってきた。あの最原さん、もうその辺で……。

「同様に【answer《アンサー》 answer《アンサー》】も痛いです。【答えをもつ者】も痛いです。在原露という本名もなんだか狙ってる感じがして痛いです」

「え……………?」

最原最早さんは自分だって最原最早のくせに酷いことを言った。対する在原さんは、もう声が小さくなり過ぎて空気が出入りするような音しかしていない。まるで息絶える寸前の魚のようだ。

その瞬間、在原さんの頭がチラッと僕の方に向いた。

ああ。わかる。わかる。目が隠れていて見えないけどわかる。彼女が何を言いたいのかよくわかる。在原さんは助けを求めているのだ。そんなことないよね、そんなことないよね? 格好悪くなんてないよね? と仲間である僕に訴えかけているのだ。僕には今の在原さんの気持ちが痛いほどわかった。

僕は目を伏せた。

「……………あ……………あの……………」

在原さんが掠《かす》れるような声を振り絞る。

「なんでしょう」

「あの……………あたし本当は……………す……………鈴木《すずき》、友子《ともこ》、って名前で」

偽名……っ！

なんということだろう……在原露さんは自分の痛い本名から自らの精神を守るために物凄く普通の偽名を名乗ることを選択したのだ。なんという英断。なんという勇気。

「ええと……アンサー、アンサーだっけ？　さっきまでのはちょっとふざけてただけで、つまり、冗談だから……全然痛くないから……ね？」

在原さんこと鈴木さんは力無い笑顔を作った。僕は両手で顔を覆った。見ていられない。

「そうでしたか。良かった……。本当に【答えをもつ者】、【answer《アンサー》 answer《アンサー》】の在原露さんというお名前だったら私どうしようかと……。でも安心しました鈴木さん。いいお名前ですね鈴木さん」

最原さんは死者を鞭打《むちう》った。

「あ、あの私ちょっとトイレ……」

そう言って鈴木さんは席を立った。三分後、明らかにアンダーと思われる無地のTシャツと短パン姿で鈴木さんは戻った。その手には先ほどまで着ていた真っ白のアニメ衣装が抱えられている。

「なんかこのお店暑いねぇ」

僕は再び顔を覆う。泣いてはいけない。最原さんは「そうですね」と最高の笑顔で返した。鈴木さんは口で笑みを作りながら肩を震わせていた。人はなぜ人に対してここまで残酷になれるのだろうか。

「それであの……」小さくなってしまった鈴木さんが小さく話す。「あたしに、何か用なのかなぁ……？」

「ええ」最原さんは残酷シーンなどなかったかのように平然と答えた。「貴方が、とある作家さんとお知り合いと聞き及びまして」

「作家？」

「はい」

「作家の知り合いは何人かいるけど……誰のことだろ……」

「その中で一番凄い方です」

「一番凄いのは」鈴木さんは人差し指を顎に当てて考える。「あの子かなぁ……」

「その方です」最原さんは名前を聞きもせずに頷いた。「その方と連絡が取りたいのです」

「あたしも連絡先知らないけど」

「では、探してはいただけないでしょうか」

「ええー……探すのかぁ……」

「何か問題があるんですか？」僕は聞く。

「ちょっとねー。その子デリケートだからさ……。探してるのがバレると嫌がるかも」

「それはまた繊細な作家さんですね」

「バレたらあたしが殺されるかもしれないし……」

それは繊細な作家ではなくただの潜伏殺人鬼だ。僕は閉口する。本当に知り合いなのかその人……。

「まぁ気をつけて探せば大丈夫だと思うんだけどー……」

「お願いできませんか」最原さんが食い下がる。

「でもなぁ。うーん」

「どうかお願いします。【答えをもつ者】、【answer answer《アンサー　アンサー》】の在原露さん」

鈴木さんはうあ～と呻いて個室の隅に蹲《うずくま》った。最原さんの心ない呼び方で傷口が開いたらしい。間違いなくわざとだと思われる。

「あの、あたし、鈴木、だから……」

「ああすみません、鈴木さん」最原さんはしれっと言う。「物覚えが悪いもので……」

「ううん、いいけど、あの……次から間違えないでくれれば……」

「解りました。ところで話は戻りますが、なんとかお願いできませんか【答えをもつ者】、【an《アン》】」

鈴木さんはうあああ〜とテーブルの下に潜った。

「物覚えが悪いもので……」

「ううん、いいけど、いいんだけど……」在原さんがテーブルの下から言う。

「なぜ覚えられないんでしょうね……。ああでもなんだか、私の願い事を誰かが一つ聞いてくれたなら突然記憶力が良くなるような気がします……。気のせいかもしれまんが……。気のせいですね。忘れてください」

最低だこの人……。

「それ本当……？」

「何がですか【答」

鈴木さんはうあああ〜〜と叫んで個室から転げ出た。僕は眼前で繰り広げられる拷問から目をそらしてお酒を呷《あお》る。ごめんなさい鈴木さん。僕は何の力にもなれません。本当にごめんなさい。

三十分後、スーパーハッカーAこと鈴木友子さんは作家探しを快諾してくれた。駅前派出所の皆さんには本当の巨悪を取り締まるために尽力してほしいと切に願う。

4

惨劇の翌日。

僕は一人、カラオケボックスに居た。

別に友達がいないからじゃない。確かに大学の同級生の多くは卒業と同時に地方に散ってしまったが、東京にもまだ何人かは残っている。もちろんカラオケくらいならいつでも付き合ってくれるので、そこは誤解のないようにしていただきたい。

ではどうして一人でカラオケに来てるのかといえば。

僕は曲も入れずに無音の室内で一人声を張った。アカペラではない。あめんぼである。あめんぼあかいなあいうえおである。そう、発声練習だ。

発声と筋トレは役者の基本の基本だけれど、これが中々場所を選ぶ。筋トレは家でもできないことはないが発声をやると隣近所から苦情が来てしまう。あんまりしつこいとお巡りさんが来るかもしれない。昨日お世話になったばかりだしそれはちょっと避けたい。

というわけで警察の目を逃れるために僕が活用しているのが吉祥寺駅からほど近いこのカラオケボックスだ。早朝なら近所の広い公園でやってしまうのだけど、昼以降は人通りが増えて恥ずかしいので多少お金はかかるがやむなく個室を取ってやっている。まぁかかると言っても日中なら三十分一〇〇円しか取られないし、余った時間で歌も歌えるので結構重宝している。

練習のセットを一通り終えて烏龍茶《ウーロンちゃ》を飲む。良い発声ができた。コンディションは最高である。問題があるとすれば披露する場がまだ無いことくらいだろう。

最原さんの映画が撮影に入る気配は未《いま》だ無い。シナリオライターの捜索が始まったところと考えると先は長そうに思う。

僕は携帯の画面を見た。特に着信や連絡もない。最原さんからの呼び出しがないと僕は基本的に何もやることがないのだ。まぁ雑用で呼ばれても困るけど。一応役者としてスカウトされているのだから、役者としての仕事が早く発生することを願う。

そういえばスポンサーが付いたこともあって、最原さんは僕にも雑用その他の給金を出してくれると仰った。月八〇〇〇円くれるそうだ。三億円持ってるのに……。いやまだ大した仕事はしてないから別に良いんだけどさ……。

発声を終えた僕はカラオケ代三〇〇円を払って店を出た。八〇〇〇円でも練習の場所代くらいにはなる。くれないよりは全然ましである。

さて夜のバイトまでどうしよう、と思ったところで携帯が震えた。タイミングよくお呼び出しか。

画面に目をやる。

発信者を見て、僕は慌てて電話を取った。

「もしもし？」

『……もしもし』

「……阿部さん？」

5

市営の駐輪場に自転車を止めて駅前商店街サンロードに向かった。中にある西友に入る。エスカレーターで二階に上がると、ピザのイミテーションが並ぶ懐かしい感じの喫茶店があった。

店内に足を踏み入れる。

「こっち」

声の方を向くと、席に座った阿部さんが手を上げていた。

僕は早歩きでテーブルに寄る。

「阿部さん」

「ごめんな、わざわざ」

「いえそれは全然良いんですけど……あの」

「座んなよ」

促されて椅子にかける。僕はアイスコーヒーを注文した。

二週間ぶりに会う阿部さんはスーツ姿だった。スーツを着ているのを見るのは初めてだった。

あの日から。

劇団『パンドラ』が解散してから、二週間が経っていた。

阿部さんが自分のコーヒーから顔を上げる。目が合う。阿部さんはなんとも力無い笑顔を作った。

「ほんとごめんな。何回も電話くれただろ？　出らんなくて」

「あの、全然気にしてないですから」

「振動とかと、連絡ついてる？」

「……いえ」

そっか、と呟いて阿部さんはコーヒーを啜る。

僕は、なんだか頭の中がグルグルとしていた。

考えを整理しようとする。何を話そう、何から話そうと頭を巡らせるが上手くまとまらない。あの日から阿部さんには何度も電話をかけた。メールも出した。連絡したい、話がしたいと思っていた。なのにこうして会った途端、なぜか僕は何も話せないでいる。

沈黙が下りる。

お互いが口を開かない時間の中で、僕はなんとなく思った。多分僕と阿部さんは今、同じようなことを考えているんじゃないだろうか。何かを言おうとして、でもそれは二人とも解っていることだと気付いて、結局口に出せない。話したいことが浮かんでは、また埋まっていく。

「阿部さん、今は……」

僕はやっとの思いでその一言を口にした。

「オレはこれ」と言って阿部さんはスーツの襟をつまむ。「就活中」

僕は思い出す。パンドラにいた時の阿部さんは劇団とアルバイトを並行しながら暮らしていた。でもコンビニだけの僕より沢山バイトに入っていたから、毎月結構稼いでいたと思うし生活も問題なかったはずだ。

その阿部さんが就職活動をしている。

それがどういうことなのか、僕は考えたくないけれど考えてしまう。

「今日の面接吉祥寺だったからさ。ちょっと連絡してみたんだ」

「あ、僕もバイト夜からだったんでちょうど良かったですよ」僕は取り繕うように話した。「えと、今日の面接ってどんな会社だったんですか?」

「あー……」

阿部さんは少しだけ躊躇ってから、小さく口を開く。

「照明。照明機材の製作と営業の会社」

「あ……」

ああしまったとすぐに気付く。ついアホみたいに声を漏らしてしまった。顔にもはっきり出たのが自分でわかった。駄目だ。僕は役者なのに、いつもこうだ。

「あんまり上達してないなぁお前」阿部さんはそう言って笑った。「まぁ……そんな顔もするよな」

阿部さんは少しだけ目を伏せた。

「お前が考えてる通りさ。オレはもう引退を決めた。舞台はやめるつもりなんだ。なのに探した就職先が照明の会社じゃな……。オレだってちょっと未練がましいなと思ってはいるんだよ。でも、言い訳じゃないが、別にまた戻りたいって考えてるんじゃないんだ。舞台をやってる間に身に付けた知識が就職の時に生きてるってだけなんだよ。本当に、それだけの話だ」

「言い訳だなんて思ってません」

「数多は良い奴だなぁ」

阿部さんは困ったように笑う。

「ま、そんなわけだからさ。お前が暗い顔する必要は全然無いんだ。オレは自分で自分の人生を決めて、今もなんとか元気にやってるよ。これからどうなるかはなんとも言えないけど、きっと自分なりの世界で暮らしていくさ。多分だが、振動も今頃元気でやってるだろうと思うよ。あいつはオレなんかよりよっぽど芯が強い。もしかしたらもうどっかの劇団で復帰してるかもな。この辺で公演回ってたらまた会えるかもしれないぜ」

「……ですね」

僕は頷く。阿部さんの言葉はとても優しかった。今阿部さんが言ったことを心から願う。槍子さんの姿を、槍子さんの劇をまた舞台で見られたら、それはどんなに素晴らしいことだろうか。

でもそれは。

花を手折《たお》った後の茎に「もう一度花が咲きますように」と願うような。

理不尽で、残酷な願い事だった。

アイスコーヒーが運ばれてくる。僕は言葉に出来ない気持ちを呑み込んで、その苦味を少しでも忘れようと甘いシロップをダボダボと注ぎ入れる。今ならシロップをそのまま飲んでも平気な気がした。

「それで、数多は……」

「え、はい」

「その、もしかして……」

「ええ」

「……あれから、あの子と？」

ドクンと心臓が一つ打つ。

阿部さんの目が僕を見ている。僕の答えを待っている。

頭の中をまだらの感情が巡っていく。阿部さんにどんな顔をして、何を言えばいいのか。申し訳ないような、謝りたいような気持ちが浮かぶ。でもそれはどっちも違う。どっちも的外れだ。劇団が解散したことも、みんなが引退したことも、そこに誰かが謝るべきことは何もない。僕たちは自分で選んで自分で決めただけだった。創るのかやめるのか、自分の人生を自分で選択しただけだった。だから僕が阿部さんに向かってそんな気持ちになるのは間違っているし、それはとても失礼なことなんだと僕は解っている。

僕は目を開いて、小さく頷いた。

「あの人と……最原最早さんと一緒に映画を作ってます。まだほとんど何も動いてない状態ですけど……」

阿部さんは、うん、と一つ頷く。

「そうかぁ……じゃあ数多は役者で出るんだ」

「一応、その予定です」

「いや……その、なんというかな。オレがこんなこと言うのはなんだと思うんだけどさ……」

阿部さんは少し考えてから、深刻な表情を作った。

「お前……」

「……はい」

「大丈夫なのか？」

それは不思議な質問だった。

だけど僕らにはその質問の意味がよくわかっている。

そして僕は、その質問にすぐに答えられない。

「あんなことがあったんだから、お前だってわかってると思うが……」阿部さんは言葉を探りながら続ける。「最原さんだったか……あの子は……おかしいよ。解るだろう？　あんな、あんな演技……あんな創り方。オレは耐えられなかった。だから逃げた。それは振動も同じだ。いやオレたち新人だけじゃない。キャリアのあった先輩達も、代表の不出さんも、あの御島さんもだ。そう……御島さんですら逃げたんだ。でも、でもそれはもういいんだ。逃げたから、逃げられたから、オレたちはもういいんだよ。だけどお前は……お前はあの子と一緒で大丈夫なのか？　本当に大丈夫なのか？　あんな子と一緒に物を創っていたら、お前も………おかしくされてしまうんじゃないのか？」

阿部さんの真剣な言葉が僕に投げかけられる。

阿部さんは本気だった。本気で僕のことを心配してくれている。たったの三ヶ月しか付き合いのない僕を、僕の人生を本気で心配してくれているのが伝わってくる。僕はこの人と知り合えて本当に良かったと思う。

「僕は……」

だから僕も、真剣に応えたい。

「……正直に言うと、僕にもわからないんです。あの人に付いていっていいのか、あの人のことを手伝っていいのか。最原さんの映画に参加することが正しい選択なのか、自分でも全然わかりません。でも」

今の気持ちを、嘘偽りなく答えたい。

「上手く言えないんですけど、今はやるしかないんです。あの人の映画を手伝うしかないんです。理由はわかりません。説明なんてできない。だけど……僕はもうきっと抜けられないんだと思います。そう思います。自分の気持ちも、自分を取り巻く状況も、全部が僕を彼女の映画に向かわせている気がするんです。自分でも馬鹿なことを言ってるとは思いますが……最原さんの映画に〝運命〟みたいなものを感じているんです」

僕は言葉の限りを尽くして、自分の気持ちを表現していた。

〝運命〟と言った時、それが一番適切な言葉のように思えた。

高校で役者を始めたことも。大学で演技を勉強したことも。パンドラでみんなと公演をしたことも。最原さんとたった一つの台詞を十三時間もの間ずっと練習したことも。

きっと全部この映画に繋《つな》がっている。

僕はなぜか、とても素直にそう思っていた。

「だから……やれるところまでは頑張ってみようかと思います」

僕は阿部さんに今の気持ちを伝えた。説明できないことは説明できないまま、説明できる気持ちだけを、そのままに話した。

「うん……」

阿部さんが頷く。

「そういうものに出逢《であ》えるのは、幸せなことだよな……。いや、オレはお前を無理に引きとめようとしてるわけじゃないんだよ。ただ、やっぱりちょっと心配でな……。でも、安心したよ。元気そうじゃん。大丈夫ならそれで良いんだよ」

「大丈夫です」

僕は曇りのない笑顔で阿部さんに答える。それが今の僕にできる些細《ささい》な感謝の証だった。アイスコーヒーを飲む。なんだこれ。甘い。シロップ入れ過ぎた。

糖尿になりそうなコーヒーを十分かけて飲み干すと阿部さんが伝票を取った。就職予定だからフリーターには奢《おご》ってやる、とありがたいお言葉をいただく。阿部さんは来た時よりも少しだけ元気に笑った。安心できたのは僕も同じだった。

「じゃあオレ、駅だから」

阿部さんがアーケードの先を指す。

「また近くに来たら声かけるよ」

「阿部さんも頑張ってください」

「おう。と……そうだ」行こうとした阿部さんが引き戻った。「や、何って話じゃないんだが……」

「はい？」

「こないださ、エリシオンの横通ったんだけど。建物に人が入っていくのが見えたんだよ」

「エリシオンにですか？」

パンドラが解散して、あそこは空きビルになったはずだけど。じゃあ次のテナントが入ったんだろうか。

「いや」

阿部さんが少し言いづらそうに口を開く。

「遠目だったから確証はないんだが……あの後ろ姿は多分、御島さんだったと思う」

6

二週間ぶりの駐輪場に自転車を止める。エリシオンのビルは何も変わらなかった。『スタジオ　エリシオン』の金属プレートもそのままだ。次のテナントは入っていないように見える。

玄関のガラス戸を押してみた。鍵が掛かっている。中を覗いてみるが、人の気配はない。

本当に御島さんがここに戻ってきていたんだろうか。劇団のない、もう誰も残っていないこの稽古場に。

僕は踵《きびす》を返《かえ》して駐輪場に戻り、自転車を取った。

別に何かの目的があって来たわけじゃない。御島さんに会おうと思って来たのではない。ただ自然と足が向いてしまっただけだ。

僕と御島さんの道はもう分かれてしまっている。

僕はこれから最原さんの元で、役者として映画の撮影に臨まなければならない。だから御島さんがここに戻ってきているとしても、僕が一緒に戻って再び劇団をやれるわけじゃない。それはもう、できない。

ただ、それでも。

阿部さんのように、檜子さんにそう願ったように、御島さんもまたどこかで元気でいてほしい。

帰り道、僕は井の頭公園の弁天《べんてん》様にお参りをした。奮発した一〇〇円のご利益が御島さんにも届くことを祈った。

0.5

1

事務所のカレンダーを切る。六月になった。六月になって何が変わったかといえば、別に先月と何も変わっていない。

進行状況は、現在鈴木さんの作家捜索待ちとなっている。

吉祥寺の飲み屋で依頼をした日から、今日でちょうど一週間になる。自称スーパーハッカーの鈴木さんは十日くらいで見つかるだろうと言っていた。他のものだったら一時間もあれば見つかるらしいのだが、その作家だけは別なんだそうだ。ジャングルの奥地にでも住んでいるんだろうか。作業には集中できるのかもしれないが原稿を取りに行く編集者の苦労も考えた方が良いと思う。

でもこれで脚本家が決まれば、映画はやっとシナリオ作業にインすることができる。ついに本格的な制作が始まるわけだ。シナリオができれば絵コンテ、絵コンテができれば撮影と作業は進む。コンテは最原さんが描くんだろうか。絵も描けるような話は聞いたので多分自分で描くんだろうけど。いったいどんなコンテになるのかちょっと楽しみではある。

と先を想像してワクワクしてはみたものの。現実はまだやることがない。僕は暇になって室内を見渡す。最原さんはいない。今日は自宅で荷物を受け取ってから来ると言っていた。

部屋は初めて来た時と大差ない殺風景さで、家具などはほとんど増えていない。唯一入った新しい棚には最原さんが買った本などが並んでいる。言っても大半がマンガだけれど。

僕はそのうちの一冊を手に取った。フラワーコミックスの少女漫画だった。結構長く続いているやつだが、一、二、三まで買った後五、八、一三、二一巻と飛び飛びしかない。僕が読めないので買うなら買うでちゃんと揃えてほしいと思う。あとなぜか一巻が二冊ある。間違えて買ったんだろうか。

読めない少女漫画は戻してお茶を入れる。無くなった。後で買ってこないと。役者である僕の今の仕事はペットボトルのお茶を補充することと、最原さんが来たらお茶を注ぐことだ。どんな現場もまずはお茶汲みからである。

と、そこでちょうど最原さんが事務所にやってきた。

最原さんは事務所に上がると、手に提げていた紙袋から箱を取り出した。会議テーブルの上に置く。小さめのボール箱には航空便ぽい英語の宛名シールが貼られている。海外からの荷物だろうか。

「なんですかこれ」

「これは……」

最原さんが箱を開く。中は包装紙で丁寧に包まれている。最原さんはその紙も開いて、中身の一つを取り出した。

それはまるでイギリスの高級食器のような、非常に美しい意匠の施された、

「紙コップ」

「なにこれ……」

僕は怪訝な顔でそれを手に取る。何このコップ……すごい手が込んでる……。縁取

りの金ラインと側面に描かれた紫の花がたまらない高級感を醸し出す。なんとソーサーまで付いている。だが確かに全部紙製だ。まごうかたなき紙コップだ。

「海外のアーティストが手作りしている、ウェッジウッドの意匠を模範した最高級紙コップです」

最原さんは高級紙コップのセットを眺めながら満足気に呟いた。

「買ったんですかこれ」

「ええ」

「高かったでしょう」

「まぁ」

「映画の予算でですか」

「もちろん」

もはや悪びれもしない。

「数多さん。映画を撮る時に一番大」

「紙コップじゃないですよ⁉」

「紙コップ‼」

「言い切った‼」

駄目だ……早く作家が見つからないと映画の予算がどんどん間違ったものに変換されてしまう……。舞面さんは追加も出してくれると言ってたけれど、買っているのが高級紙コップだとバレたら出資は一発で打ち切りだろう。どうやって監査の目を逃れれば……いやむしろ最原さんは誰かに監査してもらった方がいいのかもしれない。僕は絢爛豪華《けんらんごうか》な紙コップを眺めて溜息を吐く。これ間違いなく八〇〇〇円より高いな……。

「お茶を飲みます」

最原さんはそのコップを持って、ウキウキしながら冷蔵庫に向かった。

「あ」

僕は気付いて顔を上げる。

「すいません、今ちょうど、」

最原さんは空の冷蔵庫を呆然と眺めた。それから僕をゴミを見るような目で見つめた。僕は失意に包まれながら近所のスーパーにペットボトルを買いに走った。

二リットルのお茶を二本買って事務所のビルに戻ってくる。エレベーターを降りると、事務所の扉の前に誰かが立っている。手提げの鞄を持った、小柄な女性だった。

「あの」

声をかけると、その人は振り返って僕を見た。

僕は止まる。

"宝石のような目"というものを、生まれて初めて見た。

僕はなんにも考えられずに女性をまじまじと見つめてしまう。青いノースリーブのワンピースから肩が露出している。そのシルクを張ったような肌が、比喩ではなく、本当に光を反射していた。少し茶色の入った髪も一本一本が自己発光しているかのように輝いている。その女性は頭の先から爪先まで、まるで少女漫画の登場人物のようにキラキラと光っていた。それは僕がこれまでの人生で出会った女性の中で、間違いなく一番可愛い、人形のような女の子であった。

「え、と」僕は完全にあがりながら聞く。「こちらに何か御用ですか?」

「初めまして」

その女の子は変な間を置いてから言った。足を揃えて、とても礼儀正しく頭を下げる。

「鈴木から連絡をいただいて参りました」

「え？」

鈴木さんから？

「ということは……もしかして」

この子が。

この絶世の美少女が。

《世界一の作家》？

彼女は、さっきと同じような不思議な間を置いてから口を開いた。

「紫《むらさき》依代《いよ》と申します」

2

最高級紙コップでお茶を出す。素晴らしい物が事務所にあって良かった。最原さんは卓越した先見の明をお持ちだと思う。

三人分のお茶を出してから僕も席に着く。会議室のテーブルで、僕と最原さんは作家・紫依代さんと向かい合った。

しかし。

　可愛いな。

　いや本当に。しつこいと思われるかもしれないが、これが半端でなく可愛いのだ。何度も可愛いと形容したくなるほど可愛いのだ。他に言うことが無いほど可愛いのだ。もう脚本家としてじゃなく女優として参加してもらった方がいいのではと思うほど可愛いのである。これで文章も書けるのだとしたら天は二物を与え過ぎだろう。共産主義に転向して資産の再分配を要求したくなるくらい可愛い。僕は紫さんをボーっと眺めた。そして一人で勝手に気恥ずかしくなって目をそらした。直視できないくらい可愛かった。すると最原さんが僕の頬をつねってひっぱった。

「鼻の下伸ばしちゃって〜」

「あの……最原さん。急にキャラと違うことするのやめてもらえませんか……」

「すみません」

　最原さんは素直に謝罪して手を離した。自分でもわかっていたようだ。じゃあやるな。

「さて」最原さんが前後の段取りなど全く気にせずに仕切り直す。「紫さん」

「はい」

うん？　と心の中でつんのめる。紫さんはまたもさっきと同じように変な間を置いてから返事をした。この間はなんなのだろう。

「その間はなんですか？」

最原さんが何の躊躇も無く聞く。こういう時この人は空気を気にしないでくれるのでとてもありがたい。

紫さんはまたも同じような間を取ってから、すみません、と口を開いた。

「私は物事を考えるのが、人よりも遅いようなのです。そして会話の時、自分の中でこれを話そうと決めてからでないと喋れない性分なのです。自分でも直したいと思っている悪癖なのですが中々修正には至らず……。大変話しづらい事とは思いますが、どうか寛容なお気持ちでお付き合いいただけないでしょうか？」

紫さんはまるで王族のように礼儀正しく、そして整然と回答した。もしかしてこの人はどこぞのお嬢様なのだろうか。喋り方といい奥ゆかしさといい容姿といい、深窓の令嬢とはこういうものだと言わんばかりのお嬢様ぶりである。

「なるべく気にしないでいだたけますとありがたいです」

紫さんは僕の方を見て言った。僕はぶんぶんと頷く。わかりました。もう一切気にしません。たとえ間があったとしても脳内変換で無視して話しましょう。ははそんな間など有って無きようなものですよ。と別に言えはしなかったがそういう気分で頷いた。そんな台詞が臆面もなく言えれば僕ももうちょっと良い役者になれるんだろうと思う。

「それで」最原さんが再び仕切り直す。「お話はどこまで通っていますか」

「はい。大体のお話は鈴木の方から……あの、先に一つお伺いしてもよろしいでしょうか？」

「どうぞ」

「その……鈴木友子は、以前まで在原露というお名前だったはずなのですが……いつ改名なさったのかご存知ないでしょうか？」

僕は目を伏せた。

「さぁ……」最原さんはしれっと答える。

「そうですか……いえ、突然改名されるなんて、もしかして何かあったのではないかと思いまして……」

「あの、きっと一時の気の迷いですよ。多分すぐ元のお名前に戻るんじゃないですかねぇ。ね、最原さん」

「ええ。そのうち戻しますよ」

「最原さん」

「そのうち戻りますよ」

テーブルの下で最原さんを小突く。紫さんは本当に心配そうな顔をしている。僕は自分には全く責任のない理不尽な罪悪感に包まれた。でも見て見ぬふりをしたのも確かであり共犯と言えなくもない。いじめカッコ悪いの至言が心に刺さる。

「まぁ鈴木さんのことは忘れて」最原さんが酷い軌道修正をする。「ではもう大体のお話は伝わっているわけですね」

「伺っております。私に映画の脚本の執筆を、というお話ですね」

紫さんは凛《りん》とした瞳で最原さんを見据えた。さっきから僕は可愛い可愛いと連呼していたが、こうして少し落ち着いて見ると彼女の顔はむしろ凛々《りり》しかった。とにかく美人だし、大きな目にはすごい眼力がある。

彼女の美しい顔を見つめながら思う。

この人が、本当に《世界一の作家》なんだろうか。

落ち着いて彼女を観察する。紫さんは二十歳かそこいらくらいにしか見えない。最原さんの極端な例もあるので断定はできないが、いっていても二十代前半くらいじゃなかろうか。そんな年若い彼女を、最原さんは《世界一の作家》と言い切った。

〝この世で一番面白い作品〟を書く人間だと言い切った。

だが紫依代という名前を僕は一度も聞いたことがない。プロの作家さんじゃないんだろうか。ネットで調べたら著作が出てくるかもしれないけど、少なくとも僕が知っているようなメジャーな作家でないのは間違いない。

この無名の若い作家さんが、いったいどんな本を書くんだろうか。

〝この世で一番面白い作品〟とは、いったいどんなものなんだろうか。

そんな興味津々の眼差《まなざ》しで紫さんを見ていると、彼女は神妙な面持ちで口を開いた。

「本日は、ご依頼をお断りさせていただきたいと思い、ここに参りました」

僕は目を丸くした。

あれ？

「お断り、ですか？」

最原さんも不思議そうな顔で聞き返した。

あー……まぁ……そうかぁ……。まだ依頼しか行ってないんだからそりゃお断りもあるわけで……。最原さんのご指名ということで当然参加してもらえるものだと思い込んでいたけれど、確かに作家の人に突然脚本を書けというのは畑違いという気も……。

いや、しかし。しかしだ。そんな簡単に諦めてどうする。お断りと言われたくらいでスゴスゴと引き下がってどうするのだ。彼女は監督最原さんが直々に希望したスタッフではないか。監督が信頼する脚本家と組んでこそ、信頼し合うスタッフ同士の愛があってこそ映画は素晴らしいものになるのだと店長だって言っていた。フィルムのためには紫さんを絶対に諦めてはいけないのだ。これからも会いたいとかそういう低俗な理由ではなくだ。

「理由を聞かせていただけますか？」

最原さんが食い下がる。僕は多分初めて最原さんと志を共にしていた。頑張れ最原さん。どんな卑《ひ》怯《きょう》な手を使ってもいいです最原さん。

だが紫さんは答えない。

彼女は眉間に皺を寄せながら、深刻な表情でテーブルに視線を落とした。

「映画の脚本には、興味がありませんか？」

「そうではありませんっ」

紫さんが突然声を張って否定する。僕は彼女の感情の振れに少し驚いた。だが叫んだ後、再び俯いてしまう。

　紫さんは悲痛な顔のまま、重い口を開いた。

「……理由は、私自身の問題なのです」

「問題とおっしゃいますと」

「私の能力が、まだ映画の脚本を書くレベルに至っていないからです……」紫さんが悔しそうに呟く。「いいえ、脚本だけではありません。それが小説だとしても同じことです。私の書くものは、まだ人に読ませられるようなものではないのです」

　紫さんは、どこまでも自分を卑下して言った。

　人に読ませられるものではない……か。

　僕は彼女の書いたものを一度も読んだことが無いので、その言葉が本当なのかどうか判断できる立場ではない。だけど彼女の言葉は真剣そのものだった。紫さんは自分の作品を人に読ませられないと、心の底から思っているのが伝わってくる。

　でも最原さんが、この最原さんが《世界一》とまで言った作家さんが、そんなにレベルの低いものを書くとも思えないのだけど……。

「作品に評価を下すのは作家ではありません」最原さんは静かに語りかける。「私の作品も、貴方の作品も、評価するのは読者であり、また視聴者なのではありませんか？」

「評価以前の問題なのです!!」

紫さんは俯いたままで声を荒らげた。

彼女の両肩が小さく震えている。

「脚本のお話を伺った時……私はまず戸惑いました。映画の脚本という創作分野は、今まで私の頭のどこにも無かったものだからです。ですが脚本というものについて初めて向き合って考えていくうちに、その表現手法の複雑さ・幅・魅力に私は気付いていったのです。映画。映像と音声の時間芸術。それは私がこれまで学んできた小説とは全く別の表現世界です。映画脚本とは最終的な出力結果である映像と音を想定して文字を書くという複合的・多層的・立体的な創作なのだとわかりました。私は、ワクワクしていました。これまで知らなかった新しい世界、新天地の地平を前にして、私は大変な興奮に包まれたのです。そして私はその興奮のままに、気付いた時には一本の映画の脚本を書き上げてしまっていたのです」

「……はい？」

僕は間抜けな声を漏らした。

「あの、書き上げたって……」

「はい……」

「脚本を、書いたんですか？」

紫さんは横に置いていた自分の鞄を取ると、中から紙の束を取り出した。テーブルの上に置く。それは真っ白な、Ａ４サイズの紙束だった。

僕は紙束を指差して彼女を見た。紫さんはコクリと頷いた。

「私が初めて書いた映画の脚本です」

僕は目を丸くする。

いや……書き上げてしまったって、そんな。僕はもう一度紙束を見遣る。一番上が真っ白なので白紙の束に見えるけれど中身は脚本らしい。枚数は間違いなく百枚以上ある。中の書式がどうなってるのかまでは判断できないけど、厚さだけを見れば長編映画のシナリオと考えても充分な分量だろう。

だが僕は戸惑いながら壁のカレンダーを見た。そもそも鈴木さんに作家探しを依頼してからまだ一週間しか経っていない。実際の捜索に何日掛かったのかは知らないけれど、何にしても執筆できる期間は非常に短い。つまり紫さんはほんの数日でこれを書き上げたことになる。脚本を一度も書いたことがないという彼女が。いったいどんな筆の速さだ。監督に会う前に書き終わってるというのがちょっと問題だけれども。

「凄いじゃないですか」僕は素直に感嘆した。

「凄くなんかありません!!」

「いや充分凄いと思うんですけど……何がそんなにダメなんですか？」

紫さんは沈痛な面持ちで押し黙ってしまった。

そんなに自信がないんだろうか。僕は隣の最原さんと顔を見合わせる。

「まぁとりあえず」

そう言って最原さんは手を伸ばした。

「これ読ませて下さい」

「駄目ですッ!!!!」

突然紫さんは今日一番の大声で叫んだ。そして脚本を取ろうとしていた最原さんの手から強引にそれを奪い取り、椅子を弾いて立ち上がる。

「絶対に駄目です!!! こんなものを人様にお見せするわけにはいきません!!!」

両腕でがっしりと脚本を抱きかかえる紫さん。凄い抵抗だ。絶対に見せまいという強靭《きょうじん》な意志が伝わってくる。そこまで嫌なんだ……。

「まぁでも」最原さんも立ち上がる。「折角《せっかく》ですから」

そう言って最原さんは紫さんに向かってじわりとにじり寄った。どうやら無理矢理奪い取る気らしい。紫さんを部屋の隅にジリジリと追い詰めていく最原さん。すごく楽しそうだ。本当に人の嫌がることが好きなんだなぁこの人……。

「駄目ぇ!!!」

紫さんは素早く身を翻して最原さんをかわした。だが最原さんの手は止まらない!

紫さんは怯えた表情で奥の部屋に飛び込んだ! そして間髪入れず引き戸を閉める!

閉じ籠った!

ああ……。

逃げちゃった……。

『絶対に見せませんからね!!!』

戸越しに籠った叫びが響く。事務所の一部屋が美少女作家に占拠されてしまった。

非常事態である。

「どうするんですか、最原さん……」

「困りましたね」

最原さんは別に困ってないような顔で言った。だが事態はそれなりに窮している。

紫さんは僕らから原稿を守るために絶対戸を開けないだろう。だが彼女が閉じこもっているのは事務所の一番奥の部屋なので、帰るためにはどうしても出てくるしかない。

膠着《こうちゃく》状態である。しかし立てこもり事件を起こすほどに作品を人に見られるのがイヤというのは……。作家としてはやっていけないのではないかと思わざるを得ない。

「この人、本当に大丈夫なんですか？」僕は最原さんに聞く。

「大丈夫ですよ。以前に著作を拝見したことがありますけれど、とても良いものを書かれる方でしたよ」

『嘘を仰らないで下さい!!!　私は今までに著作を公にしたことなど一度もありませんん!!!』

僕は非常に不安な気持ちになった。

もしかしてこの人……作家でも何でもないただの素人さんなのでは……。

「どこで読んだんですか最原さん」

「スーパーハッカーの友人が探してくれて」

僕は溜息を吐く。この人が登場したら会話は終わりである。あらゆる場所にネットワークが蔓延《はびこ》る現代においてスーパーハッカーにかなう者などいない。

『嘘です!!!』

紫さんの当然の否定が飛ぶ。

『仮にどうにかして私の著作を入手したとしても!!!　貴方が読んだわけがありませ

ん!!! 貴方は嘘吐きです!!!』

最原さんは今日も初対面の相手から嘘吐きだと罵られている。まぁみんな解るんだろうなぁ……。五分も話せば誰でも同じ感想になるんだろう。

「嘘ではありませんよ」

『嘘です!!!』

「本当に読みました」

『ならばこの場で諳《そら》んじてみてください!!!』

「えー……?」

最原さんは物凄く面倒そうな顔をした。

「面倒な……」

そして口でも言った。この人、やっぱり読んでないな……。僕は鈴木さんの時と同じく大変申し訳ない気持ちになり心中で紫さんに謝罪する。すみません、うちの最原が本当にすみません。と謝っていたら最原さんが最高級紙コップを取った。コップを僕に向けて振る。お茶の合図であった。この非常事態に悠長にお茶を飲んでる場合かと思いつつも僕はペットボトルを出してきて注ぐ。仕事だからしょうがない。

最原さんがお茶を一口飲む。そしてあ、あ、と言って喉の調子を整えた。珍しい光景だ。何をする気だろう。

最原さんは引き戸に近付くと、小さく息を吸った。

「　あ
　あ
　の　」

うん？

なに？

僕は最原さんを見る。今この人なんて言った？　耳に不思議な余韻が残る。え？

いま……なんて喋った？

「あのあ」……か？　音の響きだけ聞けばそれで合ってると思うのだけど。なんだろう、抑揚というか間というか。うまく説明できないが何かが違う。単なる「あのあ」ではなかった。なんかこう海外の言葉みたいな……感覚的に上手く捉えられない感じの音だった。なんだろう、凄く気になる。ちょっともう一回言ってもらえないだろうか。と、思ったその時だった。

突然引き戸がドパーン！　と開く。

そこには原稿の束を抱えた紫さんが呆然と立ち尽くしていた。

「今の」

紫さんは震える声で、恐る恐る最原さんに呼び掛けた。

「今のは私の……!!」

「ええ」最原さんは頷いた。「冒頭の所を」

あれ、じゃあもしかして今のが。今の「あのあ」が紫さんが書いたものの一部なのか？　なんと最原さんは本当に読んでいたらしい。絶対読んでないと思っていた。疑ってしまって申し訳なく思う。

「本当に……本当に読んだんですか……？」

紫さんは目を見開いて動揺している。まぁ公開していなかったものを無理矢理読まれていたらそれは驚きもするだろう。彼女があれほど頑《かたく》なに原稿を隠した姿を思えば、戦慄するのも無理はないかもしれない。

「貴方の脚本」

最原さんは、紫さんが力いっぱい抱きしめている脚本を指差して言う。

「私、読めますよ」

「本当、ですか」

「本当です」

「ああ…………」

紫さんは目を細めて、艶《なま》めかしい声で呻いた。妙に色っぽい声に僕はドキリとしてしまう。

でも、読めるってどういうことだろう。そりゃ僕だって原稿をもらえば読めるけど。そういうことじゃないんだろうか。途中で読むのが辛くなってしまうような作風なのだろうか。

「紫さん」

「はい……」

「感想が聞きたいですか？」

「ああ……っ！」

紫さんは両手で自分の頬を覆った。

それを見ていた僕は、自分の顔が赤くなるのを感じた。ドキドキしていた。

頬を覆った紫さんの顔は、どこまでも魅惑的で、あまりにも扇情的な。

それは恍惚の表情だった。

「紫さん」

「はい……ッ！」

「私と、一緒に脚本を作りませんか？」

「あああああ……っ!!!」

紫さんは両腕で原稿を抱きかかえたまま、膝から崩れ落ちた。

「あの、大丈夫ですか」僕は声をかける。しかし彼女は何の反応も見せない。僕の声など全く聞こえていないようだった。

最原さんは彼女に歩み寄ると、上から手を差し伸べた。

紫さんの宝石みたいな瞳が、まるで神様でも見るような目で最原さんを見上げていた。

よくわからない。二人の今のやりとりでいったい何が伝わったのかわからない。紫さんと最原さんがどんなコミュニケーションを取ったのか、僕は全く理解できていなかった。

紫さんは、最原さんの手を、そっと取った。

それは稀代《きだい》の美少女作家・紫依代が、映画への参加を承諾してくれた瞬間であった。

3

その日から怒濤《どとう》のシナリオ作業が始まった。

まず最初に紫さんは、この事務所に泊まらせてもらえないだろうかと言い出した。PCがあればどこでも書けます、最原さんのそばで書き続けたいのです、と彼女は懇願した。最原さんは別にいいですよと簡単にOKし、それから紫さんはずっと奥の部屋に籠って二十四時間シナリオ執筆に従事している。しょうがないので僕は部屋の引き戸に鍵を取り付けた。紫さんも最原さんも別に付けてくれとは言わなかったが自主的に付けた。僕の精神衛生上の問題である。

その泊まりこみの始まった当初は、僕は自宅で執筆してもそんなに変わらないのではと思っていた。最原さんのチェックが必要ならば初稿・二稿と書き上がる都度見てもらえば済む話だ。シナリオというのは個人で作業する時間が長いのだから、監督とつきっきりで書く意味はあんまりないんじゃ、と作業システムに疑問を持っていた。

だがそれは間違いだった。

事務所の会議部屋で、僕はいつも通りに最原さんと二人分のお茶を注いでいる。

一切の前触れなく引き戸がドパーンと開く。

「これを……っ！」

中から紫さんが興奮気味に現れた。その手には真白い原稿の束がある。紫さんはあたふたと椅子に着くと、最原さんに白い表紙の原稿を差し出した。紫さんは必ず白紙の表紙をつける。だから僕はまだ彼女のシナリオを一行どころか一文字も見たことがない。

今のところシナリオを見られるのは書いた本人紫さんと監督最原さんの二人だけである。僕がちょっとでも見ようとすると紫さんに烈火の如く怒られるので、脚本が会議室に出てきた時はテーブルに近付くことすらできなくなる。僕はしょうがなく台所に立って流しを片付けたりして待つ。

「拝見します」

最原さんが原稿を読み始めた。パラララとかなりの速度でめくっていく。速読でもやっていたのか、最原さんは読むのがとても速い。紫さんは読み終わるのを神妙な顔つきで待っている。今日もとても可愛い。

彼女が泊まり作業を始めて驚いたことが一つある。それは紫さんの美貌である。その話は前に散々聞いたと思われた方々。違うのだ。聞いていただきたい。仰る通り、紫さんの美貌は前から変わらない。そう、何が凄いって変わらないのだ。彼女が泊まり込みを始めてからもう十日になるというのに、その容姿がまるで魔法をかけられたように変わらないのである。

普通は二日も泊まったら誰だって見た目がボロボロとしてくるだろう。寝てなければクマもできるし、女の子なら肌のことだって気になるはずだ。だが紫さんは連日泊まり続けているにもかかわらず、朝見ても夜見ても深夜に見ても何故か燦然《さんぜん》と輝き続けていた。なのに化粧やお肌のケアに力を入れているようには全く見えない。これはもうちょっとしたミステリーレベルの美貌だと思う。

そんな女神の如き紫さんに見惚《みと》れる間もなく最原さんがシナリオを読み終わった。二分くらいしか経ってない。本当に速いな……。

読み終えた最原さんは原稿を四つの山に分けた。

「こうかな……」

僕は台所から遠巻きに眺める。最原さんが原稿を山に分けたので、はじめて中身の一部が見えた。字まではとても読めないが、フォーマット自体は普通のシナリオと変わらないように見える。

最原さんは四つの山をテーブルの上に並べた。一山をテーブルの真ん中に置き、もう一山を端に置き、ランダムな感じに四カ所に配置した。

「こんな」最原さんは一言だけ言った。

　紫さんは分けられた山をしばらく眺めていた。それから突然目を丸くしたかと思うと、両手で頰を包み、驚愕《きょうがく》の表情を浮かべる。

「あああ……っ!!!」

　彼女は大慌てて原稿を回収して、バタバタと立ち上がる。

「あの、よろしければ一休みして」お茶、と僕が言う前に紫さんは部屋に駆け込んでしまった。バシィンという無慈悲な音とともに戸が閉められる。僕は注いでしまったお茶を片手に立ち尽くす。

　つまりこういうことである。紫さんは奥の部屋で物凄い勢いで脚本を書き上げる。それを最原さんがその場でチェックする。そしてレスポンスを受けた紫さんが部屋に戻ってまた物凄い勢いで脚本を書き上げる。という一連の作業が、十日前からこの事務所でずっと行われているのだ。

　ちなみに紫さんはどんなに長くかかっても二時間に一回は直した原稿を持ってくる。短い時に至っては十五分置きに持ってくることもある。その度に最原さんはすごい勢いで読み上げてその場でレスポンスを返していた。実際の現場を見て僕はやっと紫さんが泊まり込みを選択した理由がわかった。このペースでやりとりしようとしたら確かに一々帰ってはいられないだろう。まさに怒濤と表現するに相応《ふさわ》しいシナリオ作業であった。

「それは私がいただきましょう」

最原さんが自分のお茶もあるのに紫さんのために入れたお茶もよこせと言ってくる。別にお茶くらいいくら飲んでくれてもいいのだが。なんとも釈然としない気分ではある。

「進捗はどうですか?」僕は座りながら聞く。

「秒進分歩です」

それはコンピュータとか半導体とか発展めまぐるしい世界を相手に使う言葉なのだが。まぁとにかく凄く進んでるってことらしい。なによりだ。

「前に紫さん、人に読ませられるものじゃないなんて言ってましたけど……どうです?　もう読ませられるところまで来たんですか?」

「そうですね……ボノボくらいなら平気でしょう」

どんな基準だ……。人に読ませられないからってボノボに読ませてどうする。脚本のレベルを動物の種類で表すという方式なんだろうか。ねこさんレベルとかミジンコさんレベルとか。でもその基準だとボノボは大分進んでる動物に思えたので僕はちょっとだけ安心した。

「まだもう少し時間はかかりますが」最原さんが言う。「ストーリーの大筋は見えてきたと思います」

「凄いじゃないですか」

「女性のキャストも必要ですね……」

最原さんが独り言のように呟く。どうやら女性の登場人物も確定したらしい。

女優さんかぁ……。

想像を巡らせる。男優はレベルの如何《いかん》を無視すれば僕がいるけれど。女優はまだいない。

でも女優を探すとなるとまた大変なことになるのでは……。僕は自分がスカウトされた時のことを思い出す。最原さんのあの〝審査〟。十三時間に及んだ選別と劇団の解散。再びあれほどの大事になる可能性があるのかと思うと不安が募る。

というかそもそも、あのやり方で必ず役者が見つかるとは限らないのだ。『パンドラ』の時はたまたま僕が残ったけれど、次も見つかるかどうかは運次第という気もする。

「先は長そうですね……」

僕は溜息を吐いた。

「そんなこともないですよ」最原さんは軽く言う。

「まぁシナリオが進んでるだけでも充分嬉しい話ですけどね……。でもまだタイトルすら仮にも決まってないのを思うと、撮影インはまだ遠いなぁと……」

「タイトルは」最原さんがお茶を啜って言う。「もう決まってますよ」

「あれ？　決まってるんですか？」

「ええ。タイトルはずっと前から決まっています。まだ何もない時から、映画の制作を決めた瞬間からタイトルだけは決まっていました。この映画のタイトルは、それ以外にはありませんから」

「聞いてもいいですか？」

最原さんは普通に頷くと、僕が参加するこの映画のタイトルを教えてくれた。

4

夕方の『夜の蝶』でレジを守る。夕方の夜の蝶ってなんだと自分でも思うが朝の夜の蝶も昼の夜の蝶もあるので安心してほしい。夜の蝶が夜に飛ぶとは限らないという叙述トリックである。周辺住民の皆さんを見事に騙《だま》せているようでお客が来ない。暇である。

壁のシフト表を眺める。僕と店長とパートの久保《くぼ》さんのほぼ三人のローテーションで埋まっている。普通のコンビニなら不可能なスケジュールだが夜の蝶なら別に無理は無い。店員が居ない時はみんなレジにお金を置いていくし、実態は野菜の無人販売所みたいなものである。これなら僕が抜けても多分大丈夫だと思う。

撮影が始まったら流石に今と同じペースでバイトはできないだろうと思う。最原さんの撮影ペースがまだわからないけど、シナリオの作業を見ている限り余計な時間を使うタイプではなさそうだ。週5のバイトと並行では難しいだろうと感じる。

ただバイトを抜けるとなると生活の不安が出てくる。映画の予算からギャラが出ればいいのだけど……。というか予算というのは本来そういうことに使うものだと思うのだけど……。しかし最原さんが僕にお金をくれるという絵面が全く想像できない。むしろ今からお金持って逃げる画の方がまだリアリティを感じる。あの人嘘吐くしな……。

そんな虚実渦巻く大人の世界に悩んでいると、レジに純真無垢《じゅんしんむく》な子供がやってきた。小学生の女の子二人は駄菓子をレジに出す。夜の蝶は一〇円二〇円のお菓子も取り揃えているので駄菓子屋代わりにもなっている。僕は細かい商品をピッピと打っていく。

「ひぃちゃん！　今から特訓しよ！」

お団子頭の元気そうな女の子が連れに話しかけた。

「うん……。全然勝てないもんねぇ。悔しいなぁ……」大人しそうな女の子は眉をハの字にして言った。

「ごめんね……ややが全然我慢できないから……」

「わたしも無理だったよぉ……でも明日は絶対勝とうね」

「頑張ろう!!　豚真似クイズ!!」

僕は絶望的な気分で二人を見送った。

流行ってる……。

嘘じゃなかったというのか。いけない。あんなプレイみたいな遊びが子供の間で流行って良いわけがない。学校でプレイはいけませんと道徳の時間にちゃんと教えるべきだ。それはそれで道徳的に問題のある学校かもしれないが。しかし性教育の重要性を放棄するというのも……。

いや待て数多。もしかしたら今の二人は最原さんが雇ったエキストラかもしれないじゃないか。豚真似クイズが流行っているという事実を作り上げて、僕の精神的優位に立とうという腹だ。この店に来るお客さんは全て雇われたエキストラの可能性もある。これはトゥルーマンショーなのだ。最近僕はちょっと病んできた気がする。誰のせいなのかは明白だ。労災下りないだろうか。

ふと気付けばレジには次のエキストラもといお客さんが立っている。僕は慌ててバーコードリーダーを取った。

「お疲れ様」

サンドイッチをレジに出しながら、舞面真面さんは言った。

5

店長の厚意でバイトを早めに切り上げて、僕は二十二時の少し前に上水《じようすい》沿いのファミレスに着いた。店内を見回すと、窓際の席で本を読んでいる舞面さんを見つけた。

「あの、お待たせしました」

舞面さんが顔を上げる。

「いやこちらこそ。悪かったね」

僕はボックス席の正面に座ってコーヒーを注文する。

夕方、舞面さんは突然『夜の蝶』にやってきた。それから僕のバイトが終わるまで近所のファミレスで待ってくれていた。

「コンビニでバイトしてるんだ」

「あ、はい」

僕は頷く。実は舞面さんが本当に大金持ちだとわかってから初の対面である。流石にちょっと緊張する。

「あのー……舞面さん」

「真面でいいよ」

舞面さんは緊張する僕とは対照的に、気さくに言った。

「ほら、うちは財閥系だから同じ苗字《みょうじ》の人が結構いるんだよ。君がこないだ会った秘書のみさきも苗字は舞面なんだ」

僕はあの奇妙なお面の女性を思い出す。占い師だと名乗って、それから半狂乱で逃げてしまったあまりにも怪しい秘書のみさきさん。

「あの人もご親戚なんですか？」

「うん。フルネームは舞面みさきになる。だからややこしいので、僕も苗字じゃなくて名前で呼んでくれた方が慣れてるしありがたい」

「じゃあ……真面さん」

「うん」

「その、今日はまた、なぜ僕の所に」

僕は素直に聞いた。

「というか連絡してくだされぱこちらから伺いますが……。その、まだ撮影に入ってないので僕は今暇ですし、真面さんはきっとお忙しいでしょうから」

なんだか卑屈だなぁと思いつつも凄い下手になってしまう。実際向こうは超大金持ちのスポンサーでこっちは役者とは名ばかりのフリーターなのだから、多少卑屈になるのはしょうがないとは思うけど。

「まぁ僕もそんなに忙しくはないよ」

真面さんはやはり気さくに言う。

「それに呼び出しも少し不都合があった。今日は一応秘密の用件だから」

「秘密の用件……ですか？」

僕は身を固くする。なんだろう。何の話だろう。怖い話だろうか。やばい話だろうか。良い話なのか悪い話なのかも想像もできないが、とにかく不安だ。

「そんなに固くならなくてもいいよ」真面さんは僕の不安を見透かして言う。「秘密と言ってもそんな大げさなものじゃない。最原さんにはちょっと聞かれたくない話っていうだけ」

僕はパチリと目を瞬かせた。

最原さんには聞かれたくない話？

ああ、だとすると……予算絡みの話かな……。多分というかそれ以外に無いだろう。三億円もの予算を渡した相手がそれを正しく使っているのかどうか気になるのは当然だ。最原さんに秘密ということはつまり……僕にこっそり予算の監査をしろという話かもしれない。

僕は辛い気持ちになる。冷蔵庫はまぁ事務所の備品として言い訳できないこともないが、あの紙コップは完全に趣味のものだろう。というかあれもあれもあれもあれも趣味のものだ。監査をしたら一挙にアウト二七個のゲームセットである。かといって最原さんに加担して虚偽申告をしようものならそれはもう本当の詐欺だし……ああもう、どうしよう……。

「最原さんの映画」

僕は顔を上げた。真面さんが僕を見ていた。

「え、ええ」

「君はどう思う？」

「どう……と言われますと」

「普通の映画だと思う？」

僕は一瞬目を丸くする。だがすぐに何を聞かれているかを理解した。

「それは……」

僕は首を振った。

「多分……普通ではないと思います」

そう。

最原さんの映画は、きっと普通ではない。普通の映画ではない。それは確信できる。

だって僕はもう、あの〝途方も無い演技〟を見てしまっている。パンドラの全員を狂わせたたった一言の演技を。僕を十三時間も捉え、劇団を解散に追い込んだ、今でも信じられないような最原さんの演技を見てしまっている。

そんな彼女の作る映画が普通であるはずがない。

そう思うからこそ、僕はこの映画に参加している。

「僕もそう思う。最原さんの作る映画は、きっと普通じゃないだろう」

真面さんは言い切る。それはどこか確信に満ちた言葉だった。僕がパンドラで味わった経験から彼女を信じるように、真面さんもまた何か別の確信をもって彼女を信じているような、そんな強い言葉だと感じた。

「ただ、それ自体は何も問題はない。むしろ普通であっては困る。僕は普通でない映画が見たくて彼女に出資しているんだから。普通でない映画になるのは望むところだ。問題があるとしたら、その方向だけかな」

「方向、ですか？」

「彼女の映画がどういう意味で普通じゃないのか、だよ」真面さんは言った。「良い意味でか、それとも悪い意味でか」

言葉の意味を理解して、僕はハッとする。

良い意味で普通でない映画。

悪い意味で普通でない映画。

僕は思い出す。審査の日のことを思い出す。

あの日最原さんの見せてくれた演技は、全ての役者が望む究極的で絶対的な演技の答えであり、それはまさに良い意味で普通でない演技だっただろう。

だがそれは同時に。劇団『パンドラ』を解散に追い込み、五〇人の人間の心を一瞬で折った、悪い意味で普通でない演技であったのもまた確かだった。

「最原さんの映画が……」僕は、説明できない何かに恐怖を感じながら聞き返した。

「よくない映画かもしれないと……？」

「わからない」

真面さんははっきりと答える。

「正直に言ってわからない。そもそも〝よくない映画〟とはどんなものなのかも、僕にはまだ想像もできていない。こんな映画なら望ましい、こんな映画は望ましくないというビジョンすらも僕はまだ描き出せていない。ただ、一つだけわかることがある。それは最原さんが、僕らの望む映画を作ってくれるとは誰にも言い切れないということだ。なぜなら僕も、君も、誰一人として彼女の事を理解できていないからだ」

異論はなかった。僕は間違いなく最原さんを理解できていない。あの人のことを何も解っていない。それは僕自身ずっと感じていたことだ。

最原さんを理解するなんて。

そんなこと、きっとできない。

「僕は」

真面さんは顔を上げた。

「理解しようと思う」

「え？」

「僕は彼女を理解しようと思う。最原最早を、彼女の映画を理解しようと思う。そしてそれが歓迎すべきものならば迎えたい。歓迎すべきでないものなら、何らかの対処を講じなければならない。それがスポンサーである僕の、映画に出資する僕の責任だからだ」

「最原さんを理解……」

僕はコーヒーの暗い水面を見つめながら呟く。

「……できるんですか？」

そんなことが。あの理解不能な人を理解するなんてことが。本当に可能なのか。

「今のままでは無理だと思っている」真面さんは淡々と言う。「情報が圧倒的に足りないと感じている。ノーヒントで解けるほど彼女という人間は簡単ではないだろうね。でも、だからこそ今日君に会いに来たんだ。最原さんには内緒で」

「え？」

僕は顔を上げた。

真面さんの目が僕を見据える。

「数多君。君に手伝ってほしい。君がこれまでの映画制作を通じて見たことを、これからの映画撮影の中で聞いたことを、感じたことを、その全てを僕に教えてほしい。最原最早という女性を、彼女の映画を理解するために」

「僕が……教える……？」

最原さんの情報を、真面さんに教える。

それはつまり。

「僕はホームズになろうと思う」

真面さんは言った。

「数多君。ワトソンになってくれないか？」

それは比喩通りの意味だった。

僕は現場の情報を集めて真面さんに伝える。真面さんはそれを元にして考える。助手と探偵。二人のコンビ。

二人で最原さんの映画を考える。

二人で最原さんの映画を理解する。

僕の心に小さな陰が差す。最原さんを騙し続けて真面さんに情報を流す。それはなんだか最原さんに対する裏切りのような、後ろ暗い仕事だと感じた。

ただ同時に。

僕は深く安堵していた。真面さんは言うなれば〝仲間〟だった。自分と同じような普通の感性を持っていてくれる仲間だった。最原さんという異質の存在とたった一人で付き合ってきた僕が、初めて共感できる仲間だった。

僕一人ではきっと何もできない。最原さんの考えに触れるなんて、きっと異次元を飛ぶ蝶を捕まえるようなものだ。僕は今も、あの人の考えを理解するなんて無理だとはっきり思っている。

でも、もしかしたら。

この人と一緒なら、なにかできるかもしれない。

あの恐ろしい才能の一端に、触れることができるかもしれない。

「すぐにじゃなくていいから、少し考えてみてほしいんだ」

真面さんは柔らかく言った。

「それに情報とは言っても、制作作業もまだそんなに進んでいないみたいだしね。今の数多君から聞けることは少なそうだとは思ってるよ」

「そう……ですね。最近やっとシナリオ作業に入ったところなんです。そのシナリオだって僕は一行も見せてもらえてないですから、正直僕が映画についての情報を持っているかというとそんなに…………………あ、でも」

僕は思い出した。

「タイトルは、もう決まってるそうです」

「タイトル？」

「ええ。タイトルだけはずっと前から決まっていたって」

真面さんの双眸《そうぼう》がほんの僅かに真剣味を帯びて、僕を見た。

「聞いても？」

小さな覚悟を決めて頷く。

そして僕は、そのあまりにも短い映画のタイトルを口にした。

『２』

0.6

1

僕は真面さんと連絡先を交換した。そんなに頻繁にではないけれど、これからタイミングを見て連絡を取り合う約束をした。そこで僕は映画の進捗を報告する。それ自体は別に変わったことではないと思う。スポンサーと一人のスタッフとしては、極自然なレベルの関係と言えなくもない。

でも多分僕は極自然なレベル以上の話を真面さんにすることになるだろう。進捗だけを伝えるならば「今シナリオ中です」「今コンテ中です」くらいで良いのかもしれない。だけどそれじゃあきっと真面さんが求めるレベルの情報には達していないのも解る。最原さんを理解しようとするならば、きっとより多くの情報が必要だ。

僕は現時点で誰よりも最原さんと触れ合っているスタッフだと思う。だけどそれが彼女への理解の深さに繋がっているかというとそうでもない。多分紫さんの方が最原さんと深いレベルで理解し合えているんじゃないだろうか。僕は横で見ていても最原さんのシナリオ指導の意味が全然解っていないのだ。だってそもそも日本語が出ないし……。

結局、見たものを全部報告するしかないのだろう。僕自身が情報の精査をできない以上は総当たりでやっていくしかない。たとえば最原さんがスーパーハッカーを拷問して心神喪失状態に追い込んだことや、小学生に蔓延《まんえん》する淫猥《いんわい》な遊びに詳しいことなど、そんな映画と関係なさそうな話も、もしかしたら彼女を理解する上で重要なキーになるかもしれない。

僕は真面さんにたくさんのことを報告することになるだろう。

だからその時に。

僕も最原さんのことを少しだけでも理解したいと思う。

それは間違いなくこの映画にとってプラスになるはずだ。役者の僕が監督のことを理解できれば、映画はどんどん良いものになっていくと思う。もしかしたらこんな理由も、自分の後ろめたさを隠すための言い訳かもしれないけれど。それでもお茶を啜って待つだけよりはましかなと思いたい。

なので今日これから会う人にも最原さんの話が聞けたらいいなぁと思いながら、僕は自転車を走らせた。行き先はご近所、西荻窪《にしおぎくぼ》である。吉祥寺から一駅。一キロも離れてないので電車は無用だ。古本屋や飲み屋がちらほらあるので学生時代は友達とよく遊びに来た。

その西荻《にしおぎ》に。

なんと女優がいるらしい。

最原さんの話によると、以前からちょくちょく映画に出てもらっているという知り合いの女優が西荻に住んでいるというのだ。女優探しも難航しそうだと思っていた僕には嬉しいサプライズだった。ましてやすでに起用経験のある役者とは。五里霧中どころか二万里は海中の最原さんの映画制作に射《さ》し込《こ》んだ一筋の光明と言えよう。

中央線の線路から離れて、のどかな住宅街を行く。

五分ほど自転車を走らせて、住宅街から商店街に変化しつつある街並みの途中で僕はブレーキを引いた。

路地の角に、五階建てくらいの古めかしいマンションがそびえている。一階は店舗だった。昭和《しょうわ》のレコードショップみたいな佇《たたず》まいの入口。僕はその上に掲げられた細長い看板を見上げた。

『VIDEO CD RENTAL　映画館』

レンタル屋なのか劇場なのかはっきりしてもらいたい店名だが、一応ビデオレンタルの店らしい。

実をいうと僕は、このおんぼろのレンタル屋を以前から知っていた。が、これまで一度も使ったことがなかった。大学時代、自転車で前を通り過ぎる度に寄ろうかなと思いながら毎回スルーしていたのを思い出す。実際レンタルは吉祥寺のTSUTAYAで充分だったし、ここで借りると返しに来るのが面倒だと思ったので、結局一度も入店しないまま今日まで来てしまった。

地図を確認する。目的地はこのレンタル屋で間違いなさそうだ。

自動ではない扉を横に引いて店内に入った。店を見つけてから実に四年越しの入店である。多少感慨深い。

店内には映画マニアにはたまらないであろう空間が広がっていた。

細く狭い室内の壁に、背伸びしても届かない高さまで並べられた大量のビデオ。そう、ビデオだ。懐かしのVHSである。光ディスクが跳梁跋扈《ちょうりょうばっこ》するこの時代に真っ向から逆らう磁気テープ。そろそろ再生機を持っているお宅も少ないのではと思いながら、僕は店の奥に歩を進める。

奥の空間は大分広かった。入口が細くて奥が広いという蟻《あり》の巣みたいな形のお店である。だがその広めの空間もやはりビデオテープで埋め尽くされている。積載過多の棚が他のお客さんとすれ違うのも難儀するくらい狭い間隔で並ぶ。居ないけど。

僕は目についた一本を手に取った。ボロボロのパッケージの映画は『透明人間と蠅《はえ》男《おとこ》』だった。VSとかでなく〝と〟というのが悩ましい。一緒に何をする気なんだろう。気になる、が戻す。ビデオを借りに来たのではない。そもそもデッキ持ってないし。

棚で作られた通路を抜けて、巣の中枢に向かう。

カウンターに人の姿は無かった。

寄ってみる。誰も居ない。乗り出して奥を覗き込んでみると、バックヤードに誰かが居るのが見えた。こちらを背にしたままでのどかに映画を見ている。見た通り暇そうな店である。『夜の蝶』といい勝負だろう。

あのーと声をかけると、その人はこちらを振り返ってやっと僕に気付いた。バタバタと映画を止めると、オットットと口で言いながら奥から出てきた。

「イラッシャイマセー」

少しだけ色素の薄い目をした彼女は、片言の発音で言った。

外人さんである。

茶色の髪をした、とても整った顔立ちの外国人の女の子であった。ただ外国人なのは見れば判るのだが、何人なのかはよくわからない。ぱっと見ればヨーロッパ系のように見えるが、ともすればアジアのテイストが入っているようにも見える。どこの国の人でもあってどこの国の人でもないような、なんとも不思議な印象の女の子だった。

『映画館』のロゴ入りエプロンをかけた外人さんがニコリと微笑む。

「カードお持ちですカ?」

「あ、いえ」僕は両手を振る。「レンタルに来たんじゃないんです」

「ワッツ? お客じゃないデスか? 当店はトイレは貸し出してないヨ。店の前のロードを駅までウォークするとイレブンあるからそこで借りるといいネ」

……………ニセ外人じゃないの、この人……。

外人さんの喋りはめちゃめちゃ胡散臭《うさんくさ》かった。日本語部分は完璧な日本語の発音だ。あとイレブンの発音も完全に日本語だ。イレブンて。この発音は一朝一夕の日本人ではできるものではない。セブンだという日本人もいるくらいだ。

まぁでも、本物かニセかともかく一応外人さんということは。

どうやらこの人で間違いなさそうだ。

「ナタリーさん、ですか？」僕は聞く。「ナタリー・リルリ・クランペラさん？」

「ゥワイ？　なぜアタシのネームをご存知ネ。ストーカー？」

「違います。あの僕、数多一人と言います」

「アマタ。ナイストゥミートゥ」

「な、ナイストゥミートゥー　トゥー」

僕は頑張って底辺の英語力を披露した。それから握手した。異文化コミュニケーションだ。

「アタシに何かビジネス？」

ナタリーさんはまん丸い目で首を傾げた。さすがは外人さんらしくリアクションがむやみに大きいが、容姿が美しいので画にはなる。ディズニーのアニメみたいな人だなぁと思った。

「ええ。僕、最原最早さんからの言付けで来たんですが」

「ＯＨ!!」

ナタリーさんは外人のように叫んだ。

ＯＨて。

「モハヤ⁉　モハヤ‼」

「え、ええ、そうです。最早さんです」

「モハヤからのお声かけならキネマネ？　キネマの時間がきたのネ‼　イッツショータイム‼」

満面の笑みと大振りのジェスチャーでナタリーさんははしゃぐ、というか踊りだした。外人さんにしても只事《ただごと》じゃないオーバーリアクションである。女優は女優でもミュージカル女優のようだった。

「ＷＯＯ……ひさしぶりの撮影ネー……。しばらくノー連絡だったから、もうリタイアメントしたのかと思ってたヨ。Ｍａｒｖｅｌｏｕｓ！　じゃあ早速バイト休むって店長にインフォメーションしとかないといけないネ！　まーでもアフターでも別に平気かもネー……ザッライ。終わってから言えば良いヨ。ヒャイゴー‼」

休むならちゃんと連絡した方がいいですよ、と僕は同じバイトのよしみで諭した。

ナタリーさんはオウソウリーアンダスタン！　と叫んだ。素直な良い人だ。

レジの中の狭い空間で踊り狂うナタリーさんを見て、僕はとりあえず胸をなでおろした。出演交渉が難航しないかと不安だったけど、最原さんの名前を出しただけで簡単に済んでしまった。どうやら最原さんとはツーカーの仲らしい。

ナタリーさんは鼻歌を歌いながらエプロンを外すと、それをマントのように翻してバックヤードに放り込んだ。別に今すぐ来てくれという話じゃないので引き続きバイトをしてくれていいのだけど、むしろ途中で抜けてこられても困るのだけどと思ったが、そのエプロンを投げるナタリーさんの動きがあんまりにも画になっていたので、僕は見惚れてしまって何も言えなかった。

なるほど……この人は確かに魅力的な女優さんかもしれない。

ニセ外人みたいな喋りはともかくとして、その表情や振る舞いはキラキラしたエネルギーに溢れていて、抽象的な言葉を使ってしまうと〝華がある〟。顔の綺麗さという点では紫さんに及ばないのかもしれないけれど、映画で映えるのは間違いなくナタリーさんだろう。流石はあの最原さんが複数回起用する女優さんだなと、僕は会ってから五分で納得してしまっていた。喋りさえしなければとても素晴らしい画面になりそうだ。

ただ同時に、これはちょっと相手役の人が大変そうだとも思う。

この華と釣り合いの取れる男優さんがいなければ、画面はとても偏ったものになってしまうだろう。今、僕にやれと言われてできるだろうか。

演技だけなら死ぬ気で頑張ればなんとかなるかもしれない。だけど僕には彼女のような天性の華々しさが全く無い。彼女を大輪の華に喩《たと》えるならば僕は多分萼《がく》だ。あれ、萼ってどれだっけと確認したくなるほど慎《つつ》ましい役者である。

くるくる回っていたナタリーさんは、僕が見ているのに気付くと大きな瞳を細めて花のように微笑んだ。僕は笑みを返しながら、この後練習に行こうと思った。

とりあえずナタリーさんに事務所の連絡先を渡して、自分も携帯のアドレスを交換する。今来てもらっても多分お茶を飲むだけだろうから、脚本が完成したら再度連絡しますと伝えた。シナリオ作業が順調であることを教えると、ナタリーさんはまた嬉しそうにはしゃいだ。

「楽しみネ！　モハヤの用意するシナリオはいつもアメイジングヨ！」

「ナタリーさんは最原さんのこと、昔からご存知なんですか？」

「学生時代から知ってるネ！　ベストフレンドヨ！」

そういえば最原さんの話も聞ければいいなと思っていたのを思い出す。この人は昔からの知り合いのようだし。

「学生というと、大学の時？」

「ソウソウ。井の芸」

「そういえば先輩だった……なかなか想像しづらいなぁ。学生の時の最原さんて、どんな人でした？」

「パンデモニウム!!!」

人の形容に使う言葉では無いような気がするが、間違っていると言い切れないのが辛いところだ。きっと最原さんはパンデモニウムな学生時代を過ごしたのだろう。僕が入学する前に撤去されていて本当に良かった。

さて。とりあえず無事にお使いは果たしたし。

「じゃあ今日のところはこれで」

「アタシの相手はワタミ？」

ナタリーさんが笑顔で言った。

僕はキョトンとして聞き返す。

「ワタミ？」

「ワタミヨ」

「なんですかそれ？」

ええと、相手と言ったかな。

「役者さんですか？」

「ザッツライ。フタミは役者ヨ。それもミラクルなアクターネ！　アタシのノウレッジの中でナンバーワンヨ！　モハヤのキネマで前も共演したネ！」

フタミさん。

アクターということは男優さんだ。前も共演したってことは最原さんも知っている役者さんなのだろう。しかもミラクルでナンバーワンのアクターとは。同じ役者としてそれはちょっと興味が湧く。

「それにー」ナタリーさんは両手でほっぺたを押さえて可愛らしいポーズを作った。

「フタミはモハヤのステディヨ？」

「ふぇ？」

「ステディヨ」

「ステディって」

「ラバーヨ。スウィーティネ。G．Iジョー？　を通ずる？」
G．Iジョーが通じたらそれはただの軍事スパイだけれど。
ちょっと意味がわからなくてナタリーさんの言葉を反芻する。ステディでラバーでジョーを通ずるというのは、その、つまり。

いややっぱり理解に至らない。

だってそれはつまり。

「最原さんの……恋人さん？」

「Ｈｏｎｅｙ　Ｍｏｏｎ！」

大変失礼ながら。

僕は三億円の出資をいただいた時よりも驚愕していた。

最原さんて……恋人いたんだ……。いやしかしどんな物好きもとい蓼食《たでく》う虫もとい個性的な男性なんだろう。最原さんの彼氏などという破滅的で壊滅的で惨憺たるポジションに堪えうる人間がこの世にいるとは思えないのだけど……。いやもしかしたらパンデモニウムの悪魔を払う事に使命を燃やす、ヨーロッパから来たエクソシストか何かかもしれない。多分祓《はら》い切れまい。相手は万魔殿《ばんまでん》なのだ。

「別にサプライズすることじゃないヨ？　モハヤだって女の子だもン」

「いやまぁ、そうなんですけど……」

最原さんが女の子というのすら違和感を覚える僕には、突然恋人がいるなんて事実は脳への過負荷である。

「こう、なんと言いますか……なんとも言い表せないモヤモヤしたものがですね

「……」

「ていうかー」

ナタリーさんは完璧過ぎる日本で接続しながら、その後に全く理解できない日本語を口にした。

「モハヤには娘もいるヨ!!!」

2

事務所に戻ると最原さんが洗濯物ハンガーを吊るしていた。それも会議部屋の真ん中にだ。テーブルの上からまるでシャンデリアのように洗濯物ハンガーが下がっている。邪魔だった。

「なんですかこれは」

「紫さんの原稿を挟んで吊るすんです」

「なぜ」

「立体的な指示ができるかと思って」

どうやら最原さんの深淵《しんえん》過ぎるシナリオ指導の一環のようだ。僕にはやっぱりよくわからない。挟んで吊るすとシナリオが熟成するんだろうか。干し柿か何かと間違えているんじゃなかろうか。

奥の部屋はいつも通り戸が閉まっていた。中では多分紫さんが吊るすための原稿を執筆中なのだろう。

洗濯物ハンガーの高さを真剣に調整する最原さんを眺める。

なるほど、こうして主婦っぽいアイテムを扱っている姿を見ると最原さんも人妻っぽく全く見えない。無理だ。高校生と見紛《みまが》う容姿の最原さんがいくら洗濯ハンガーをいじったところでお手伝いをする娘である。これで本当に人の親なのか。高校生みたいな母親なんていうファンタジーはライトノベルの中だけにしていただきたい。

最原さんは取り付けの終わったハンガーを満足そうに眺めている。

僕は二人分のお茶を入れてテーブルに着いた。ナタリーさんの了解が取れたことを伝えると最原さんは薄く微笑んで、女優は安心ですねと一言だけ言った。やっぱり彼女は信頼を置いている役者さんなのだろう。

「あの……」

「はい」

「ええと……」

僕は言葉を探ったが、特にこれという言い回しも思いつかずに、結局シンプルに聞くことにした。

「最原さんて……ご結婚されてたんですね」

「いえ」

「あれ？」話しかけた途端に早速話が食い違う。「えーと、ナタリーさんに聞いたんですけど……。フタミさんのこと」

「ああ……」最原さんは別に特筆した反応をするでもなく頷いた。「籍は入れていないんです」

「あ……そうなんですか」

なるほど。内縁の、というやつだろうか。

「結婚はしないんですか？」

「私はしてもいいんですが……相手が嫌がって」

……どんな状況なのかはよく知らないが、僕は一度も会ったことのないフタミさんの並々ならぬであろう苦労を偲《しの》んだ。きっと一言では言い表せない深い事情があるんだと思う。大丈夫ですフタミさん。僕は味方ですよ。

「役者さんだって聞いたんですけど」

僕は少し前のめりになって聞いた。やっぱり同じ役者としてはどんな人なのか興味がある。

最原さんは卓上のメモパッドを引き寄せると、ボールペンで名前を書き込んだ。

「〝二見《ふたみ》遭一《あいいち》〟さんと言います」

「どんな方なんですか？」

「そうですね……塵芥《ちりあくた》のような……」

僕は泣きたい気持ちになった。内縁とはいえ夫の事を塵芥と形容する人間と結婚を躊躇うのはしょうがないことではなかろうか。しょうがないじゃないか。可哀想じゃないか。

「ですが」最原さんが添えた。「とても良い役者ですよ」

最原さんは、さっきナタリーさんの話をした時と同じように薄く微笑んだ。

それは信頼の証だった。

「子供もいますしね」

僕が聞く前に、最原さんは子供の話に触れる。

「それも聞きました。娘さんがいるって」

「最中《さなか》といいます」

「どう書くんですか？」

「もなか」

最原さんはあんまりな感じの説明をした。いや解るけど……。籍を入れてないってことは苗字は最原なんだろうから、最原最中ちゃんか。なかなか書きづらそうな字面だ。テストの時とかに苦労するだろう。

「おいくつです？」

「小学五年になりますね」

「……十歳ですか？」

最原さんは普通に頷く。

僕は自分で聞いたくせにまたも止まってしまう。十歳って……十年前といったら最原さんは二十じゃないか……。つまり彼女は大学時代に子供を産んだことになる。最原さんの学生時代は今も全く想像できないが、子連れというのは完全に理解の外である。

「可愛いですよ」

自分の娘を褒めるという至極当たり前の行動がとても似合わない最原さん。

「その……」

「はい」

「最原さんは……なんで二見さんと一緒になったんですか？」

僕は純粋にそれが知りたくなって、本当に素直に聞いていた。

最原さんが、最原最早が、なぜ一人の役者と人生を触れ合わせて、子供を作り、共に生きようと思ったのか。

「彼を愛しているからです」

それは初めて彼女と出逢った時と同じ言葉だった。

愛してる。

どこまでもシンプルで、どこまでも揺るぎない、たった一つの答え。

「私のことが知りたいですか？」

「え？」

僕はドキリとした。今まさに彼女に興味がある自分と、真面さんに報告するために彼女のことを知ろうとしている自分を同時に見抜かれたような気がしてしまい、心臓がドクドクと反応を始める。

そんな心臓の音すらも全て聞こえているような顔で。

最原さんは薄く微笑んだ。

「それは愛ですね」

3

エアポケットのような時間だった。

六月下旬の土曜日の深夜。引き続きシナリオの作業が続く、暑くもなく寒くもない夜。紫さんは珍しく作業を中断して食事を取っていた。会議テーブルには僕と紫さんと、そして最原さんがいた。紫さんが食事を終えた後、作業を再開するまでのほんの短い時間。僕と紫さんは、一緒に最原さんの話を聞いた。延々と続く制作作業の中で、偶然、ほんのわずかに生まれた、エアポケットのような時間だった。

「創作の可能性について話しましょう」

最原さんはいつも通りに言った。

「私は今、創作という言葉を広い定義で用いています。この言葉の中には多くのものが含まれる。演劇、小説、漫画、音楽、絵画、彫刻、そして映画。芸術と称されるもの。娯楽と称されるもの。そこから派生する諸般の作業と概念。それらの集合が創作です。創作という言葉の含有成分は多岐にわたっていて幅広い。ですがそれらは共通項を持つ概念であるからこそ、たった一つの条件で定義することができます。その条件とは〝人の心を動かすために創られたもの〟であることです」

「人の心を動かす……」僕は同じ言葉を繰り返す。

「家や橋は人の創ったものですが、心を動かすために創られたものではないので創作ではありません。結果として人の心が動いてしまった場合でも、そこに明確な目的と意志が無い限り創作ではありません。ですが定義に定義をはらむと概念は曖昧《あいまい》となります。この場合は意志と意識の定義において曖昧さを含んでいます。無限の猿が打ち出したテキストは自然現象ですが、私達の自由意志を自然現象と区別するのは難しい……」

少し話が複雑になってきた。意味の分からない言葉も出てくる。

「無限の猿ってなんですか？」

「無限の猿定理です」

隣から答えてくれたのは紫さんだった。

「文字列をランダムに作り続ければ、あらゆる文字列がいつしか生成されるという定理です。猿がタイプライターを無限の時間にわたって叩き続ければ、いつしかシェイクスピアの著作も打ち出されると、この定理は言っています」

紫さんはまるで辞書のように流暢《りゅうちょう》に説明してくれた。この三週の付き合いでよくわかったが、紫さんは実は物凄い博識である。

「でもそれは流石に創作じゃなくて自然現象ですよねぇ……」僕は眉を顰めながら答える。「だって猿は打つ時に何も考えてないでしょうから」

「ですが私たちの精神活動もまた自然現象です」

最原さんがつっこみ返す。あ、そうか、人間の脳活動も自然現象か。いやでも僕らには意志があるわけで、と思ったところで僕は彼女がさっき話したことの意味にやっと辿り着く。意志とは何かが曖昧だから、意志を持って創られた創作物の定義も曖昧になるのか。なるほど……。

「そういう意味ではTMSでも創作と言うことができますね」

「TMS？」最原さんの口からまた知らない単語が出てくる。僕が紫さんの方に向くと、彼女は「TMSとは」と淀《よど》みなく説明し始めた。

「Transcranial magnetic stimulation、経頭蓋《けいとうがい》磁気刺激法です。磁場を発生している電磁石を頭に近付けることによって、電磁誘導で脳内の神経細胞に電流を誘起してニューロンを興奮させるのです。臨床医学で使用されており、うつ病などの治療に効果があることが示されています」

「え……磁石を頭に近付けて気分を変えるってことですか？」

紫さんは頷いた。なにそれ怖い……。いやまぁ理屈はわかるけれど。電気と磁気は互いに誘導しあうのだから、磁石が脳に近付けば脳の電流は変わるだろう。しかしなんとも強引な方法だ。

「リング上のコイルを頭に近付けるのです」紫さんがジェスチャー交じりで説明してくれる。輪っかの付いた棒みたいなものを使うらしい。確かにそれは〝人の心を動かすために創られたもの〟だ。でも創作じゃあないだろうそれは。最原さんの定義によるなら創作なのかもしれないが、何とも釈然としないものはある。

「抵抗を感じる理由もわかります」最原さんが僕の心を見抜いたように言う。「TMSには、心を〝どちらに〟動かしたいかという意志がない」

自分の感情を説明してもらって僕は納得する。

「ああー……そうですよね。磁石で動かすんじゃどんな気分になるのかわからないですもんね」

うつ病の治療で効果が上がってるってことは、なんとなくこっちだみたいな経験則が存在するんだろうけど。それにしても大雑把過ぎる印象は否めない。

「気分がどう変わるかわからないんじゃ、映画や音楽と一緒に語るのはちょっと違う気が」

「〝気分が変わる〟とはなんでしょうか」最原さんが大きな質問をする。

「精神の状態が変わることです」紫さんがスッパリと答えた。こういう極端な質問を振られると僕は色々考え過ぎて何も言えなくなってしまうが、紫さんはいつも即断即決で答える。

「そうです。創作物を鑑賞して楽しくなること、悲しくなること、これが一番弱いレベルでの精神の変容です」

「弱い？」僕は聞き返す。

「心にもう一段階強く触れれば、楽しい、悲しい、と感じる基準そのものを動かすことができます。言うなれば価値観の変容です」

最原さんはゆっくりと言葉を続ける。

「野球の映画に感動して野球選手になりたいと思う変容。動物の映画に感動して動物を好きになる変容。それが価値観の変容です。心を動かす創作物は、それに触れる前と後で人の心を変化させる。言ってしまえば創作に触れる前後で、人は別人になるのです。一部の好みが変わる程度の変化ならば、残りの部分でパーソナリティを維持することができます。ですが初めから価値観の大きな変容を目的として創作したならば、

「一人の人間を本当に別人にすることも可能でしょう」

最原さんは遠大なことを語った。野球好きがサッカー好きになる映画を見て、野菜嫌いが野菜好きになる映画を見て、それをたくさん繰り返したなら人は別人になる。それは実は至極当たり前のことで、同時になんだかSF的な話にも聞こえた。

「ですが、それすらも」最原さんが少しだけ微笑む。「創作の持つ可能性の一つに過ぎない」

話がぐるりと回って戻ってきた。

創作の可能性。

「創作は人を別人にすることもできる。ですが同時に他のこともできる。創作によって様々なことを成せる。では、その数多の可能性の中において、一番正しいことはないんなのか。創作とは、何のために存在するのか」

「何のために……」

僕は漠然と考えながら、最原さんの言葉を繰り返す。隣では紫さんが僕と同じような顔をして、その質問の答えを考えていた。壮大な質問だった。今までの中で一番壮大な質問だった。

創作とは、何なのか。

「最初に言った通り、創作とは人の心を動かす行為です。ですから質問はこう代わります。〝私達は何のために人の心を動かすのか〟」

最原さんは僕らに向かって静かに語り続ける。

「〝私達はなぜ創るのか〟」最原さんが薄く微笑む。「その答えが、人間の自由意志なのです」

エアポケットのような時間だった。

暑くもなく寒くもない夜。僕と紫さんは、最原さんと話をした。ほんの三十分だけのその雑談は、とても自由で、とても遠くまで行ってしまった。僕らは何の答えも出せないまま、ただ揺らぐような空気の中を自然現象としてたゆたうだけだった。

4

木漏れ日の落ちる井の頭公園を自転車で横断する。梅雨の只中《ただなか》だが今日はよく晴れていた。今年は比較的雨が少ないので自転車移動をメインに暮らす僕は大変助かっている。

六月ももう終わろうとしている。

シナリオインに女優スカウトと、今月はプリプロダクションに終始した月だった。

だがまだ紫さんのシナリオはできていないし、シナリオが上がった後は絵コンテ作業が待っている。最原さんがどれくらいの速さでコンテを描けるのかはわからないが、長編映画なら数ヶ月かかることもザラだ。僕が役者としてカメラの前に立つにはまだ時間が掛かりそうに感じる。

だけど気ばかり焦ってもしょうがない。僕は落ち着きを欲して公園の売店で団子を買った。最原さんたちへの差し入れも兼ねて三本にしたが、公園名物三福だんごは何気にでかいのでちょっと多かったかもしれない。

事務所のビルに着き、ボタンを押してエレベーターを待つ。

五階から表示がだんだんと降りてくる。チン、という音と共に扉が開くと、中に小学生くらいの女の子が乗っていた。

前髪を両側に分けてピンで留めている。そのせいでおでこと目がはっきり見える。

あれ……この子、もしかして……。

女の子が降りてきたので僕は道を空ける。その子は僕に軽く会釈をすると、そのままビルを出ていった。僕は入れ違いでエレベーターに乗った。

事務所に入ると、最原さんがいつものように原稿を読んでいた。

彼女のヘアスタイルは一分前に見たものと同じだった。

「もしかして、最中ちゃんが来てませんでしたか？」

「ええ」最原さんは頷く。

やっぱり。さっきのは最原さんの娘さんだったのだ。

「今、下ですれ違いましたよ」

「可愛かったでしょう」

最原さんが親バカぶって言う。まぁ確かに可愛かった。それにかなり聡明《そうめい》そうだった。正直親より子の方が知的に見えたくらいだ。こんな親では子供も苦労せざるを得ないのだろう。

「あーそうだ……。もう少し居てくれたらお団子があったんですけど」

「私が食べましょう」

最原さんの分は増えも減りもしていないので安心してほしい。僕はいつも通りにお茶を用意する。

「最中ちゃん、なんで来てたんです？」

「着替えを持ってきてもらいました」

着替え？　と首を傾げる。紫さんと違って最原さんはちゃんと家に帰っているのだから、着替えは要らないと思うのだが。

と、その時ふと気付く。奥の部屋の引き戸がちょっと開いている。あれ、紫さんはいないんだろうか。そこで僕はやっといつもと違う状況を見取った。最原さんが脚本を読んでいるのに、紫さんがこの場にいない。

「紫さん、いないんですか？」僕は聞いた。「原稿を置いたまま外出なんて初めてですね」

「終わりましたから」

「え？」

最原さんは原稿をトントンと整えながら言う。

「これは決定稿です」

「決定稿……って……できたんですか⁉」

最原さんはうん、と頷いた。僕は興奮しながらカレンダーを見る。

六月二十八日。

今月の一日に紫さんが作業インしたのだから、なんと一ヶ月かからずにシナリオが出来上がったことになる。これは思っていた以上に良いペースじゃなかろうか。ああ紫さんはやっぱり素晴らしい……。

僕はカレンダーから目を戻して、最原さんの手にある原稿の束を見た。

紫さんと最原さんが一ヶ月かけて作り上げた脚本。

いったいどんなものに仕上がったのだろうか。

「読みます？」

「え？」

僕は顔を上げた。

「読んでもいいんですか？」

「数多さんの分も出しましょう」

そう言って最原さんは奥の部屋のPCを操作して、プリンタで原稿をもう一部刷り始めた。読んでいいんだ。そうか……とうとう読めるんだ。紫さんの脚本がついに。

最原さんが《世界一》とまで言った紫さんの脚本。

これは楽しみだ。かなり楽しみだ。

「まだ少し拙《つたな》いところもありますが」刷り出される原稿を眺めながら、最原さんが言う。「コンテで直しましょう」

言われて思い出す。そうだった。シナリオができたら次は絵コンテだ。

「絵コンテ、最原さんが描くんですか？」

最原さんは普通に頷く。もしかしたら別な人がまた入るのかもと思っていたけど、どうやら監督・絵コンテ最原最早で決まりらしい。あぁそうか、着替えというのは。つまり今日からは最原さんが泊まり込みで作業に入るということか。流石監督、強い意気込みのほどが窺える。

「どれくらいかかります？」

僕はとりあえず軽く聞いてみる。時間のかかる作業である。

映画の絵コンテ作業はその分量も然《さ》ることながら、実際の撮影シーンを想定しながら描かなければいけないので資料がとにかくたくさん必要になる。想像だけでコンテを描いてしまうと実際の現場で「そういう絵は物理的に作れない」という事故が発生するから、執筆中は資料集めやロケハンの繰り返しだ。ただ紙に描くだけではない。シナリオから映画の中の世界を現実に立体化していく作業。それが絵コンテなのだ。

つまりコンテは物理的作業と頭脳的作業の並行であり、やたらめったら時間が掛かる。極端な監督だと年単位でウンウンと悩んでしまう人だっている。なので作業期間の目安はとても気になるところだ。

最原さんは刷り終わった新しい原稿を取り上げると、それをパラパラッと眺めてから答えた。

「二日ですね」

彼女は原稿を僕に渡す。

僕は全力で懐疑的な眼差しを向けた。

「…………あんまり大きい事言わない方がいいんじゃないですかね……」

「ふぁつかですね」

最原さんは二日と二十日の間くらいで言い直した。二十日でも映画の絵コンテを描き上げるには早過ぎると思うけど。つまり現時点では作業期間は全く読めないということか……不安だ……。

たとえば本当に一ヶ月、いや二ヶ月ででも完成したらそれは素晴らしいペースだと思う。今日が六月二十八日だから、八月末にコンテアップしたら僕は小躍りして喜ぶだろう。どうか一年とかになりませんようにと僕は映画の神様に祈る。

最原さんは着替えと思しき紙袋やお茶を奥の部屋に運び始めた。

僕は渡された脚本に目を落とす。

ずっと真っ白だったはずの表紙に、ぽつんと文字が置いてある。


『　2　』

タイトルだ。

最原さんが以前に言っていた通りの、シナリオ作業前から決まっていたタイトルが、脚本の表紙の真ん中に小さく印字されていた。

「では私は作業に入ります」

顔を上げると、最原さんが戸に手をかけていた。

「紫さんの分の団子は私が食べますので残しておいて下さい」

そう言って最原さんはおもむろに戸を閉めた。三本買ったのもお見通しらしい。本当は脚本作業を終えた紫さんに是が非でも差し入れたい団子だが、最原さんが一度領有権を主張した食べ物を人に上げるなんて恐ろしい真似はできない。紫さんの分は買い直そう……。

そうして会議部屋からは誰もいなくなり。

残された僕は逸《はや》る気持ちを抑えながら。

『2』のシナリオをめくった。

それは、ラブストーリーだった。

主人公の男性とヒロインの女性が出会い、恋をし、惹《ひ》かれ、結ばれるというラブストーリーだった。

それは、普通のラブストーリーだった。

あまりにも普通で、あまりにもありふれて、誰の身にでも起きそうな、全てのラブストーリーの雛型《ひながた》とでもいうような、本当に特筆する部分が一切無い、普通のラブストーリーだった。

でもそれが。

面白かった。

とても面白い。

本当に面白い。

そのラブストーリーは、何のてらいもなく、ただ正面から、ただ真っ直ぐに、男女の恋愛だけを真摯《しんし》に描いていた。

読みながら僕は思った。

僕が今楽しんでいるのはこの脚本ではない。物語でもない。これから作られるであろう映画作品への想像でもない。

僕は脚本を読みながら。

〝恋愛〟を楽しんでいた。

恋愛というもの自体がもつ意味。恋愛というものを構成する純粋な要素。

〝恋愛そのもの〟を楽しんでいた。

恋も、愛も、それ自体が素晴らしいものだった。演出もなく、人の手の痕を何も感じないような、ただの恋愛。僕はそんな素晴らしい恋愛を、ひたすら素直に楽しんでいた。

それは間違いなくラブストーリーだった。

読み終わってから、僕はもう一度最初のページを捲《めく》った。

二度読み終わってから、僕はもう一度最初のページを捲った。

おでこに何かが触れたような感触がした。

ハッとして顔を上げる。目の前にあった最原さんの顔が後ろに離れていった。ぼやけて見えていた最原さんにだんだんと焦点が合う。テーブルごしに最原さんが立っている。

あれ……今おでこに何か。指で小突かれたのか？　いやでも、ちょっと違うような。

……まさか。まさか、あなた今、僕の額に。いやいや。するわけが。する意味が。僕は慌てておでこを摩《さす》った。途端に顔が赤くなっていくのが自分でも解る。え？　してないですよね？

僕は心底慌てながら、最原さんに喋りかけようとしてむせた。

うえっふと咳《せ》き込《こ》む。なんだ、喉がすごくいがらっぽい。風邪？　突然来たな……。喉が痛い。張り付くみたいだ。

上手く喋れず咳き込んでいると、最原さんが持っていた紙束を僕の前にポンと置いた。

紙には罫線《けいせん》が入っていた。これはコンテ用紙である。絵コンテを描く際に使う、あらかじめ罫線の印刷された用紙だ。ああそうか、描くのに紙が必要なのか。つまりコピーのお仕事だ。

だがそこで気付く。その用紙には鉛筆で小さな字が書かれていた。白紙じゃない。コピーできないじゃないか。

その一番上の紙には、とても綺麗な字で、

『　2　』

と書かれていた。

「できましたよ」

なにがです？ と聞こうとして、僕はやはりむせて聞けなかった。なんだ、喉が本当に変だ。最原さんが冷蔵庫からお茶を出してコップに入れてくれる。この人がお茶を入れてくれるなんて。不吉だ。何か良くないことが起きるんじゃと思いながらも僕はそれを一気に飲み干して喉を潤す。ここでやっと一息つく。

「な、何ができたんですか」僕は息を整えながら聞いた。

「コンテ」

「は？」

何を言ってるんだろうこの人。

「今部屋に入っていったばかりじゃないですか」

最原さんはカレンダーを指差した。

「三十日ですよ」

「……？」

僕もつられてカレンダーを見る。よくわからない。今日は二十八日では……。

ポケットから自分の携帯を出す。画面の表示が6／30になっている。なんでだろう。

窓の方を向くと外は夜だった。あれ。さっき団子を買った時は昼だったのに。

「何か食べた方がいいですよ」

最原さんが二杯目のお茶をくれた。僕はそれも一気に飲み干す。喉が渇いていた。

目の前には、コンテ用紙の束がある。

僕は。

それを恐る恐る手に取った。

トランプでも切るように、大急ぎで紙を捲っていく。白紙じゃない。絵が入っている。字が入っている。できてる。本当にできてる。全てのページに恐ろしく精細な絵と文章指示が入っている。絵コンテが、完成している。

僕は何が起きているのかわからず、呆然と絵コンテを置いた。

そしてその時、僕は視界に入ったもう一つの事実に気付く。

僕が、僕がたった今まで読んでいたシナリオが。

ボロボロになっていた。

なんでボロボロになっているのかを僕は知っていた。僕はなぜか知っていた。知っているのに、理解できずに、僕は他人事《ひとごと》のように驚いていた。

ボロボロになったのは、何度も繰り返し読んだからだ。

何度も。

何度も？

僕は……。

何度読んだ？

唾を飲み込む。喉の調子がまだおかしい。頭の中に、脳の中にじわりと汗をかいたような感触がした。記憶がだんだんと浮かんでくる。記憶がだんだんと追いついてくる。知っていたけれど理解していなかった記憶が、粘性の液体のように脳の隙間に染みてくる。そうだ、僕はこのシナリオをずっと読んでいた。ずっと。ずっと。

二日も。

「後で良いので」

最原さんが口を開く。

「真面さんの所に連絡を取ってください」

僕は、引き攣った顔を上げた。

「準備が出来次第、始めましょう」

最原最早は薄く微笑んだ。

「クランクインです」

0.7

1

クランクインの直前に、僕は一度真面さんと会った。

荻窪の寂れた調査事務所に出向いた僕は、以前の約束通りに、今日まで自分が見知った事実を事細かに伝えた。真面さんはほとんど聞き返さずに、うん、と相槌《あいづち》を繰り返しながら嚙み締めるように聞いていた。

「つまりタイトルの『2』は」

真面さんが久しぶりに相槌以外の言葉を返す。

「主人公とヒロインの二人のことかな」

「多分、そうだと思います」

僕は答える。シナリオと絵コンテを見た限りだと、劇中で『2』のキーワードが象徴していたものはそれくらいしか思いつかなかった。

『2』にはキャストがほとんど登場しない。メインキャストと呼べるのは主人公の男性とヒロインの女性の二人だけだ。エキストラ的なキャストならば端々にちらほらと出ていたけれど、名前を与えられている役はこの二人だけだった。

二人の物語。

二人だけのラブストーリー。

『2』。

「うーん……」

真面さんは唸りながら、絵コンテを捲っている。

最原さんが完成させた絵コンテは、真面さんのところにも当然届いている。スポンサーによるコンテチェックの作業。それは出資を受ける映画では当たり前の工程と言える。

だけどシナリオは真面さんのところには届いていなかった。それは最原さんの判断だった。いやもちろん絵コンテには台詞も書いてあるのだから、シナリオがなくてもコンテだけで映画の内容はわかる。むしろ絵がある分、より正確にわかるだろう。シナリオからコンテまでたったの二日しか掛かってないのだから、コンテだけ渡せば充分という理屈も理解できる。

でもこの絵コンテは。

普通に読める。

僕はあの二日間の事を思い出す。『2』のシナリオを初めて読んだ二日間。飲まず食わず不眠不休で『2』のシナリオを読まされ続けたあの二日間。

紫さんの書いたシナリオは普通には読めなかった。僕はあのシナリオに心を奪われ、逆らえず、奴隷のように延々と読まされ続けた。あれがなんだったのか、僕は今でも自分の身に起きた出来事を全く説明できないでいる。

最原さんはコンテを完成させた後、シナリオのデータとプリントしたハードコピーを全て捨ててしまった。「危ないので」という理由だった。あの超常のシナリオはもうこの世にない。だから真面さんはシナリオを読んでいない。

僕はさっきまで、シナリオを読んだ時のあの感覚を説明しようと頑張っていた。自分の身に起きたことをなんとか伝えようと必死に説いた。だが何も理解できてない僕の説明は、抽象的で覚束ない言葉が並ぶだけだった。ワトソンの仕事ぶりとしては最低だと思う。

「大丈夫だよ」

真面さんが僕の曇り顔を見てフォローしてくれる。

「起きた事象だけを聞いても充分伝わるよ。そのシナリオがとんでもないものだってことは」

「……本当に、おかしかったんです、あれは……」僕の言葉は引き続き覚束ない。役に立たない助手だと痛感する。

「二日も心を奪うシナリオ……まるで、麻薬のようなシナリオだね」

真面さんは絵コンテを置いて言う。そう、まさにそんな感じだと思う。生まれて初めて出会ったあの感覚は麻薬のようだという比喩がとても良く似合う。もちろん麻薬をやったことなんてないけれど。きっとこんななんだと想像してしまう。

「あのシナリオがまだ残ってれば持ってきたんですけど……」

「うん。でも」真面さんはコーヒーを一口飲んで言う。「実は僕は、数多君が味わったその現象自体はそんなに重要視していない」

「え？」僕は驚いて聞き返す。

「数多くんには悪いけれどね。その現象は、僕が求めている答えとベクトルがずれているると感じている」

「どういうことですか？」

「そうだね……言葉を選んで説明すると」真面さんは少し考えてから言う。「数多君はそのシナリオを二日も読み続けた。その時の数多君の脳内でどんなことが起きていたかまでは解らないけれど、結果としては取り憑《とつ》かれたように二日過ごしたという事象だけが残っている。それこそまるで麻薬中毒のように」

「はい」

「なら、麻薬をやればいい」

「……え？」

「麻薬をやったような結果が欲しければ、麻薬を使うのが一番早いってことだよ」

真面さんは身も蓋も無いことを言った。いやまぁ、それはそうだけど。

「僕が言いたいのはこういうことさ。早く簡便に代替する手段があるとしたら、最原さんがそれを選ばない理由を考えなければならない。麻薬で済むことをなぜ麻薬でやらないのか。論理立てて理解しようとしたらそこが避けられない命題になってしまう。それに麻薬の機能がシナリオにあったのは確かだとしても、今手元にある絵コンテからはそれが失われている。つまりその部分は『2』という映画を作る上で不要だった要素とも言える」

真面さんはどこまでも論理だけを優先して話した。冷静な分析だった。実際にあの超常現象を味わってしまった僕では絶対にこうは考えられないだろうと思う。これが助手と探偵をシェアリングするメリットなのだろうか。

「最原さんは映画を作っている。創作活動を行っている」真面さんが宙空を眺めながら続ける。「だからそこには、創作活動でなければいけない理由が存在すると、僕は考えているんだ」

「創作活動でなければいけない理由……」

僕は真面さんの言葉を繰り返した。

創作でなければいけないわけ。

創作をするわけ。

「そういえば……少し前に、最原さんも同じようなことを言ってました」

「うん？」

「〝創作とは、何のために存在するのか〟」

僕はあの夜の、最原さんの言葉をそのまま再生した。

「〝私達はなぜ創るのか〟」

それを聞いた真面さんは、なんだか楽しそうに微笑んだ。

「まるで、神に挑むような質問だ」

七月中旬。

絵コンテのアップから半月を使った恐ろしく目まぐるしい準備を終えて、『2』はクランクインした。

2

熱病のような空気だった。

八月の暑さのせいじゃない。生まれてから此の方《かた》二十二年、二十二回の夏を知っている僕が保証する。今年の夏の茹《う》だるような暑さの、その何倍も熱い空気が僕の周りを包んでいる。熱気は僕の肺に容赦なく流れ込んで、役者の一番大切な臓器をジリジリと焼いていく。

それは間違いなく、映画の現場が作った空気だった。

『2』の撮影現場は、芸大の映画学科出身である僕の、ある意味専門であるはずの僕の想像を遥かに超えた、驚天動地の空間だった。

それはクランクインの前からもう始まっていた。まず最初に最原さんは映画に必要な物を全てリストアップして真面さんに要求した。その要求には手加減というものが一切なかった。百人を超える人材・最新鋭の撮影機材・十数台の車・無理だと思えるような場所のロケの許可・貸切《かしきり》で使用する専用のスタジオ・それら全てを揃えても尚余りある追加予算を、彼女は真面さんに要求したのだ。

そう、それはまさに〝要求〟だった。見ていてわかったが、最原さんは「これを用意できますか」「これがあると助かります」というような曖昧な注文は一切しない。彼女が頼むものは絶対になければいけないものだった。必要だから求める、ないということは許されない、そういう要求だけを彼女は真面さんに提出していた。その〝必要〟の基準は彼女の趣向や作風に因《よ》るものではない。

それはただただ『2』の要求。『2』という映画のカットが必要としているかどうか。その唯一無二の、絶対の基準だけに基づいて、彼女は全てを揃え上げた。

一例を挙げよう。カット八〇二を撮るためには超望遠のレンズが必要だと彼女は言った。そしてそんな倍率の望遠レンズはこの世に無かった。そして最原さんはそんなレンズが無いことも知っていた。だから最原さんは想定通りに、そのレンズを作らせた。『2』の現場には、現在世界一の倍率を誇る望遠レンズが存在する。世界のどこにもない代物を言葉で表現するのはなかなか難しいが、僕よりも大きくて180kgだと言えばなんとなく想像してもらえるだろうか。天体望遠鏡の技術を応用して作られたというそれは、この先でカット八〇二を撮り終えた時に不要となる。このような贅沢を通り越した常軌を逸する行為が、『2』の現場では毎日のように行われている。

そんな馬鹿げた所業の数々を可能にしているのが、舞面グループのスポンサー・舞面真面さんの存在である。

真面さんは予算に関しては言うに及ばす、その他あらゆる面で舞面グループの力をフルに使って、『2』の撮影を全力でサポートしてくれた。さっきのレンズ一つ取ってもお金があっただけではきっと作れなかった。グループ傘下の有名カメラメーカーが持つ光学技術があってこそ初めて可能だった話だ。真面さんはこの映画に、本当に莫大な金額と労力をつぎ込んでいる。

「まぁそれでも、予定していたよりはかかってないから」と真面さんは気楽に言った。額面は聞かなかった。僕の胃が耐えられる金額ではないのだけは確かだった。体は大切にしたい。

でも聞かなかったにもかかわらず、僕の胃は限界だった。

なぜならばそれらの予算・機材・労力・人・この映画に関するあらゆるものが、全て僕に向けられていたからである。

そう。

僕は主演男優だった。

3

クランクインに合わせて真面さんが用意してくれたスタジオは、吉祥寺からバスで二十五分。大泉学園《おおいずみがくえん》駅のそばにある。

元々大手映画会社の撮影所であるここは敷地内《しきちない》に二〇のスタジオ施設を持ち、普段から各種テレビ・映画の撮影用に貸し出しを行っている。が、真面さんは手間が少なくなるようにと敷地全体の四分の一を『2』の撮影のために丸々借り切ってくれた。お陰様で撮影スタジオと同じ場所に倉庫や事務所までも構えることができて、スタッフ一同大変助かっている。現在『2』はここを拠点として制作されている。

広大なスタジオの隅っこで力無く座り込む。

夕方の蒸すような熱が首から汗を吹き出させた。今日の撮影はもう終わっている。明日も朝から動きがあるので、ほとんどのスタッフは撤収してしまった後だ。

〝今日の撮影が終わった〟と自分で考えてから、僕はとても悲しい気持ちになった。

今日は六カット撮った。いいや、六カットしか撮れていない。朝から夕方までずっと撮影しているのに、ちょっとあんまりにもな数だと思う。

重い溜息を吐く。

責任は全て僕にある。

役者の僕の演技が、最原さんの要求する基準に達していないのである。

撮影が始まる。僕が演技をする。最原さんのカットの声が響く。撮影は中断し、最原さんの指導が入る。だが僕がすぐにできるようにならない。そうしてリテイクは続き、カットは嵩《かさ》んでいく。何十回というリテイクの末にやっと一カットが撮り終わると、その次のカットでも同じ事が繰り返される。

最原さんと初めて会った日のことが思い出された。あの日も僕は、彼女の演技をなんとか再現しようとして「愛してる」の言葉を繰り返した。できたのは結局十三時間後だった。それに近いことが現場でもずっと繰り返されていた。だから撮影は遅々として進んでいない。

ただ最原さん自身には何の焦りも感じられなかった。想定通りのペースと彼女は言う。多分本当にそうなんだろう。きっと最原さんは僕の演技のレベルを完璧に理解しているだろうから、一日に何カット撮れるのかも過不足無く正確に判っているのだと思う。だから彼女には一片の焦りもない。

焦っているのは僕だった。

「アマター」

顔を上げる。いつの間にか目の前にナタリーが立っていた。

「座り込んでどうしたのアマタ。落ち込んでるノ？　下手だから？」

ナタリーは一行でまとめてくれた。酷かった。

「まぁその通りなんですけど……」

「元気出してアマタ。誰にでもファースト一歩はあるヨ」

「Z一歩もあるみたいに言わないでください」

「劇場版とノーリンクにされたけどZZ一歩も好きヨ」

僕はナタリーが間違いなくニセ外人であることを確信する。今の会話が成立する日本人がこの国に何人いることだろうか。

しかしこんなどこまでも明るいニセ外国人のナタリーこそが僕の相手役、つまり『2』のヒロイン役であり。

そして最高の女優である。

現場で見るナタリーはレンタルビデオのカウンターで見たナタリーとは別人だった。いや現場でもカメラが回っていない時はあんな感じなんだけど。リールが回り始めたその瞬間、彼女は別人となる。ナタリー・リルリ・クランペラという個人は消えさり、『2』のヒロインがそこに現出する。

カメラの前に立った時のナタリーを僕は上手く説明できない。身も蓋もない説明をするならば「画を見てもらえばわかる」と言うしかないのだと思う。言葉で説明しようとするとどうしても劣化が避けられない。なぜなら彼女の演技は、言葉で説明することを想定されたものではないからだ。

彼女の演技は〝映像〟だった。その演技は〝映像でしか表現できないこと〟を体現していた。写真でも絵画でも言葉でも音楽でも代替できないナタリーの演技は、〝カメラの焦点〟という空間の一点のみで成立する、映像にすることだけを許された尖針《せんしん》の表現だ。彼女を撮ったカットはどれも、まるで妖精を映したような画になる。世界の真実を収めたかのようなフィルム。写り込んだ真実。ナタリー・リルリ・クランペラは、間違いなく最高の映画女優だった。

正直に言おう。実は今日撮影できた六カットのうちの四カットがナタリーのカットなのだ。しかもどれも二、三テイクで簡単に撮り終わっている。つまり撮影時間のほとんどが僕のたった二カットを撮ることに費やされていた。これで落ち込むなという方が無理だろう……。

「二カットも撮れてるなんてファンタスティックネ」

「フォローしてくれるのは嬉しいですけど流石にこんな仕事ぶりでは……」

「ドンマイン。アマタはタレント持ってるヨ。スロウリィでもモハヤのリクエストができるなんて才気横溢《さいきおういつ》ネ。才能のゴードンを感じるヨ」

正解は片鱗《へんりん》だ。この難易度はもはや外人かそうでないかを通り越してわざとにしか思えない。

そこにちょうど僕らの監督が通りかかった。

「座りこんでどうしたんですかヘボ多さん」

最原最早監督は一言でまとめてくれた。酷さにもレベルがあるということを僕は知る。しかし反論の余地もない。悩みとはまさに僕がヘボいことである。

その時、ポンと肩に手が置かれた。顔を上げると最原さんが優しい瞳で僕を見ていた。

「EDは治る病気ですよ数多さん」

「何の話ですか……」

「違うんですか」

「違うよ!!」

「そうですか」

最原さんは去った。EDでないならば別に用事はないらしい。彼女がED専門医ならばとても正しい行いだが映画監督としては完全に間違っている。

と思ったら振り返った。

「来週はナタリーのカットだけ撮ります」

「あ……はい」

僕はさらに深く沈み込む。

わかっている。よくわかっている。それは正しい判断だ。ナタリーのカットと僕のカットを並行で撮るから無駄な時間が出るわけで、彼女のカットだけを先に撮ってしまうというのは至極妥当な方策だ。僕が監督だったとしても間違いなくそうするだろう。

でも僕は監督ではなく役者であり……その方策の原因を作ったのは間違いなく僕であり……。自分のあまりの不甲斐《ふがい》なさに、ブラックホールの引力に引かれるようにどこまでも落ち込んでいく。この黒い星から出られる日が本当に来るのだろうか。出られないからブラックホールというのではないだろうか。

「数多さんは」

最原さんの声に顔を上げると、目の前に一枚の紙が差し出されていた。

「ここに行ってください」

4

「数多さんは役者としての勉強が足りません」

電車に一人揺られながら、監督の言葉を思い返す。

井の頭線の車内にはほとんど人が居ない。朝晩のラッシュは大変なものらしいけど日中はこんなものだろう。平日の昼間からプラプラしてるのなんてフリーターか撮影のない役者くらいのものであり、僕はその二つのハイブリッドだ。

ちょっと泣きたくなりながら、目的の駅で電車を降りる。

少し勉強してきて下さい、と最原さんは言った。

京王《けいおう》井の頭線三鷹台《みたかだい》駅の改札を抜けて、地図を見ながら歩を進める。駅からほど近い場所に赤丸が付いている。

そこに。

僕の演技を指導してくれる先生がいるらしい。

先生などと聞かされるとやはり緊張する。が、正直緊張よりも不安の方が何倍も大きかった。最原さんが紹介してくれる人間の超然ぶりはもう充分過ぎるほど理解している。そんな彼女が役者の先生を用意したと言うのだから、いったいどんなとんでもない人物が出てくるのかわかったものではない。僕は想像力をフル回転させて不測の事態に備えた。エリザベス・テイラーのクローン人間が登場した所で僕は地図に記された場所に到着した。

入口の門の前で立ち止まる。

ここだ。ここに間違いない。ここに入ればいいのだ。入ろう。

だが。

入りづらい。

門の前にたくさんの制服の女子がたむろしている。門の中にもたくさんの制服の女子が闊歩《かっぽ》する。その合間に体操着の女子が駆け巡り、その隙間に私服の女子が点在し、あまったところになんだかよくわからない女子が配置されている。

そこは。

女子校だった。

僕はまるで結界のような大量の女子の視線に苛まれながら、私立『藤凰《とうおう》学院』の敷地に足を踏み入れた。

5

受付に行くと話は通っていたようで、僕は校舎の奥の特別教室みたいなところに案内された。

ただ事務に話が通っていても生徒に話が通っているわけではなく、僕は校門からずっと女生徒達の針のような眼差しに苛まれ続けた。別に責められるようなことをしたわけじゃない。彼女たちも責めているわけじゃない。ただ好奇の目付きが怖過ぎるだけなのだ。なぜこの学校の女生徒はあんな肉食獣みたいな目で人を見るのだろうか。

案内された教室は古い建物の中の、さらに古い造りの部屋だった。

白塗りの壁に囲まれていて中は広い。前方には木枠の黒板が嵌《は》めこまれ、その前に木製の長机が階段状に並ぶ。高校の教室と言うよりはむしろ大学のそれに近い。僕は誰もいない教室の一番前の席に座った。

先生がまだ来ないので、さっき受付でもらってきた縦折りの冊子を読んで待つ。冊子には学校の沿革などが簡単に書かれていた。どうやらここは幼稚園も小学校も中学校も備えた長大な一貫校らしく、「総生徒数二五〇〇人」の文字が誇らしげに並んでいる。なんで夏休みなのにこんなに生徒がいるんだろうとさっきから思っていたのだが、夏休みだからあの人数で済んでいたのだとわかって背筋が寒くなる。女の子ばかりそんなに集めてどうする気なのか。吉祥寺にアマゾネスの村を作る計画なんだろうか。アマゾネス一人は男の兵士一〇人に匹敵するという。住みづらい街になりそうだ。

しかしなんでまた女子校なんだろう……。

役者の勉強をしてこいと言うから、てっきり劇団か俳優養成学校みたいなところに行かされるのかと思ったけど。見た限りではここは本当に普通の学校だ。それとも実はここに引退した往年の名優が居たりするんだろうか。引退後は演劇部の指導をしているとか。月影千草《つきかげちぐさ》みたいな人が来たらどうすればいいだろう。僕が北島《きたじま》マヤならよかったが残念ながら男優だ。

その時、教室の外からコツコツと足音が聞こえてきた。

黒夫人なのか、黒夫人が来たのか。まずい、まだ千の仮面が用意できてない。あと中華料理屋で虐げられたりしていない。どうしよう！（美内《みうち》すずえの顔で）

「どうもすいません。お待たせして」

扉を開けて入ってきたのは黒夫人でなく男性だった。美内すずえ顔損だった。

ワイシャツにネクタイをした男性は教室に入ってくる。この学校の先生だろうか。三十代くらいのその人は特にたくましいというわけではないけれど、顔つきの引き締まった精悍《せいかん》な印象の人だった。僕は立ち上がって頭を下げた。

「初めまして。伊藤《いとう》です」

男性は名刺をくれた。学校の名前が入った名刺には〝教諭〟と書かれている。見た目の通り、学校の先生らしい。

「あ、すみません、僕名刺無くて……初めまして、数多一人です」

「数多君ね」伊藤先生は持っていた何冊かの本を教卓に置いた。「学生さん？」

「一応役者なんですが、それも名ばかりというか……。フリーターみたいなものです」

「へぇー、役者さん」伊藤先生が珍しげな目で僕を見た。「それで、今からどこか受験するの？」

「え？ 受験ですか？」

「うん」

「なんのです？」

「なんのって……大学？」

「あの、僕一応大卒で」

「え？」

僕と伊藤先生は顔を見合わせた。

「受験じゃないのか」

「え、はい」

「じゃあ今日の勉強会は……趣味？」

趣味かと聞かれるとそれもまた違うような。僕は最原さんの命令で、差し迫った必要を感じて来ているわけで。

「趣味ではなくて、一応仕事上の必要に迫られてといいますか……」

「仕事って何をやってるの？」

「その、役者を」

「ああ、そうか。役者……役者ね…………役者？」

伊藤先生は首を傾げた。僕も同調して首を傾げた。どうも要領を得ない。

「何かおかしいな」

「僕もそんな気がします」

「現状の把握に努めようか。数多君は、今日は何をしにここにきたの？」

「僕はですね……今映画の撮影に参加しているんですが、そこの監督から役者の勉強をしてこいと言われて、それでこの学校に来たんです」

「俺は同僚の教師に、君が来るから指導してほしいと頼まれてきた。ちなみに俺は生物の教師なんだけど」

「生物ですか」

「だから教えてくれと頼まれたのは当然」伊藤先生は教卓の上に置いていた本の一冊を立てた。「生物」

表紙には『高校生物Ⅱ』と書かれている。嚙み合わないはずである。何をどう間違えたら役者に生物を教えるという話になるのだろうか。伊藤先生は再び首を傾げる。

「どういうことだろうなぁ」

「何かの手違いでしょうか」

「うーん……」先生は口に手を当てて考えている。「いや……多分間違いってこともないんだろうけども……」

「え？」

「や、多分だが」伊藤先生は小さく息を吐いた。「きっと俺の同僚と君のところの監督というのが知り合い同士なんだろうけど。で、なんというか俺の同僚というのは、あんまり意味のないことをやらせる人間じゃないんだよ。あいつが生物を教えろと言うからには生物を教える必要性がある。確認してもいいが……でも今日あいつ居ないんだよなぁ。まぁ、それはこっち側の事情というか見解なんだが……君の方はどう？その監督さんの手違いだと思う？」

「僕の方は……」

どうだろう。

確かに最原さんは一見すると意味の解らないことをやらせる場合も多いけれど、その裏には大抵深い思慮が、無いな……。危険だ。これは確認の必要がある。僕は携帯を出して最原さんに電話をかけた。三回のコールの後に電話がつながった。

『もしもし』

「もしもし？　数多ですけど」

『ああ、数多さん。どうかしましたか』

「あのですね、今藤凰学院に来てるんですが」

『ええ』

「僕の指導にいらっしゃった方が生物の先生で……。その、僕は今からここで何を習えば」

『そうそう』

「はい？」

『合ってる』

「最原さん」

『そんな感じ』

「あの」

『(ピー)』

留守電のメッセージだった。最悪である。しかも今数多さんとか言ったぞ。他の人から掛かってきたらどうする気だ。僕は試しにもう一回かけた。

『そういうRPGの街の人のメッセージが変わらなくなるまで何度も話しかけるような無粋な真似はやめてください数多さん（ピー）』

「居るだろ！　今電話の前に居るだろ！」

「あの……」

伊藤先生に心配されてハッとする。電話とコントしている時ではない。

「ええと……僕の方も間違いではないみたいです。多分」

「ふむ……じゃあしょうがない。よくわかんないけどやろうかね」

先生は戸惑いつつも納得したようだった。なんか良い人そうなので僕はいつものように申し訳ない気分になる。すみません。うちの最原が本当にすいません。もう何度目だろうかこの謝罪は。

「ま、でも。役者とそんなに関係ないわけじゃないかもよ？　ミームとか進化心理も齧ってくれと言われてるし」

伊藤先生はパラパラと教科書を捲りながら言う。なんか難しそうな言葉が出てきて身構えてしまう。高校生物なら僕も現役の時にやったけど、その範囲に収まる話なんだろうか。

「ああ、そうだ……」伊藤先生は思い出したように顔を上げた。「数多君、最初に一つだけ聞いていいか？」

「え、はい」

「〝永遠の命の生徒〟って知ってる？」

僕はキョトンとした。

「あ、知らなければいい」

伊藤先生はそう言って手を振った。なにそれ。だが考える間もなく伊藤先生は教科書を取って教壇に立った。なんだかよくわからない導入で、先生の授業は始まった。

6

「数多君、高校の理科は何取った？」

「一応生物取ってました。でもほとんど忘れちゃってますけど……」

「履修済みなら話は早い。朧げでも覚えてるなら充分だ。進化論は覚えてる？」

「ええと………自然淘汰《しぜんとうた》と突然変異、ですか？」

「覚えてるな」

伊藤先生はチョークを取って、カッカッと音をさせながら黒板に文字を書いた。

《進化》

「今日は生物IIの範囲から〝生物の進化〟。特に進化論について軽くさらって、それから発展する分野についてやりたいと思う。あんまり時間もないからかなり大雑把な説明になるけれど、興味が湧いたなら後から本なんかで補強してみてほしいな。啓蒙書も専門書もいっぱい出てる分野だから」

僕は頷いた。進化論か。ますます役者とどう繋がるのか解らない。

「じゃあ始めようか」

先生がチョークを振る。僕はメモ用に持ってきたノートを開いて背筋を伸ばした。

「まず代表的な進化論を話そう。一度はやった所だろうからザッとな。トップは人類最初の進化論。ラマルクの《用不用説》」

聞き覚えがある名前だった。伊藤先生は黒板に《用不用説》と板書する。

「よく使う部分が発達する。使わない部分は衰える。それが子孫に伝わって進化する。これが用不用説だ。キリンは高い所の葉を食べるために首を頑張って伸ばした。背伸びもした。だからだんだん首と足が伸びた。それが子供に伝わった、という説」

内容も大体覚えている通りだ。

必要な部分が進化して、不要な部分が退化するから用不用説。

「これは」

先生はチョークを赤に替えて、今書いた板書にビッと×を書き込む。

「×だな。使う部分が発達する、というのは一つの真実だ。筋肉なんかも使った分だけ発達する。だが用不用説の一番の弱点は、それが子孫に伝わると言っている点だ。生まれた後に個体が獲得したもの《獲得形質》は子供には伝わらない。親がボディビルダーになっても子供は筋肉質で生まれないし、親が首長族でも子供の首は短い。後天的に体を変化させても遺伝子は変化しないからだ。あと首長族は肩が下がってるだけで首は伸びてない」

先生はトリビアを交えながら語った。

〝獲得形質は遺伝しない〟

高校の頃に聞いたフレーズが足がかりとなって、朧げだった記憶がだんだんと復活してくる。そうそう、確かにやったなぁこの辺。受験科目ではなかったから授業で聞いたきりになってしまったけれど。

「《用不用説》はそういう弱点もあって、発表当時から痛烈に批判された。とはいえ世界中が創造論者だった時代に初めて進化論を主張したラマルクは、間違いなくこの分野の偉大な先駆者と言えるな。そしてラマルクの次に発表された理論こそ、進化論の革命的学説」

黒板に《ダーウィン》の文字が現れる。

「ダーウィン著『種の起源』。正式名称は『自然淘汰による種の起源、または生存闘争に勝ち残る種の保存について』。この中で語られた」

カカカッとチョークが勢い良く躍る。

「《自然選択説》だ。これはかなり有名だろう。数多君、説明できるか？」

「ええと……」

僕は遠い記憶を掘り起こしながら話す。

「まず突然変異で首の長いキリンと首の短いキリンが生まれて、首の短いキリンは高い所の草が食べられないから淘汰されて、首の長いキリンが生き残る。そのキリンが子供を作るからだんだんキリンの首が長くなっていく……でしたっけ？」

「バッチリだ」

先生はキーワードを板書した。

《突然変異》

《自然選択》

「《突然変異》の概念が確立されるのはダーウィンよりさらに後のド・フリースまで

待たなくてはならないが、ダーウィンも《変異》という呼び方で生物の変化を認識していた。同じ親から生まれた子でもキリンの首の長さは微妙に違う。それは遺伝子に変異が起こっているからだと考える。《突然変異》は遺伝子の変化だ。これは先天的なものであり、この形質は子供にも遺伝する。生まれつき首の長いキリンの子は、やはり首が長い。だがそれだけでは変化の方向がバラバラだ」伊藤先生は《自然選択》の文字を指差す。「それに方向性を与えるのが《自然選択》だ」

言って先生は、黒板に絵を描き始めた。だんだん形が現れる。ライオンとシマウマだった。これがまた特徴を捉えていて上手い。流石は生物の先生である。

「キリン以外の例も挙げてみよう。シマウマは捕食者のライオンから逃れるために走る。足の遅いものは捕まって食われる。子孫は残せない。結果として足の速いものが子孫を残すので、シマウマは足が速くなる方向に進化する。そしてこの変化はライオンにも同時に起こっている。足の遅いライオンは餌が取れないため死ぬ。こうして足の速いライオンが残り、狩りの能力が進化していく。このように環境に合った個体が生き残る事を《適者生存》といい、その仕組みを《自然選択》という。最初に無目的に起きた《突然変異》が《自然選択》によって方向づけられて生物が進化する。これがダーウィンの《自然選択説》だ。この理論は今でも進化を説明する上で外せない重要な概念だ」

僕は頷いた。大体覚えている通りだった。理屈自体は至ってシンプルだし、一度聞いたら忘れないだろう。素人にも解りやすい、とても良く出来た理論だと思う。

「だが《自然選択説》にもいくつかの疑問がある」

伊藤先生のチョークが走る。先生はさらに二つのキーワードを板書した。

《個体》

《集団》

「まず一つは、一頭のキリンの首が長くなった場合に、それがどうやってキリンという種全体に広がるのかという疑問。まぁぶっちゃけ交配するんだから広がることは広がるんだが。本当にそれで群れ全体の首が長くなるの？　本当に新しい種ができるの？　という質問だな。数多君どう思う？　自然交配による遺伝子の拡散だけで新しい種ができると思うか？」

質問を振られて僕は考える。物凄く感覚的な問題だ。キリンと一言で言ってもそりゃいっぱい居るんだろうから、一頭のキリンの首がちょっと伸びたところで最終的に全部のキリンの首が伸びるとも思えないのだけど。いやでも時間さえかければちゃんと広がるのか？　何万年もあればもしかすると。うーん……。

「新しい種がスパッとできるかと言われるとちょっと難しい気がしますが……いや、なんとなくですけど……」

「それでいい」

伊藤先生が僕の言葉から拾って板書したのは、《なんとなく》だった。

「なんとなくできそう。なんとなくできなさそう。その感覚が正しいかどうかを調べるために学問は存在する。こんな問題が生まれたのは、今数多君が迷った疑問を昔の学者もみんな迷ったからだからな。種全体に長い首が広まるのか、広まりきらないいんじゃないのか、それが新しい種になるほどなのか」

伊藤先生は《集団遺伝学》と板書する。

「その問題はいまだ研究中であり、それを扱うのがこの《集団遺伝学》という分野だ。個体の遺伝子変化だけでなく、集団で遺伝子がどう変わるのかを学術的に調べる。集団遺伝学は計算計算また計算。分散だ統計だとずっと計算してる数学みたいな分野だよ」

統計かぁ……なるほど。

「確かに、計算結果に〝なんとなく〟はないですよね」

「そういうこと。計算の結果として間違いなく広がる、何万年あれば広がるという証明ができたら、それはなんとなくじゃない答えと認められる。ただ進化の計算は本当に難しい。無限の環境要因を数値に落としこむのが困難だからだ。単純化したモデルで答えが出ても、それが本当に自然にも当てはまるのかはわからない。逆に自然が物凄い単純な式に基づいていることもあるし。フラクタルとかフィボナッチ数列とか。今は拾わないけどこの辺も面白いから、興味があったら調べてみるといいよ」

僕はノートの端にメモを取る。フィボナッチ数列とか聞いたこともない言葉だけど名前はなんかカッコいいなと思う。

「さてダーウィン進化論のもう一つの疑問も、まさにその感覚的な《なんとなく》から発生するものだ。例を挙げよう。そうだな……」

伊藤先生が黒板に再び絵を描く。

羽のある細い昆虫の絵。その下に地面。

さらに地中にかわいいイモムシ的なものを描いた。

「寄生バチというハチの一種がいる。寄生バチは非常に高度な進化を遂げた生物だ。このハチは長い産卵管を使って、地中にいる別種の昆虫のイモムシに卵を産みつける」

先生がハチの絵のお尻から地中のイモムシに向けて線を引く。あれが産卵管か。

「イモムシの体内で孵化《ふか》した寄生バチの子供は、イモムシの組織を食べて育つ」

なかなかエグい話だ。生きたまま食べられるとかホラーである。

「だがここが凄い。なんとこの子供、初めは脂肪や結合組織しか食べない。つまりイモムシがサナギに成長するまでの間に死んでしまわないように、致命的な器官を見分けて、そこを食べないでおくんだ」

なにそれ。超怖い。

「さて想像してみてほしい」

伊藤先生が僕の目を見る。

「最初に普通のハチがいたとしよう。そのハチが進化して『お尻の産卵管が細長く伸びて土中のイモムシを探し当てて卵を産めるようになり、孵化した子供はイモムシの生存に必要な組織を見分けてそれを最後まで食べないようになる』という非常に複雑な進化が、本当に自然選択だけで可能だろうか？」

「無理では……」

僕は直感だけで即答した。キリンの首が長くなる理屈は単純だ。葉っぱを食べられないキリンが死ぬからだ。だが今の寄生バチのような複雑な進化を考えてしまうと、本当に自然の淘汰だけで、そこまで高度な進化が遂げられるのだろうかと感じてしまう。

「今の数多君の答えもやはり《なんとなく》なんだよ」伊藤先生は言う。「もしかしたらすごい時間をかければ、出来上がるかもしれないだろ？」

それはさっき自分でも考えたことだ。想像を絶するような長い時間があればできるのかもしれないけど……でもなぁ……。

「とある思考実験の一つに『無限の猿定理』というのがあるんだが」

「あ、それ知ってます」

「お、ほんと？」

「猿にずっとタイプライターを打たせたら、そのうちシェイクスピアの作品が打ち出される可能性もあるってやつですよね」

「おー。よく知ってたなぁ」

褒められて僕は鼻を高くする。紫さんの完全な受け売りだけど。ありがとう紫さん。早速役に立ちました。

でもそうか、と僕は気付いた。進化というのはまさにこの無限の猿なんだ。

無数の生き物が何億年も生まれ続ければ、凄く複雑な生き物もできるかもしれないという可能性。そう考えてみると寄生バチもそのうち出来上がるような気になってくるから不思議だ。さっきまで絶対無理だと思ってたのに。

「ちなみに具体的な数字を出すと……ちょっと待ってね」

伊藤先生は自分の携帯を取り出すと、ネット検索を始めた。フランクな授業である。

「ウィキペディアにあった。猿が一秒に一〇万文字打てると仮定して」

「タイプ早過ぎませんか、その猿」

「猿のようにタイプ練習したんだろうさ。で、その猿の場合。一〇〇文字の特定の文章を打ち出すのにかかる時間は、太陽の寿命の一無量大数《むりょうたいすう》倍の一〇〇〇京《けい》倍だそうだ」

「……あの」寄生バチもできそうと思った僕の感覚は早くも崩壊した。「全然無理ってことじゃないですかそれは……」

「そうだな」

僕はしょんぼりする。たったの一〇〇文字の文章を作るだけで地球が何回滅んでも足りないほどの時間がかかっていた。それじゃシェイクスピア一作の全文なんてとてもじゃないが完成するわけがない。つまりダーウィンは間違っていたのだ。自然選択で複雑な生物ができるなんて嘘だったのだ。

「でも無限の猿はランダム生成した時の話だからな」

そう言うと伊藤先生はチョークを上げた。

「進化生物学者のリチャード・ドーキンスはこの理屈に反駁《はんばく》するために『イタチ・プログラム』を開発した」

黒板に短い英文が板書される。

〝METHINKS IT IS LIKE A WEASEL〟

「ハムレットの台詞〝METHINKS IT IS LIKE A WEASEL《俺にはイタチのように見えるがな》〟という文章を、ランダム文字生成で作り上げるプログラムを作った。ただし『最終目的のテキストと一致した部分は固定する』という条件を付けた。当たりを引いたら固定して残す。この固定が自然淘汰・適者生存に相当するという考え方なわけだ。結果、このプログラムを走らせると計算は一瞬で終わる。〝METHINKS IT IS LIKE A WEASEL〟の完成まで一秒掛からないんだ」

「完全なランダムだとどれくらいかかるんですか？」

「ランダムで同じ文章を作ろうとすると、何京年計算し続けても終わらない」

僕は素直に驚いた。そんな一個の条件だけでそこまで結果が違うのか。一秒と何京年。想像も出来ない幅だ。

伊藤先生の時間尺度の話は、聞けば聞くほど僕の主観的な感覚から乖離《かいり》していく。

というか、もう何が正しいのかがよくわからない。進化というのは時間が掛かることなのか掛からないことなのか。先生の話を聞いた後だと、僕は《なんとなく》ですら考えられなくなってしまっている。

「自然選択で複雑な生物が本当に生まれるのか。それに対する正しい答えも未《いま》だに出ていない。ただ現実に世界は複雑な生物であふれちゃってるからな。神様が作ったからだと言い出さない限りは、どの生き物も進化で生まれたのは間違いないんだ。一応ながら科学を信奉している身としてはこう言っておきたいね。〝長い進化の中では、信じられないような奇跡が現れることもある〟」

「奇跡、ですか？」

「人間なんて奇跡みたいなもんだよ」

言われてみればそうだ。奇跡のようなハチに驚いている僕の方がよっぽど奇跡だ。人間は寄生バチよりはなはだ複雑で難解である。

「さてドーキンスの話が出たから。その流れで行こうか」

先生は少し移動して、黒板の広い部分に板書を始める。

「これから話すドーキンスの理論は、俺的にはダーウィンの自然選択説以来の革命だと思ってる。なんで、ちょっと心して聞いてほしいな」

伊藤先生は板書しながら言う。自然選択説で感動した身としては、そこまで持ち上げられると興味も湧いてくる。

先生が黒板の文字を、チョークでカッと叩いた。

《利己的遺伝子》

「リチャード・ドーキンスは《利己的遺伝子》という発想をした。何がどう利己的なのか、例を挙げてみよう」

カカカッとスピードを上げて絵が板書される。

大きな鳥が一羽。小さな鳥が五羽。

そして一匹のキツネが描かれた。先生はやっぱり絵が上手い。

「ヒバリの親子とキツネがいる。ヒバリの親は、キツネに狙われた時に〝怪我をしているフリ〟をする。そうしてキツネの注意を自分に引いて、雛から目を離させるという習性を持っている」

「身を挺《てい》して守るんですね」

「そう。でも考えてみてほしい。子供を守ると言えばその通りだが、親という個体だけを考えてみれば、この怪我のフリという行為はただの〝自殺〟だ。当たり前だけど自殺は生存と真逆の行為。この生存にあまりにもマイナスな行為が、なぜ生存だけを基調とする自然選択の中で残っているのか。自殺をする生き物なんて自然選択で真っ先にいなくなるはずだろう？　さて数多君。これを説明できるかな」

「え？　え、と」

突然聞かれて、戸惑いつつも考える。いや、なんとなくは解る。だから、それはつまり……。

「自殺自体は不利なことだと思うんですけど……それで子供が残るから、ですか？」

「ご明察」

先生がパチンと指を弾いて正解を認めてくれた。僕は嬉しくなる。豚真似クイズに正解した時の一〇〇万倍嬉しい。

「まさに今数多君が言った通り。親の行動によって子供が残ったからこそ、この自殺行動は残っている。こういう話を理論としてスマートに説明するのがこの《利己的遺伝子》なんだ」

先生は赤いチョークに持ち替えて、全てのヒバリの絵にコイルのようなものを書き込んだ。あれか、遺伝子。ＤＮＡか。

「ドーキンスは〝鳥個体の視点〟ではなく〝遺伝子の視点〟から進化を考えた。ヒバリの親も子も、持っている遺伝子、ＤＮＡは全く同じだ。さて2パターン考えよう。

①子供五羽がキツネに食われて親が生き残る　②親一羽がキツネに食われて子供が生き残る。結果、遺伝子が多く残っているのは？」
「子供が残った時、ですよね」

僕は簡単に答えた。それは当然だ。親が生き残っても残る遺伝子は1。子供が生き残れば5だ。もちろん親がその後にまた出産する確率や、子供が本当に成長するかの確率とか、色々と絡む要素はあるんだろうけど。少なくとも食べられた直後では1と5の差がある。

「そこに自然選択が働くわけだ。親が自己犠牲行動を取る遺伝子の方が、自己犠牲しない遺伝子よりもより多く次世代に残る。結果、ヒバリの親は子供のために〝自殺〟するようになる。これをドーキンスは次のように表現した。『ヒバリが自己犠牲に走るのは、自分の複製を残すことだけを考えた遺伝子の命令によるものだ』。これが《利己的遺伝子》という考え。突き詰めると《自然選択は個体でも集団でもなく、遺伝子に働く》という結論になる。ドーキンスは『全ての生物はＤＮＡを次世代に運ぶための乗り物であり、ロボットでしかない』と結論づけた」

前から思っていたが、科学者という人達はなんで表現が極端なんだろうか。まぁでも言いたいことはよく伝わる。確かに自分から死地に飛び込むような行動が本能的に織り込まれてるというなら、それは確かに生物というよりロボット的に感じてしまう。

自由意志ではない、自然選択で作られた本能の心。

「まぁこの《利己的》という言葉も、遺伝子決定論とか遺伝子に意志があるみたいな誤解に繋がりやすい表現だからあんまり良くないんだけどな」

伊藤先生のフォローが入った。僕が今まさに考えそうになっていたことだ。やっぱりみんな考えることは同じなんだなぁと思う。

「とかくドーキンスの利己的遺伝子論は、進化論の一つの革命だ。ハチやアリなんかの集団性昆虫がなぜ自分以外の子供を育てるのか、そんなダーウィン進化だけでは説明できない様々な現象が、遺伝子ベースで考えると説明できるようになる。この利己的遺伝子論をちょっと覚えておいてくれ。この先の話でも絡むから」

僕は頷いて、ノートに《利己的遺伝子》の言葉をメモした。

7

伊藤先生の授業は本当に楽しかった。二時間の授業が終わった後、僕は時計を見て驚いた。時間を忘れるという形容を身をもって体験し、なんで高校の時にこういう先生がいなかったのだろうかと残念に思う。

ただ、強いて、あくまでも強いて問題点を上げさせてもらうとしたら。楽しい話が各所で横道に逸れたために、今日の講義で予定の分量が終わらなかったことと。どの辺が役者の勉強なのか全く解らなかったことである。

「すまん。興が乗り過ぎた」

伊藤先生は謝りながら、校内の自販機コーナーで買った缶コーヒーをくれた。

「その、伊藤先生の責任は全くありませんから」

頭を下げられてしまい僕は恐縮する。授業自体はとても面白かったので多少延びるのは全然構わないし、役者の勉強にならないのは全面的に最原さんのせいである。ちなみに今日できなかった分については、後日もう一回時間を取ってやることになった。

「尺配分をミスるなんて、俺も焼きが回ったか……」伊藤先生は本当に申し訳なさそうに言う。「いやほんと、数多君だって忙しいだろうに迷惑かけるね。映画の撮影中なんだろう？」

「ああいえ、僕の方は、全然忙しい、なんて、ことは……」

喋りながらだんだんションボリしてしまう。悲しい否定であった。

映画撮影中の主演男優なのに下手だから後回しにされて暇とか……。役者としてこれほど情けない状況があろうか。僕はどよんとして比喩ではなく肩を落とす。別にわざとオーバーに動いたつもりもないけれど、役者をしているとどうも私生活からしてリアクションが大きくなりがちでいけない。

「急に元気なくなったな」

気付いて伊藤先生が声をかけてくれる。まぁそりゃ誰だって気付く。

「ちょっと今演技の壁にぶつかってまして……」

「へぇ……役者も大変だなぁ。まぁでも頑張って乗り越えたらいいじゃない」

「そうは思うんですが……。映画もスタッフワークですから時間は有限で、なかなか厳しいものが」

「あれ？　降ろされそうなの？」

「う」

あまり考えたくない言葉だった。しかし耳に入ると嫌でも考えてしまう。

実際、どうなんだろうか。

僕がこの映画に参加しているのは最原さん本人からスカウトされたからだ。パンドラでの凄絶な体験から始まり、それからはプリプロダクションをずっと共にしてきた。そしてそのままの流れでクランクインして、今は主演男優として抜擢されている。

だけどその理由が、僕には未だにわからない。

なぜ彼女は僕みたいな新米をスカウトしたのだろうか。役者を探していたと最原さんは言った。その言葉を素直に信じるなら、僕は何かを見出《みいだ》されたのだろうけど。でももう一人の役者であるナタリーは最原さんの知人である。そして彼女は素晴らしい女優である。そういう人がいるならば、そっちを使った方が全然早い。

不安が鎌首をもたげてくる。やっぱり僕はこのまま降ろされて、別の人に代えられてしまうんだろうか。

いやむしろ……僕じゃない方がこの映画は良くなるのでは……。

「おうい」

ハッとして顔を上げる。伊藤先生が僕を見ていた。ボーッとしてしまっていた。

「悩んでんなぁ」伊藤先生は笑いながら言う。「本当に降ろされそう？」

「正直わからないんです……ていうか監督が何を考えてるのかもよくわからないので……」

「ふむ」伊藤先生が空になった缶を捨てる。「ああでも、それを考えるのは良いかもしれないな」

「それ、と言われますと？」

「や、俺は完全に理系だから、文化系のことは門外漢なんで素人意見なんだけどさ。前にうちの演劇部の顧問の先生が言ってたんだよ。演劇ってのは集団で一つの事を考えて作るものなんだそうだ」

それはまさにそうだ。自分でやっていた時の経験からもそれは身に沁《し》みてわかっている。

それぞれの役者や各所の裏方の考えている事がバラバラでは舞台はまとまらない。それをまとめるのは演出家の仕事になる。演出は演出方針を決定し、スタッフの思考を統率して一つの大きな流れを作る。そうなって初めて舞台は演出の施された一本の作品になる。

「だからさ。映画だとまた別なのかもしれないけど」

「ええ」

「その監督の考えてることが解らないうちは、要求に応えるのは難しいんじゃないか？」

「あ……」

伊藤先生の言葉を聞いた瞬間。僕は当たり前のことに、本当に当たり前のことにもう一度気付き直す。

そうだ。それは当然だ。演劇も映画も関係ない。集団で物を作る上では当たり前のことだ。みんなで一つの物を作るのだから、みんながみんなの考えていることを理解し合っていないといけないのだ。

僕は最原さんを見ながら演技をしていた。最原さんの要求に応えようと必死でやっていた。最原さんと正面から向き合って、最原さんの事を考えながら演技をしていた。

でもそれじゃ駄目なんだ。

だって最原さんが見ているのは僕ではないのだから。最原さんはもっと違うものを、もっと遠くを見ていて、そこに辿り着くために僕を指導しているのだから。

最原さんを見ても駄目なんだ。

最原さんの見ているものを見なければいけないんだ。

それはまさに、真面さんがやろうとしていることと同じだった。

「最原さんを理解する……」

僕は呆然と呟く。真面さんだけじゃない。ホームズにならなきゃいけないのは僕も同じなんだ。最原さんを理解できない限り、僕にこの映画の主演は務まらない。

だけどそれは、僕の前に突如として現れた、あまりも巨大な壁だった。だって僕は彼女のことを本当に何も知らない。あの尋常じゃない映画監督のことを、あの天才のことを何も解っていない。僕は、彼女の映画の一本すら見たことがないのだ。

できるんだろうか。

僕に、できるのだろうか。

「最原さんというの？　その監督さんは」

伊藤先生が僕の呟きを拾った。

「あ、そうです。最原最早さんです」

「最原さん……あれ、どっかで聞いたことがあるな」

「え？」

「ええと……あー。そうだ、そうそう、その人だよ」

「伊藤先生、ご存知なんですか？」

「や、俺は知らない。会ったこともないけど。ただ同僚から前に聞いたことがあったのを今思い出したんだよ。そうだそうだ、最原最早さん」

伊藤先生は頷きながら言った。

「その同僚がね、最原さんの映画のファンなんだってさ」

0.8

1

自転車を駐輪場に止めて撮影所入りする。バスは住宅街を迂回《うかい》して走っているので、通うのは自転車の方が早い。Tシャツとハーフパンツはたったの二十分で汗だくになっていた。八月の酷暑が続いている。

スタジオの中に入ると膨大な電力で回り続ける空調が夏を切り取っていた。まず最初にスケジュールボードの前に立つ。僕の背の倍ほどの横幅を持つ巨大なホワイトボードには、『2』に関する直近のあらゆるスケジュールが書き込まれている。

僕の撮影予定は無い。

向こう二週間はナタリーの撮影で埋まっていた。そしてその内容も非常にタイトだ。でも最原さんはできないことは書かない。だからこの日程でこのカット数が撮れるという確信があるのだろう。僕も可能だと思う。ナタリーと最原さんのコンビなら、この分量の撮影もきっとこなすだろう。

今日の午前中はロケの予定になっている。

僕は鞄を下ろして、同行の準備を始めた。

2

覚悟を決めて見学に来ているはずなのに、僕は今日も打ちのめされていた。

ロケはあまりにもスムーズだった。そしてその理由も一目瞭然だ。ロケを速やかに終わらせたのは偏《ひとえ》にナタリーの素晴らしい演技。女優ナタリー・リルリ・クランペラの切れ過ぎの演技によるものである。

この一週間、僕はずっとナタリーの撮影に同行している。

その間僕は、最原さんとナタリーの作り方をずっと見続けていた。最原さんが何を求めてカットを撮っているのか、ナタリーが何を考えて演技をしているのか、それを理解するために、僕はナタリーの撮影シーンを追い続けた。現場にはきっと何かの答えがあるような気がした。

しかし謎はあまりにも深かった。最原さんは現場でほとんど指示を出さない。そしてナタリーもほとんど質問をしない。カットの合間に二言三言交わすことはあったが、この二、三日はそれすらも無くなっている。

ナタリーの演技は、撮影インした直後よりも明らかに切れを増していた。

彼女のカットは今までも二、三テイクで撮り終わっていたというのに、今日に至ってはファーストテイクで終わってしまうカットもしばしば見られる。一発撮りの一発OK。そんなカットが撮れると最原さんはちょこんとピースをする。そしてナタリーは満面の笑みでそれに応える。彼女たちの間には僕が未だに見えてすらいない次元の情報伝達経路があるように感じる。二人は僕の知らない言葉で話している。

一度僕は、直接本人たちに聞いてみた。二人はいったい何を考えながら撮影をしているのかと。最原さんは撮り終わったばかりのカットを僕に見せて「こんなことを……」と言った。ナタリーは慈しむような笑顔で「それはきっと数多さんが自分で辿り着かなければいけないことなんですよ……」と言った。突然流暢になる意味はわからなかったがやっぱりお前喋れるだろうと突っ込んでおいた。

ただ、一つだけ確認できたことがある。

撮影中、テイク1とテイク2の間で話をする二人を見た。最原さんはナタリーを見ずに話していた。ナタリーもまた最原さんを見ずに話していた。彼女たちはお互いに向かって話しながら、相手のことなど一切考えていなかった。

多分二人は同じことを考えていたのだと思う。

それが何なのか。

僕にはまだわからない。

3

学生や主婦で溢れる夕方の街を自転車で抜ける。本当は夜の撮影にも同行したかったけれど、僕には僕で与えられた課題がある。今日は伊藤先生と約束した講義の続きの日だ。

この講義の意味も僕はまだわかっていない。生物の授業が映画とどう関係するのか。本当にこれが役者の勉強なのか。ノーヒント過ぎる難問の前に途方に暮れる。これに比べれば豚真似クイズなど子供の遊びである。いややっぱり子供の遊びではない。

藤凰学院の中に入ると、夕日に染められた敷地内の木でアブラセミがジージーと鳴いていた。八月ももう終わろうとしている。

4

"meme"

「《ミーム》。知ってる？」

伊藤先生は板書を指して僕に聞いた。首を振る。初めて聞く言葉だ。

「じゃあ最初から説明しよう。前回の講義時間に収まらなかった部分ていうのは、実は生物学の分野からはちょっと外れたとこなんだ。こないだの進化論がベースになってるから完全に無関係というわけじゃないが。内容としては理系よりもむしろ文系寄りの話かもしれない」

先生は板書を眺めながら続ける。

「ミームとは前回の利己的遺伝子論を展開したリチャード・ドーキンスが考えた、情報と伝達に関する概念なんだ。生物の遺伝子に対応する言葉。ジーンが生物の情報を担う単位なら、ミームは人の心と文化を担う情報の単位とされている。なかなか説明の難しい概念ではあるが……」

伊藤先生は少し考えてから、《ビートルズ》と板書した。

「ビートルズは実在する四人のバンドだ。物理的実体としてビートルズは存在する。だがそれとは別に、我々の脳内には《ビートルズ》という情報が存在する。それとは別に《ビートルズを聴く》という行為、また別に《ビートルズの曲》という音楽、《ポール・マッカートニー》という個人、それぞれについて実体とは別に情報がある。それを全て《ミーム》と呼ぶ」

先生は板書を増やしながら説明した。僕は頭の中でそれを嚙み砕く。《ビートルズ》という情報がミームで、《ビートルズを聴く》もミームで、《ビートルズの曲》もミームなのか。意味を持つものは全部ミームじゃないか。なんか大雑把な言葉だなぁと思った。

伊藤先生は続けて、丸い頭の棒人間を黒板に書いた。

数体の棒人間が横に並ぶ。

「一九六〇年代にビートルズが誕生する。それと同時に、ビートルズを見た人、聴いた人の頭の中に《ビートルズ》のミームが誕生する」

一人の棒人間の頭の丸の中に《ビートルズ》と書き込まれた。その人が友達にビートルズを勧める。すると友達もビートルズを知る。これで友達の頭の中にも《ビートルズ》のミームが生まれる」

「隣の棒人間の頭にも《ビートルズ》と書き込まれる。増えた。

「これを《ビートルズ》のミームが複製された、と考えるんだ」

「増えてますね」

「増えるといえば遺伝子だ」

伊藤先生は超強引な論法で話を進めたが、つっこむ所ではないので大人しく聞く。

「生物の遺伝子は次世代に複製される。ミームもまた人の脳を媒介として複製されていく。ここでドーキンスの《利己的遺伝子》を思い出してほしい。彼は〝自然選択は遺伝子に働く〟と言った。その理論を彼はミームに適応する。ミームもまた遺伝子と同じように、自然選択を受けることになる」

先生は棒人間を指差す。

「友達に《ビートルズ》を勧められた二人目の彼は《ビートルズ》を聴く。もし彼が《ビートルズ》を良かったと感じられたら、また別の友達に勧めるだろう。すると三人目の脳内にも《ビートルズ》のミームが複製される。そうしてどんどん広まっていく。だがこの二人目の彼が《ビートルズ》をイマイチだ感じたらどうか。彼は誰にも勧めないし、本人の頭からも忘れられる。これはつまり淘汰だ。わかるかな？　《ビートルズ》のミームはここで自然選択を受けているってわけだ」

なるほどと頷く。情報に対して、進化論の論法を当てはめて考えるのか。

「そしてミームには自然選択と同時に《変異》も起こっている。たとえば《ビートルズの曲》を聴いた人間が、それに似た曲を作ったとしよう。これがミームにおける《変異》だ。その新曲はまた自然選択を受ける。良ければ広まるし、悪ければ消える。元の曲にかなり似ているなら盗作だと言われて消えるだろう。大きな変異が起これば それはもう新しいミュージックだ。こうして《ビートルズの曲》のミームが変異して新しい音楽のミームが誕生する。それが定着すれば、ミームの〝進化〟というわけだ」

先生の説明を聞いていると、確かに生物の進化に似ているなと思えた。

情報が変化して、僕らの脳という環境の中で有用無用や好き嫌いで選択されて、消えて、残り、伝わっていく。

「今説明したのが一番単純な例だが、ミームの概念はとにかく幅広い」

そう言うと伊藤先生は次々と板書を追加していく。

《流行》《習慣》
《伝統》《宗教》
《芸術》《言葉》
《真実》《嘘》
「あらゆる意味、あらゆる情報、あらゆる文化が、人類の脳を渡り歩きながら変化し、自然選択を受けている。数多君に近い分野だと、映画とか芸術作品も突然変異と自然淘汰を繰り返しているな。面白い、美しいと感じられたものは残って変異していくし、つまらない・醜いと思われたものは消えていく。創作物なんか特に淘汰圧がかかりやすい分野だろう。でもここで本当に面白いのは……」
面白いのは、と言って先生が板書した言葉は。
《面白い》と《美しい》だった。
「《面白い》という概念自体、《美しい》という概念自体もまたミームであり、両方ともが常に進化を続けているという点だ。自己言及的になって解りづらいかもしれないが……。そもそも人間以外の生物には美しいという感情は無いだろう？　類人猿が人に進化し、人が社会を作り、社会が文化を形成していく中で初めて美しいという感情は生まれた。面白いという感情も生まれた。それが我々に今でも残っている。淘汰されずに進化しながら残っている。それは《面白い》と思う感情が、《美しい》と感じる気持ちが、何かにおいて〝有利〟に働いたからなんだと考える」

伊藤先生のチョークが新しい言葉を書き出す。

《進化心理学》

「これが《進化心理学》だ。人間心理とは、社会と文化の中で自然選択された結果であると考えるわけだな。喜怒哀楽や性適応のような単純な思考に始まり、広義には言語・道徳・宗教・芸術などの発展も進化の論法で繙《ひもと》いていく」

僕は先生の説明を心の中で反芻する。

なんだが最原さんも前に同じようなことを言っていた気がする。

自然選択された心。自然現象と意志の境界。

社会と文化の中で揉《も》まれて研鑽《けんさん》されて育まれた、僕たち人間の心。

「進化は生物的なものだけじゃない。人の心も、人の文化も、全てが進化の結果なんだ。感情も、生き方も、あらゆるものが長い年月の中で変異して自然選択されて残ってきた表現型なのさ。芸術を楽しむ心、娯楽を喜ぶ感情、友達を大切に思う文化、人を愛する気持ち、そんな人間として普遍的な部分も昔は存在しなかった。それはつまり進化の過程で生まれた、情報の〝新種〟なんだよ」

「〝新種〟……」

「しかもこの文化進化というのは、生物進化に比べて格段にスピードが速い。理由は二つ。一つは物理的媒体と乖離した情報体なので最高速度ならば光の速さで伝達と変化が可能であること。第二にランダム突然変異と自然選択の生物進化と違って、文化進化は人間の意志で方向を決められること。イタチプログラムの例の通り、正しい条件が設定できるなら何京年を一秒に短縮することだってできる。こうしている今だって、俺達人間の文化は物凄い速さで進化を続けているんだ」

伊藤先生が黒板を横に使って、長い線を一気に引く。そして片方の端に《四〇億年前》と書き込んだ。

「約四十億年前、地球上に最初の生命が誕生した。その生命は長い進化の果てに人間となった。その人間は今、科学・芸術・宗教・娯楽、その他あらゆる文化を進化させ続けている。数多君。この授業では進化論の話をしてきたが、今日の文化進化の話は決して横道じゃあない。文化の進化とは、生命誕生から連なる一本の長い直線の最先端といえる」

先生は直線の反対の端に《現在》と書き込むと、

そこから先に、さらに新しい線を伸ばしていく。

「この線の先を多くの人が考えている。答えはいまだない。だけどその質問自体はとても有名なフレーズだな。ゴーギャンの画のタイトルにもなってる。数多君、知ってるか？」

僕は首を振る。

伊藤先生は講義の締めくくりとして、そのどこまでも遠大な質問を僕に教えてくれた。

「〝我々はどこから来たのか、我々は何者か、我々はどこへ行くのか〟」

5

名残惜しい気分で授業は終わった。

廊下を歩きながら、僕は伊藤先生にいくつか質問をした。先生の授業を聞いていると、そこで得た知識から連鎖して次の質問が湧いてくる。知れば知るほど知りたいことが増えていく感じがした。高校の時にこういう人から教わっていたら僕も科学者への道を歩んでいたのかもしれない。サイエンスは真理だ。ちょっと影響を受けやす過ぎるのは自分でも何とかしたいと思う。でも本当に楽しかったのだ。出来ればもっと色んなことを教わってみたい。

しかし当たり前だが先生には仕事があるし、もちろん僕にもやらなければいけないことはある。僕は科学者ではなく役者なのだから、自分の課題から目を背けているわけにはいかない。

廊下の窓から外を見ると陽が落ちかけていた。八月の残り陽が空を藍色に染めている。もう十九時近くだろうか。

「数多君は時間大丈夫なの？」

伊藤先生も沈む陽を見ながら言う。

「ええ、僕は大丈夫です。むしろその先生の方は……」

「あいつは学校の主みたいなもんだから」

言って伊藤先生は、窓の外に見えている別の校舎を指差した。

あそこに伊藤先生の同僚、つまり最原さんが連絡をした先生がいるという。今日はいらっしゃるらしく、今からお目通りが叶《かな》うことになった。

その先生が、最原さんの映画のファンらしい。

監督の理解という難題に行き詰まっている身としては、ぜひとも最原さんの映画の話を色々と伺いたい。ていうか、もし実物をお持ちだったら見せてはもらえないだろうか。最原さんの過去作品……ぜひとも見てみたい。正直どんなものか欠片《かけら》も想像できないけれど。

と、その時。廊下の向こうから人が走って来た。

「伊藤センセ！」「センセェ！」

女生徒と思われる二人はジャージ姿でドタバタと駆け寄る。そしてそのまま伊藤先生の腕とお腹《なか》に絡みつく。遅くまで残っているなと一瞬思ったが、そういえばこの学校は寮もあるとパンフレットに書いてあった。ここで暮らしてる寮生なのかもしれない。

女生徒たちは伊藤先生に向かってギャーギャーと騒いでいる。途中で本当にギャーと言った気もする。一人が「お客さんと女の子のデリケートな話とどっちが大切なんですか⁉」と叫びあげていた。これほどデリカシーの無い女子も珍しい。

「すまん、数多君。ちょっと用事できちゃって……。一人でも行ける？」

伊藤先生は申し訳なさそうに言う。後ろでは女子二人が「ギャー！」「ギャー！」と言っている。こういう鳥いる。

「全然平気ですよ」僕は手を振って答えた。「あの見えてる建物ですよね？」

「そうそう。多分一階に名色《みようしき》という先生が居るから」

「わかりました。あの、ありがとうございました、本当に」

「こちらこそ。閉館の看板出てるかもしれないけど、構わず入っちゃって」

そう言って伊藤先生はデリケートな悩みを持つ女生徒に引っ張られていった。女生徒二人はデリケートに好きして〜とハモりながら去っていく。聞き覚えのある曲だが思い出せない。大昔の歌のような気がする。遠い記憶をたどりながら、僕は伊藤先生を見送った。

校舎の裏口から出て、並木の植えられた道に出る。

もう大分暗いのに、学校内にはちらほらと生徒の姿が見えた。部活動か寮生か。闇夜に紛れてウロウロしている女生徒はまるで狼《おおかみ》のようだ。僕は襲われないように気をつけながら足早に道を渡った。

目的の棟の入口に着く。

くすんだ煉瓦《れんが》造りの壁に白い洋風の窓が並んでいる。他の校舎と比べても一際古い印象の建物に緑のツタがワラワラと繁茂していて、夏の夜の暑苦しさを助長していた。煉瓦アーチの玄関は両開きの木戸が開け放たれていた。その右側には石を彫刻した重厚な看板があった。

『藤凰学院　王母図書館』

図書館だったのか。それにしてもかなり大きい。建物だけ見れば吉祥寺の市立図書館よりも大きいんじゃないだろうか。

玄関の石段を上る。開いた扉の真ん中には『本日は閉館しました』のボードが立っていた。が伊藤先生に言われた通りにスルーして、僕は館内に入った。

中はまさに本の海だった。

天井から下げられたたくさんの傘電球が黄色い光で室内を照らす。焦げ茶色の書棚が視界いっぱいに並んでいる。通路の果ての突き当たりにも書棚しか見えず、さらに奥にもまだ本が続くのだろうと思わせた。そして閉館の看板が示す通り、中には誰の姿も無かった。

左手にあった受付カウンターに行ってみる。誰もいない。すいませーんと奥に声をかけてみたが、返事は無かった。

僕は所在無げに館内を歩き出した。

幾重にも続く本棚の間に誰かいないか注意しながら歩を進める。見れば見るほど凄い蔵書量だ。カウンターの案内図を見たところ、上は五階まであるらしい。上階もこの調子なのだとしたら本一冊探すのも一苦労だろう。ふと目についた一冊を抜いてみる。バーコードが付いているが、裏表紙を開くと貸し出しカードも残っていた。どの本もかなり古そうだけど、とても大切にされている印象を受けた。

それから少し歩いた所で、僕は分類記号一〇〇番と二〇〇番の間で立ち止まった。

書棚の小路《こうじ》の先に本を開いた女性が立っている。

青いストライプのシャツに黒いスカートの女性は、こちらに気付いて顔を向けた。頭の後ろで二つにまとめた黒髪が腰ほどまで垂れている。僕は本棚の間を通ってその女性に近付く。

「あの、名色先生ですか？」

女性は開いていた本をポフンと畳んだ。

「ああ」

「はじめまして。僕」

「数多一人君」

「え、ええ」

女性は僕の顔を見て、印象的な黒い瞳を細くする。

「名色量子《りようこ》だ」

名色さんは微笑んで言った。

初対面の人にこんなことを言うのもなんだけれど。

それはなんとも怪しい雰囲気の、妖艶な微笑みだった。

「お茶でも入れよう」

6

窓の外は完全に陽が落ちて、宵の闇が広がっている。

通された部屋は『司書室』と書かれていたが、中は完全な個人部屋のようだった。

書棚にはたくさんの本が乱雑に並び、年季の入った木製の机の上には山のような書類が積み上げられている。その書類は全部英文で、内容は解らないが何かの論文のようにも見えた。

窓際に設置された蛇腹のヒーターが建物の古さを感じさせる。それも相まってか、司書室というよりは昔の大学教授の部屋みたいだと思った。

「実際ここは、教授先生の部屋だった事もある」

名色先生が、備え付けの流しでカップを出しながら答えた。

「ここに大学があったんですか？」

「大昔にね。ほら、ここは藤凰学院というだろう？」

「ええ」

「東央《とうおう》大学は、元々はこの学校が母体なのさ」

「え、ほんとですか？」

本当さ、と先生は軽く答えた。

東央大といえば言わずと知れた日本一の大学である。まさかそんな超有名大学の前身が吉祥寺のこんな近所にあったとは。今日まで全く知らなかった。

「明治の学制改革で分かれたのが始まりでね。分派後に藤凰学院は教育主体に移行して、東央大学は研究主体に移行した。以降もそれなりに交流はあったけれど、今はもう名残しかないな。この図書館の蔵書が非常に充実しているのも、その名残の一つだよ」

なるほど。確かにこの図書館はそこらの大学の図書館と比べても半端無く広い。中高生だけで使うには過ぎた施設だと思ったけれど、そういう歴史があったのか。

「散らかっていてすまないね」

言いながら、名色先生は白いカップに入ったお茶を僕の前に置いた。

「あ、いえ、全然」

僕は恐縮して頭を下げる。良い香りがする。ハーブティーっぽいがあまり詳しくないのでよくわからない。久しくこんなちゃんとしたお茶は飲んでいなかった。ペットボトルも別に不味《まず》いわけじゃないけど。

名色先生は自分の椅子に腰掛けて、お茶の香りに目を細める。

先生は二十代後半くらいで、伊藤先生よりも若く見えた。でもそのハスキーな低い声色が、見た目以上に彼女を落ち着いて見せている。

「ここは私の司書室なんだ」

名色先生は部屋を見回して言った。

「司書の先生一人一人に部屋があるんですか?」

「いいや。私はちょっと特別でね……。言ってしまうと私はここの理事長先生の親戚みたいなものなんだよ。つまりコネがあって、そのおかげで良い待遇を受けられている。単なる司書ではなく、研究者という名目で雇われているんだ。まぁついでに教員としても雇われているけれどね」

だから論文みたいなものが散らかってるのか。

それにしても高校の先生で研究者というのはあまり聞いたことがない。高校教師なんて研究どころか日々の雑務でいっぱいいっぱいなものだと思ってたけれど。この学校は人手が余っているんだろうか。さすがは私立である。

「しかし君は」

名色先生は僕の目を見た。

「え、はい」

「なんというか……普通だね」

僕は遠い目で頷いた。慣れている。普通と言われるのはもう慣れている。数多一人の星はエキストラの星。この事実は主演男優に抜擢された今もあまり変わっていない。変わらないといけないのだが。

「いや失敬。なにせ、あの最早君が人をよこすと言うものだからさ。いったいどんな奇人が来るのかと楽しみにしていたんだよ」

僕はおっ、と思い出す。そうだった。

「名色先生は、最原さんとはどういうお知り合いなんですか？」

「お知り合いというほど大層なものでもないよ。私なんて市井《しせい》の一ファンさ。彼女の映画のね」

そう、そこだ。聞きたかったのはまさにその辺の話だ。

「あの」僕は少し身を乗り出した。「聞かせてもらってもいいですか？　最原さんの映画の話」

「彼女の映画の話？」名色先生は首を傾げる。「だって君は、彼女の映画に今まさに出演中と聞いているけれど？」

「そうなんですが……実は僕、まだ最原さんの映画を一本も見たことがなくて……。もしよろしかったら、最原さんが前に撮った映画の話をお聞きできないかなと思ってきたんです」

「ふむ……とは言っても。私もまだ彼女の映画は二本しか見たことがないんだけれどね」

「二本、ですか？」

「しかも一本は、もう十年も前の話だ」

また極端な話だ。二本しか見たことがなくて一本は十年前とは。

十年前と言ったら……ちょうど最原さんの子供が生まれた頃だろうか。子供が生まれる前後の大変そうな時期にも、あの人は映画を作っていたんだろうか。まぁやりそうな気はするけど。

「だけどもう一本は、ついこの間見たよ」

「ついこの間……といいますと」

「君がここに来る前さ。十日くらい前だな。それが今回の報酬だよ」

「報酬？」

「君に勉強を教える報酬さ、数多君」名色先生はさらりと言った。「最早君が私のところに映画を届ける時はね、決まってなにかしら頼み事がある時なのさ。また憎らしいことにあの子は、私が彼女の映画の大ファンだというのを十全に理解していてね……。断れないのを承知で持ってくるのだから余計質《たち》が悪い。ま、私も久しぶりの彼女の映画に大喜びした手前文句も言えないがね……」

名色先生は苦虫を噛み潰したような顔で語った。

知らなかった。まさか僕をここによこすのにそんな取引があったとは。しかし報酬の映画なんていつ用意したんだろうか。ここ数ヶ月は『2』の作業でかなり忙しかったはずなのだけど。過去作の中から持ってきたのかな……。だとしても、最原さんが僕のためにそんな手間をかけてくれていたとは。僕は妙に嬉しくなってしまう。期待してもらえているんだろうか。

だけど今は、それよりも何よりも。

「その映画」僕はさらに前のめりになって聞いた。「どうでした？」

「ああ……」

名色先生は。

優しい微笑みを湛《たた》えた。

「最―――――――――――――――――――――――――っ低だったよ」

「……はい？」

先生はその女神のような微笑みを湛えたままで言った。

「最低だった。最低だったよ。最っ高に下らない、最っ低の内容の映画だったよ。B級映画、そうB級映画だ。B級もB級もB級の、BBBBB級映画だったよ。見た後私はディスクを取り出して壁に叩きつけた。それから粉々になるまで踏みつけた。そしてその粉が部屋に散っているのが許せなくてハウスクリーニングの業者を呼んだ。だが業者が清掃した後のゴミ袋に入っている粉が許せなくてそれを奪い取って校内の焼却炉で燃した。だがその粉が燃えたススが許せなくて学校に頼んで焼却炉を新調してもらったよ。ああ腹立たしい。ああ忌々しい！　ああ不愉快だ!!　なんだあの映画は!!　作った奴は頭を下げろ!!　それから死ぬべきだ!!　死んで詫《わ》びるべきだ!!　この私に!!　あんな映画を見せられたこの私にだ!!」

名色先生は椅子を投げた。ドガガチャンという音を立てて椅子が部屋の隅まで滑る。先生ははぁーはぁーと息を荒らげながら立ち尽くしている。僕はその一部始終を自分の椅子の後ろ側に隠れながら見ていた。恐怖であった。

「あの……その……大丈夫、ですか？」

名色先生ははぁーはぁーとしばらく息を整えてから、椅子を拾いに行く。

「失礼……取り乱した。いやなに……酷い映画だったものだからねぇ……ふふ……」

名色先生は椅子を戻しながら力無く笑う。いったいどんな凄絶な内容だったのだろうか……と、そこで僕は気付く。

「ということは、もうその映画は……」

「うん？　ああ、ない。消滅したよ、この世から」

やっぱり……。

がくりと肩を落とす。あわよくば実際のフィルムを見られないかと思っていたのだが、夢は儚《はかな》く消えた。

「一応お伺いしますけど、その十年前の方の映画というのも……」

「当然無い」

再び肩を落とす。最原さんの過去作鑑賞計画は終了した。

「なんだい、見たかったのかい？」名色先生は腰かけ直して言った。「あんなもの、見てもしょうがないと思うけどね」

「そんなに酷かったんですか……」

「酷いのは確かに酷かった。だけどそれ以前にね」

名色先生はお茶を一口啜ってから言う。

「あの映画は、最早君が私のために作ってくれた映画だからねぇ」

「先生のため、ですか？」

「そう。両方共ね。十年前の映画も、十日前の映画も、等しく私のために作られた映画だった」

「それはどういう……」

「言葉のままの意味だよ、数多君。その二本はね、最原最早君が私に見せるために企画構成演出をした、私が見るためだけに存在する二本だったんだよ。あらゆる内容、あらゆるセンスが私だけをターゲットにして調整されていた。だからあの映画は私以外の人間が見てもそれほど面白くないだろうし、さほど特別でもないはずだ。数多君が見たところで、もしかしたら普通に流して終わってしまうかもしれないな」

名色先生は淡々と説明してくれた。それは口で言うのはとても簡単で、だけれど作れと言われたらとても難しいであろう、物凄く特殊な映画の作り方だった。たった一人に見せるためだけに作った映画。

映画のオーダーメイド。

いったいそれは、どんな映画だったのだろう。

「しかし、なんでそんなに彼女の映画が見たかったんだい？」

名色先生はわざとらしく首を傾げて、僕に聞いた。

「あ、その……」僕は離れそうになっていた意識を会話に戻しながら説明する。「ご存知の通り、僕は最原さんの映画に出てまして。今もまさに撮影中なんですけど。ただ僕の腕が足りなくて、最原さんの思うような演技が出来てなくてですね……」

「ふむ」

「でも一緒に撮ってる別の役者の子は、まるで最原さんの考えてることが解るみたいにOK連発なもんで……。僕ももうちょっと最原さんのことを理解できてないといけないなあと思った次第なんです」

「それで彼女の映画か」

なるほどねぇ、と先生は笑う。

「確かに彼女という人間を理解するのは、我々凡人には難易度が高いだろうなぁ。最原最早というのは、言うなれば〝天才のキリン〟だからね」

「天才の……キリン？　ですか？」

「伊藤先生に進化論を教わったんだろう？　数多君」

「え、はい」

「自然選択説だよ、数多君。突然変異と自然選択でキリンの首が長くなって、高所の葉を食べられるようになった。流石にこれくらいはわかるだろうね」

僕は頷く。一番シンプルな自然選択だ。

「じゃあもしその首がもっと伸びて木を追い越してしまったら。葉っぱが食べにくいと思わないかい？」

「そうですね。あんまり長いと重いでしょうし」

「当然短ければ届かないから食べられない」

「ええ」

「でもキリンには、い、いそれが解らない」

「へ？」

「キリンは馬鹿だからねぇ」名色先生は妖艶な笑みを浮かべて続ける。「キリンの知能では〝首は葉に届く長さがいい〟〝長すぎてもダメだ〟〝短すぎてもダメだ〟という事実が理解ができないってことさ。当然だろう？　だってそれが解っているんだったたら、あとどれくらいの高さが必要か解るなら、踏み台でも作ってその上に乗って食べればいいんだから」

「まぁそれはそうですけど……。目的がちゃんと解ってて道具が作れるなら、別に首が進化する必要はないですし」

僕は想像する。知能が高いこと自体有り得ないんだろうが、蹄《ひづめ》で踏み台を作るというのも相当難しそうだ。

「では別な質問をしよう。数多君」名色先生が話を変える。「今世界には何百人、何千人という映画監督がいるね」

「え？ ええ。多分それくらいはいるんじゃないでしょうか」

「みんな面白い映画を創ろうと頑張っている」

「そうですね」

「じゃあなぜ誰も、一番面白い映画を作ってしまわないいんだろうね？」

「え？」

質問の意味がよく理解できずに反射的に声が漏れた。

「一番面白い映画って……」僕は考えながら聞き返す。「え、どういう意味ですか？」

「それが答えだな数多君」先生は言う。「なぜ誰も一番面白い映画を創らないのか、なぜ誰も一番面白い映画を創れないのか。答えは簡単。解らないからだよ」

名色先生は両手の人差し指を立てると、それぞれを上と下に向けた。

「面白いということが何なのか、実は世界の誰も理解していないのさ。どっちに進めば面白くなるのか、どっちに進むとつまらなくなるのか、本当の意味で解っている人間はいないね。多くの監督や演出家は経験則としてそれを学び、そして創っている。だがそれもあくまで経験則でしかない。葉っぱを食べやすい木の場所を覚えておく程度の技術。今まではそうだったからこれからもそうというだけの、場当たり的で総当たり的な、物量に頼った消極的方向決定でしかない」

先生は別々の方を指していた両手の指を近付けて、空中の一ヶ所を指差す。

「だけど、もし我々より知能の高い人間がいたら、天才のキリンがいたら、《一番正しい首の長さ》が解るかもしれない。我々には見えていない〝面白い〟の解答が見えるのかもしれない。〝美しい〟の解答が見えるのかもしれない。我々はいったい何を目指して創っているのかという《創作の解答》が見えるのかもしれないね。そして、そんな天才のキリンが本当にいるんだとすれば」

名色先生は。

細めた黒い目で僕を見た。

「それは最早君のような人間だろうと、私は思うんだよ」

「天才のキリン……」

僕は先生の話を頭の中で反芻しながら、その言葉を呟いた。

どうすれば面白いのか解る人間。どうしたら美しいのか解る人間。一番面白いものに、一番美しいものに、創作の答えに迷わず辿り着けるような、人間より知能の高い人間。

天才。

最原さんの顔を思い出す。

僕は、なんだか絶望的な気分になっていた。

最原さんのことを理解しようと思っていたし、なんとかして最原さんの望む演技を見せたいと今も思っている。だけどもし最原さんが、名色先生の言うような超越の天才だとしたら。僕のような普通のキリンが何もわからず葉っぱを食《は》むのを、神のような視点から見ている天才のキリンなのだとしたら。理解なんて、できるのだろうか。

それはもう、普通のキリンの限度を超えた望みではないだろうか。

でも……だったら、どうすればいいんだろう……。普通のキリンはどうやって生きろと言うのだろう。闇雲に草を食み続けながら、偶然最原さんと同じ正解に辿り着くのを祈るしかないのか。でもそれじゃあ。そんなことじゃ、いつまでも僕は。

「なぁ数多君」

顔を上げると、名色先生が困ったような笑顔で僕を見ていた。

「そんな顔しないでくれよ」

「いえ、その」

慌てながら顔を取り繕う。どんな顔をしていたんだろう……。

「ごめんごめん。別に君の希望を打ち砕こうと思ってこんな話をしたんじゃないのさ。いや最早君の話ができる相手なんて久しぶりだからね。ついつい興が乗って余計な話もしてしまった。ほら、元気出したまえ。最早君だってそこまで天才じゃないよきっと。気持ち天才ってくらいのものさ」

先生はフォローしてくれているが、かなり適当なフォローだったので僕の自信は砕けたままだった。気持ち天才といったって天才だし……。

「それにほら、別に彼女のことをそこまで完璧に理解できなくてもね」先生は僕の顔をひょいと指差す。「数多君の悩みくらいなら簡単に解決するよ」

「え?」

「あれだろう? 君は最早君が何を考えて撮影しているのか解らなくて悩んでいるんだろう?」

「え、ええ。そうです……」

「私は解るよ」

名色先生は椅子に体を預けて足を組んだ。長いスカートに隠れていた足が一瞬見えてどきりとする。

「至って簡単なことだ」

7

「数多君。こういう時はね、なるべく余計なことを考えないようにするのがポイントなんだよ。オッカムの剃刀《かみそり》さ。余計な仮定は問題の難易度を上げる。確実で間違いないと定まった条件だけを使って、そこから導き出される一番シンプルな答えを解とすべきだ。いいかい数多君。私はこれから当たり前の、当然の、明白の事実だけを言うよ。一つ目。最原最早は映画監督だ」

名色先生の黒い瞳が僕の目を見ている。

「え、ええ、そうです」

一拍遅れて僕は返事をした。最原さんは映画監督だ。間違いない。

「彼女は確かに天才と称するにふさわしい人間だ。だがそれでも彼女は映画監督だ。映画監督という定義に収まる以上は、天才だろうがなんだろうが映画監督の考えることを考えざるを得ない。では数多君。映画とはなんだろう？」

「映画、とは……」

大きな質問に頭の中が真っ白になる。映画、とは。

「違うよ数多君」

考えようとした瞬間、名色先生が僕を止める。

「そんな大層な答えは求めてない。映画の解とか偉そうな話はしていない。私は定義を聞いたんだ。代わりに答えよう。映画とは映像と音を同時に鑑賞する創作物だ。ここに集約点がある。わかるかい、数多君。映画は鑑賞するものなんだよ」

聞いて頷く。それもまた当たり前のことだ。

映画は観るもの。疑う余地はない。

「映画は鑑賞するためにある。そこが特異点。そこがゴールだ。後は終わりから考えるだけでいい。犯人の解っているミステリーのように簡単に答えればいいのさ。鑑賞するためにある映画なのだから。鑑賞するために創っているのだから」

先生の話を聞きながら、僕の頭の中で余計な条件が払われていく。考え方がシンプルになっていくのが自分でわかる。

そうだ。映画は見るために創っているのだから。

「創っている人間が、創っている間に考えることはたった一つ」

名色先生は人差し指をピンと立てた。

「〝観る人間〟のことだ」

名色先生の、物凄く簡単な答えが放たれた。

ああ。

ああ、そうだ。

そんなこと、そんなことは、僕は昔から、それこそ演劇をやっていた高校生の頃から知っていたはずなのに。

「全ての創作は鑑賞するために存在する」名色先生は子供に言い含めるように、当たり前の事を語る。「最原最早といえど、創作をする以上はその制約から逃れることはできない。最後は見せるんだ。必ず見せるんだ。だから創る時に考えることは、全てそこに集約する」

僕は最原さんとナタリーの撮影現場を思い出していた。

二人は同じ物を見て話していた。同じ視点から話していた。役者と監督という全く異なった役割の二人が、同じ結論を前提として言葉を交わしていた。僕にはそれが解らなかった。二人が何を見ているのか解らなかった。

だけど違った。僕はもう知っていたはずだ。それを忘れていただけだった。

〝観る人〟

最原さんがどんなに天才でも、この映画がどれほどの規模の超大作でも、その最後は自主制作映画と全く同じ所に辿り着く。

どんな映画だって。

最後は必ず人が観る。

頭の中が、なんだかとてもクリアだった。

「だから君も、観る人間の事を考えるといい」名色先生は生徒に正解を教えるように言った。「それだけで君は、もう彼女と同じ所に立っているはずさ」

「あの……」

僕は顔を上げて、先生に向く。

「ありがとうございます」

「コネで雇われて、のんびり本を読んでいるだけに見えるかもしれないが、私もこう見えて教師の端くれだからねぇ」

名色先生はその妖艶な目をニタリと歪ませて言った。

「人に教えるのは得意なんだ」

8

真っ暗な学院の中を、名色先生に連れられて歩く。正門はもう閉まっているらしく、僕は裏門へと案内されている。

「そういえば……」

僕は歩きながら隣の先生に聞いた。

「最原さんは、十年前にも映画を持ってきたんですよね？」

「そうだね。もう十年か。早いものだ」

「その時の頼み事って、なんだったんですか？」

「ああ」名色先生はクスリと微笑む。「懐かしいねぇ。あの時が私と彼女の初対面だった。というかそれ以来会っていないよ。こないだ久しぶりに連絡がきたと思ったら郵便だ。彼女と直接会ったのは十年前が最後だな」

「それはまた極端な疎遠ですね……」

「最早君に普通を求める方が間違っているだろうしね。で、その時の頼み事の話か……そうだなぁ、どこから話そうか」

先生は少し考えてから、くるりと僕の方を向いた。

「数多君。〃永遠の命の生徒〃を知ってるかい？」

それは、前にもキョトンとした質問だった。

僕はやはりキョトンとした。

「いえ、知らないですが……。そういえば同じ事を伊藤先生も言ってましたけど。それ、いったい何なんですか？」

「この学院に昔から伝わっている、他愛無《たわいな》い怪談話なんだけどね」名色先生は軽い口調で話す。「〃藤凰学院には、永遠の命を持つ生徒がいる〃」

「学校の七不思議みたいなものですか」

「まさにそうだね。その生徒は藤凰学院が設立した時からこの学校に住んでいるという。そして生徒の中で目をつけた子供を育て上げ、それを次の自分の体として乗り移り、そうやって体を乗り換えながら永遠の生を生きている、というお話」

なるほど、ホラーだ。子供の喜びそうな話である。

「学院設立から数えたらもう百数十歳だろうが、永遠の命の生徒は今も若々しい体で、この藤凰学院に潜んでいるというわけだ」

「結構怖いですねそれは……」

「ま、殺されるわけでもないけどね」

乗り移られるというのは殺されるのと大差無い気もするけれど。

「それに普段は大人しく勉強しているそうだよ」

「勉強って……その永遠の生命の生徒がですか？」

「生徒だからねぇ」

そりゃあ学生の本分は勉強だろうけど。でも中高の勉強ばかり百年もやっているのだろうか。飽きないんだろうか。

「もちろん中高のカリキュラムだけじゃ飽きるだろうがね」

名色先生は今僕らが歩いてきた方を指差す。

「この学校には立派な図書館もあるし、今はネットも充実してる。新しい勉強をしようと思えばいくらでもできる。ここはなかなか暮らしやすい場所だと思うよ。こんなところで百年も勉強してるなら、その生徒はもう相当な教養を身に付けているんじゃないかな」

「なんか、妙にディティールの細かい怪談ですね」

「こういうのはディティールが大切なんだよ数多君。それに不老不死の逸話ならもう一つあるよ。「私本当に空気読めなくて〜……それで空気が読めるようになる通信講座に入ってみたんですよ〜。これが凄く良くって〜。上巻のDVD見ただけでもうメキメキ空気読めるようになっちゃって〜。それで下巻が欲しいんですけど〜……。下巻をもらうには上巻を二人以上の人に紹介しないといけないらしくって〜……それで〜……その〜……どうですか〜……？」と話しかけてくるマルチ商法まがいの不老不死の女が以前この辺りをウロウロと」

「先生、あの、先生」

僕はよくわからない方向にヒートアップしていく先生を引き止める。

「失礼。話が逸れた」

名色先生がコホンと咳払《せきばら》いをする。怪談とか七不思議とか好きなんだろうか。

「話を戻そう。藤凰学院には永遠の命を持つ生徒がいる。そこまではいいかな」

「ええ」

「さてはて十年前。最原最早君はこの学院を訪れた」

名色先生は物語のような口調で話す。

「永遠の命の生徒に会いたいといってね」

僕は再びキョトンとした。

「怪談話……ですよね？」

「だねぇ」

流石は最原さん。十年前から何がしたいのか全く読めない。

「最早君は、永遠の命の生徒に教わりたいことがあると言ってここに来た」

「教わりたいこと……」

怪談話に教えを請うとは。なかなかできることではない。動く人体模型に質問があるとしても多分解剖学の教科書を買いに走った方が色々と楽だろう。

「ではクイズだ、数多君」

暗い校内の道で、路上灯に照らされた名色先生の顔がニタリと笑う。

「最早君は、永遠の命の生徒に何を教わりにきたか」

「教わりたいこと、ですか」

なんだろう……。

まぁでも死なない相手に教わりたい事といえば。

「不老不死の秘密、ですか？」

「ではなかったな」名色先生がさらりと答えた。違った。

「うーん、それ以外だと……」僕は頭を回して考える。「でもさっき言ってましたよね。その生徒はずっと勉強してて大変な教養を持ってるって。だったらその生徒は、もう何でも知ってるってことなのでは？」

「なんでもってことはないだろうけど、まぁ色々知っているだろうねぇ」

「だったらノーヒントで当てるのは難しいですよ」

僕は素直に抗議する。百年以上も勉強している相手の知識から、最原さんが聞きたかったことをピンポイントで当てるなんて。まさに雲をつかむような話だ。

「だけどそれは最早君も同じだろう？」名色先生は言う。「彼女だって、永遠の命の生徒がどんな知識を持っているのか知っていたわけじゃない」

「じゃあ最原さんだって当てずっぽうで来たってことじゃないですか……そんなの当てられるわけが」

「いいや」名色先生は少し低い声で言った。「彼女はそういう無駄打ちはしないよ」

「どういうことです？」

「最早君は確かに永遠の命の生徒がどんな知識を持っているかを知らなかった。だけど彼女は確信していた。永遠の命の生徒の頭の中には、必ずその情報があるはずだと確信していた。永遠の命の生徒こそが、世界で一番それを上手く出来る人間だと、最早君は予想していたのさ」

名色先生は上手く出来る、と言った。つまり技術とか行為とかそういう類のものなのか。

「ヒントはもう出ているよ数多君」

「え、本当ですか」

どれのことだろう。そんなに大した話はしていないはずだけど。

「でも時間切れかな」先生が立ち止まる。見ればもう裏門に着いていた。タイムアップだ。「しょうがない、教えよう」

名色先生がやれやれという顔をして言った。僕はお願いしますと頭を下げる。

「最初に噂話《うわさばなし》の全容を話しただろう？　永遠の命の生徒はこの学園に潜み、目をつけた子供を育て上げて、体を乗り換えながら生きている。そういうことだよ、数多君」

「そういうこと？」

僕はまだ答えがわからずに、首を傾げた。

「最早君が教わりにきたのはね」

夜の生暖かい風がザワザワと木々を揺らした。

名色先生はニタリと微笑んだ。

「〝　〟だよ」

こうして藤凰学院での〝勉強〟を終えて、僕は帰路についた。

最原さんが僕に何を教えようとしていたのか、それは今でもわからない。

だけど僕はこの学校で、伊藤先生から、名色先生から、大切なことを教わったと思う。

9

夜。

僕はアパートの自室で、姿見の鏡の前に立った。

もうすっかり覚え切ってしまっているはずの台本を手に取る。

ページを捲って、僕は自分の台詞を読み上げた。

『もう一度、顔を見せてください』

そしてそれを。

自分で観た。

部屋の天井を見上げて一人呻く。

「あぁー……」

「本当だ……全然駄目だこれ……」

簡単な話だった。

僕は今まで最原さんに演技を見てもらっていた。最原さんの判断を仰いで、最原さんの指導を聞いて、最原さんの望む演技を創ろうとしていた。そのために僕は、最原さんの気持ちになろうとずっと努力していたのだけど。それは間違った努力だった。

だって最原さん自身が、最原さんの気持ちになっていないのだから。

名色先生の話を聞いて僕はやっとわかった。

撮影の時、最原さんは〝お客さん〟になっていたのだ。

最原さんは〝この映画を見る人間〟の気持ちになっていたのだ。

見る人間の視点。客観的な視点。この映画に初めて触れる第三者の視点。

ナタリーには分かっていたのだろう。ナタリーは演技をしている時に、ずっとお客さんのことだけを考えていたのだろう。だからこそあの二人は近い結論に自然と辿り着いていた。だって二人ともが同じ事を考えていたのだから、多少のズレこそあれ同じ所に着地するのは当たり前なのだ。

それに気付いた僕は。

今、自分の演技を、自分で観た。

そして自分の演技がどれだけ間違っているのかを知り愕然《がくぜん》とする。今までどんな見当はずれなものを最原さんに見せてきたのかを思い出して恐怖する。駄目だろうこれじゃ。全然駄目だ。ああ、本当に僕は、何も考えていなかった。

僕は鏡の前で、自分の台詞を夜通し読み続けた。

『聞こえますか』

そして自分の演技を、夜通し観続けた。

簡単な話だった。

こうして練習を続けて、完成した演技が自分で観られたら、その時カメラの前に立てばいい。

夜中じゅう自分にリテイクを出し続ける僕は。

多分もう、最原さんと同じ場所に立っていた。

10

三日後、僕は最原さんと話をした。この辺りを練習してきました、なので撮らせて下さいとお願いした。最原さんは特に何の反応を見せるでもなく、予定を変更して僕が頼んだカットを撮らせてくれた。

準備が整い、カメラが回る。

僕は演技した。

観せるために練習してきた演技を、観せた。

カットの声が掛かる。

最原さんが口を開く。

「数多さん」

僕は。

まるで一緒に映画を観に来た友達の感想を聞くように、監督の言葉を待った。

最原さんは。

ちょこんとピースを出した。

「今の良かったですよ」

その日からスケジュールボードには、僕の撮影スケジュールが次々と書き込まれていった。

0.9

1

毎日が台風のような勢いで過ぎていく。

『2』の撮影は圧倒的なペースで進んでいた。僕とナタリーのカットは可能な限りの速度で撮り進められ、終わりの見えなかったショットリストが続々と埋まっていく。

最原さんは特に変わらない。最原さんは撮影が始まった時から、いやその前からずっと自身の最高速度で動き続けている。彼女が現場の限定要因になることだけは絶対にない。速度制限要因になっているのは未だに僕だ。

演技のコツが掴めてきたとはいえ、それをやるためには膨大な量の稽古が必要なのは変わらない。だから僕は撮影に従事しながら、その合間にずっと稽古をした。九月に入ってからは家にもほとんど帰っていない。スタジオの端に泊まりこみながら、昼夜を惜しんでずっと稽古をしていた。毎日の睡眠時間は二時間にも満たなかったと思う。クマを隠すのに大変な苦労を掛けたメイクさんにはいくら感謝してもし足りない。

だけどそれだけ稽古しても僕のカットはナタリーの半分の速度でしか撮れなかった。

僕は彼女に追いつこうとして稽古を重ねた。眠れないことは辛くなかった。ただ時間が足りないことだけが辛かった。一日が七十二時間になってくれないだろうかと本気で願った。でもどんなにあがいても七十二時間は三日であり、僕は三日かけて三日分しか上達しなかった。それが何より歯痒《はがゆ》くて、僕はそのもどかしさやじれったさを少しでも忘れるために、頭が空っぽになるまでひたすら稽古した。

一度、眠気に負けてスタジオの端に大の字に寝転んだ時。

高い天井を見上げながら、僕は懐かしい言葉を思い出した。

それはもう何ヶ月も前に阿部さんが言っていたこと。

『こんなに幸せな事ってそうそう無いだろう？』

それを思い出したってことは、僕はその時幸せだったのかもしれないけど。

本当に頭が真っ白になるまで稽古をしていた僕は、幸せとか幸せじゃないとか思う余裕すらなくて。

それから三秒で意識をなくして、次の日の撮影まで泥のように眠った。

2

目を覚ますと、低い天井があった。

ボーッとしながら状況を把握する。暗い部屋。マンションの室内の景色。スタジオじゃない。ここは……。

目をこすりながら体を起こして、室内を見回す。

ああ……前の事務所か。

だんだん意識がはっきりしてくる。そうだ、ここはクランクインの前に使っていた吉祥寺の事務所だ。

紫さんがシナリオを書き上げた古い方の事務所は、広いスタジオに拠点が移った後も引き払われずにそのまま残っていた。立ち寄ることは少なくなったが、一部の荷物が置きっぱなしなので今でもたまに出入りすることがある。

あとここにはパイプベッドもあるので、僕はたまに宿泊所の代わりに使っていた。いやここまで帰ってきたなら自分のアパートまで戻っても五分と違わないのだけど。その五分が惜しい時はここに寄ってそのまま寝た。家まで戻るとなんだが糸が切れてしまうような気がして戻りづらかったせいもあるかもしれない。

薄暗い部屋で携帯を眺める。夜の一時を回っていた。カレンダーが九月二十五日を表示していて僕は少しだけ驚く。まだ二十日くらいと思っていたのに。ちょっと脳内のカレンダーを是正したい。最近時間が過ぎるのが本当に速い。

立ち上がると汗ばんだシャツが体に張り付いていてちょっと気持ち悪かった。九月の残暑が厳しくて深夜でもまだ暑い。スタジオに戻る前に家で着替えを取ってこないと。でも面倒だな……。

そんなことを考えていると、耳にうっすらと何かが聴こえた。

……曲？

隣の会議部屋から何か音楽のようなものが聴こえていた。音が小さくて何の曲かは聴き取れない。僕は隣の部屋に歩み寄って引き戸を開けた。こっちの部屋も電気は点いていなかった。

会議テーブルの上を見遣る。

液晶付きのポータブルＤＶＤプレーヤーが、聞き覚えのある音楽と一緒に映像を流している。

画面の中では外国の俳優のキスシーンが流れていた。パッとカットが切り替わる。別のキスシーンが始まる。切り替わる。次のキスシーン。切り替わってまたキスシーン。

「『ニュー・シネマ・パラダイス』ですか」

僕は、窓辺に立っていた最原さんに聞いた。

卓上で流れていたのは有名な映画のラストシーンだった。

「ええ」

最原さんは振り返って答えた。

「見ないんですか？」

僕がそう聞くと。

最原さんはついと、窓の外の夜空を見上げた。

「月が綺麗だったので」

3

深夜のサンロード商店街を、足音を響かせて歩く。

誰もいなくて道が広い。お店は全部閉まっているけれど、アーケードに設置された照明が通り全体を照らしている。僕は深夜のサンロードが好きだった。人のいないアーケード街が、全部自分のものになったような気になれるからだ。ただ残念ながら今は僕以外の人がいる。

最原さんは僕の隣を歩いている。彼女はいつもの部屋着みたいな格好に薄いカーディガンを一枚羽織って出てきた。蒸し暑いから気持ちはわかるけど、ただでさえ年若く見えるのだから深夜の外出時はもう少し服装に注意した方がいいのではと思う。

僕らは深夜の吉祥寺を徘徊《はいかい》していた。

別に行き先があって歩いているわけでもなかった。隣の最原さんが何となく歩を進めるので、僕も何となくそれに続いた。

建物と建物の間から夜空が見える。

丸い月がとても綺麗だった。

少し歩いて、もうサンロードも終わりに近付いた頃。最原さんがふと立ち止まった。商店街の西側の、明かりの届いていない暗い一角を見つめる。

そこは映画館の入口だ。

『吉祥寺シアターパルス』。

シアターパルスは三つのスクリーンを持つ、吉祥寺でも老舗の劇場だ。それぞれのスクリーンごとに特徴があり、二〇〇席のシアター1はメジャー作品を、一〇〇席のシアター3は少し癖のある映画を、五〇席のシアター2では単館系のマニアックな映画を上映する。またシアター1には舞台もあるので、たまにライブや寄席などのイベントごともやっている。この街に住んでいる学生ならば馴染《なじ》みの深い場所だと思う。僕も大学時代は頻繁に通った。アート系の映画などを見ては何かの真実が解ったような気分になって帰った。

最原さんは劇場前の暗い空間に、ついと足を踏み入れた。自動販売機が街灯の代わりに闇を切り取っている。彼女はその自販機を指先でトトンと触れてから通り過ぎた。買えと言っているらしい。僕はペットボトルのお茶を二本買った。都合よく最原さんの好きな銘柄が入っていた。

最原さんはそのまま歩いて、二階の映画館に続く外階段を上っていく。明かりは落ちている。今日は平日だからレイトショーはやってないようだった。

階段の一番上の段で、彼女は腰を下ろした。僕も続いて階段を上がり、お茶を渡して、最原さんの隣に腰掛ける。

二階に上がった分だけ、空気がひんやりとしていた。

「ここは」

最原さんが口を開く。

「想い出の映画館なんです」

「どんな想い出ですか」

「愛する人と一緒に、映画を見ました」

「二見さん？」

最原さんはこちらに顔を向けると、頷きも首振りもせずに微笑む。

「『2』も、ここで上映したかったのですが」

「あれ、だめなんですか？」

「劇場の設備が私の想定に達していないのです。残念ながらここでは『2』を充分に楽しむことができません。イデアの方を使うことになると思います」

最原さんが街の南側を指差す。吉祥寺イデアは駅前にある大きな映画館だ。二年前に改装したばかりで、シアターパルスよりも大きなスクリーンと最新の音響設備が備わっている。確かにあそこならどんな映画でも十二分のクオリティで上映できるだろう。

最原さんはそのままサンロードの街並みを眺めている。僕はペットボトルの蓋をペキと鳴らして、お茶に口を付けた。

「最原さん、ここのところずっと忙しいですけど」

「ええ」

「大丈夫ですか？　最中ちゃんとか……」

僕は少し気になっていたことを聞く。

『2』の撮影は終盤に入り、作業は苛烈を極めている。主演の僕は当然としても、他のセクションのスタッフも泊まりになる日が増えているのが現状だ。しかし一番忙しいのは間違いなくその全てを統括する最原さんだろうと思う。独り身の僕なんかはいくら徹夜しても何も問題ないけれど、家族が居る人は別だ。

「定期的には帰っています。近いですし」

最原さんは今度は東側を指差す。アーケードの向こう側に見える真新しいマンション。そこに最原さんの自宅はある。まぁ撮影所からはバスで一本だし、確かに帰りやすい距離だとは思う。

「それに、しっかりした子ですから」

最原さんは娘を褒《ほ》め称《たた》えた。そんな気はする。僕は一度しか見てないけれど、最中ちゃんはとてもしっかりしてそうな子だった。

「映画が完成したら家族サービスして下さい、と僕が言うと、最原さんはうんと頷いた。

終わったら見せようと思います」

「最中ちゃんにですか？」

それは、どうだろう。

『2』はラブストーリーだけれど……。まぁ特に子供が見て問題のあるシーンはないし大丈夫か。全年齢対象で良い映画だと思う。

「この映画で」

最原さんが夜空を見上げて目を細める。

「人を愛するということを伝えたい」

「愛する……」

人を、愛する。

それは、この人と初めて出会った時の言葉で。

そして彼女も子供もいない僕にはまだ片鱗すら掴めないような、大きくて、遠い言葉だった。

「愛……」僕は考えながら、自然に呟いていた。「愛って……なんですか？」

「愛とは、人と関係したいと思う欲求です」

「関係？」

「人に何かをしたいと思うこと。人から何かをされたいと思うこと。人を変えたいと思うことと、人を変えたくないと思うこと。人から変えられたいと思うことと、人から変えられたくないと思うこと。それらの全て」

最原さんは、夜空を見上げる。

「私達は、今日までずっと進化してきました」

その視線の先には丸い月が浮かんでいる。

「最初に生まれた小さな命が、長い自然淘汰に晒《さら》されて、変わり、育ち、進んできました。その長大な進化の流れの中で、私達は〝世界という創作者〟から、人を愛するように、人に愛されるように作られた。だから私達は愛さずにはいられない。愛されずにはいられない」

最原さんが、僕に顔を向ける。

「だから私は映画を作っているんです」

「?」

僕は目を丸くした。彼女の話が飛躍したように思えた。

人を愛することと、映画を作ること。その間にどういうつながりがあるのだろう。

「数多さん」

「え、はい」

「〝面白い〟とは何でしょう」

「面白い……」

頭の中で記憶が繋がる。僕は、以前に藤凰学院で名色先生がしてくれた話を思い浮かべていた。

「〝美しい〟とは何でしょう」

最原さんの質問が図ったように続く。

頭の中で先生の言葉を反芻する。面白いとは何なのか、世界の誰も理解していない。美しいとは何なのか、本当の意味で解っている人間はいない。名色先生はそう言った。我々はどちらが上でどちらが下かも解らないまま、闇の中を手探りで歩いているだけなのだと。

当然ながら、今の僕にもその答えはわからない。面白いとは何か、美しいとは何か、それを答えられる言葉を僕は持っていなかった。

「そんなに難しいことではないのです」

答えあぐねる僕に、最原さんは先に口を開いた。

「〝面白い〟も〝美しい〟も本質的には同じものです」

「同じ、ですか?」

「その二つだけではありません。〝楽しい〟も〝嬉しい〟も〝辛い〟も〝悲しい〟も、全ては同じ現象を別方向から観測して、細かく分類しているだけです。それらの本質は全く同じものです」

「それは……」

「感動」

最原さんは淀みなく答えた。

「感動。感情の動き。人の心が動くこと。それが本質です。面白いとは、美しいとは、感動の方向を表現するだけの言葉に過ぎません。美しさを追求する芸術も、面白さを追求する娯楽も、最終的な目的は全て同じです。人を感動させること。人の心を動かすこと」

最原さんはいつものように淡々と。

なのに、まるでこの世の真実を謳うように語った。

「小説も」

「絵画も」

「漫画も」

「彫刻も」

「音楽も」

「演劇も」

「映画も」

「全ての創作は、人の心を動かすためにある」

最原さんの瞳が僕を見た。

「愛とは、人と関係したいと思う欲求です」

最原さんの瞳が僕を見る。

「そして創作は、人の心を動かせる」

最原さんの瞳が近付く。

「だから私達は創らずにはいられない」

最原さんの瞳が。

「人を、愛したいからです」

最原さんの唇が触れる。

もしカメラが回っていたら。

今のカットも、あの名画のラストに入れてもらえただろうか。

大人になったトトの心を動かすことができただろうか。


二週間後。『2』はクランクアップを迎えた。

嵐のような撮影の日々は過ぎ、制作は一時的に凪《なぎ》の時期に入る。映画の進行は編集・音響へと流れ、まだここからも作業は続く。だけど撮影期間中ほど忙しくなることは多分もう無いだろう。大きな山場は乗り越えたと思う。

役者としての出演を終えた僕は、自分に分担された仕事は全て終わらせたことになる。だからこの段階で抜けるという選択もできた。

けど僕は現場に残った。撮影が終わっている以上、ここからの作業で僕が何かの役に立つとも思わないけれど。ここまでずっと付き合ってきたのだから、雑用でもなんでもいいので完成まで最原さんの手伝いを完遂したいと思った。

それに一つだけ確信していることがある。映画に関わった多くのスタッフの中で、ペットボトルのお茶を一番上手く入れられるのは僕だ。最原さんがコップを出した時、僕がいなければ大変なことになるだろう。この仕事だけは誰にも譲るわけにはいかない。

夏が終わる。

『2』の完成は、もうすぐだった。

4

慣れ親しんだ中央線に揺られて、車窓を眺める。

季節が一つ進んで、人の装いも変わってきた。十月も半ばとなるとTシャツだけでは少し肌寒い。

一昨日、『2』のダビングが終わった。

ダビングとは映画の音響全般を最終的な形に完成させる作業であり、映画制作の行程では終盤の山場の一つである。といっても具体的に僕が何か作業をしたわけではない。というかダビングの現場にも行っていない。後から聞いた話では監督最原さんが予定通りの時間に始めて、予定通りの時間に終えたそうだ。

もちろん僕は関係者なので、希望すればスタジオでのダビング作業を見学に行くこともできた。けど僕は行かなかった。この映画を工程の途中で見てしまうのはなんだかもったいないような気がしたからだ。だからダビングの日は撮影スタジオの撤収を手伝って過ごした。せっかくの自身初主演映画なのだから、全てが完成したところで正座して見たいと思う。試写室の椅子で正座はできないだろうけど。

とかくそんなわけで音響周りの作業も無事終わり。実を言えばもう映画制作の行程はほとんど残っていない。ダビングで音まで付いてしまったフィルムはリテイクが出ない限りはほぼ最終完成形である。あとはスクリーン上映用に色味などを調整する作業、最終出力に合わせて誤差を修正する作業など、最後の調整パートを残すのみだ。

来週にも『2』は完成する。

だから今日僕は、荻窪の真面さんの事務所に向かっていた。

試写の日取りを決めるためである。

ついにここまで来たかと思うとやはり感慨深い。五月にこの映画に参加してから約五ヶ月。数字だけを見たら半年にも満たない短い期間だけれど、その中身はギュウギュウに圧縮された中性子星のように高密な日々だった。脱出速度は10万km／秒くらいだろうか。よく出られたなぁと思う。

窓の外を流れていく杉並の景色を眺めながら、僕はこの五ヶ月の間のことを振り返った。

撮影中のことは無我夢中だったのであまり覚えていない。撮影前はずっと紙コップにお茶を注いでいた。撮影後も大体お茶を注いでいた。総合するとお茶汲みということになる。主演男優だったような気がするのだけど……夢……？　僕は記憶操作を受けたSFの主人公のように苦悩しながら電車を降りた。

5

真面さんと二人で、試写の予定日を相談する。これは一般試写会ではなく〝初号試写〟である。

初号試写とは完成したフィルムを関わったスタッフに向けて上映する試写のことだ。完成ネガから最初にプリントしたフィルム〝初号プリント〟を上映することから初号試写と呼ばれるが、デジタル制作時代の今はプリントという作業自体がないので、初号という用語だけが慣例的に残っている。とはいえ今も昔も初号試写こそが映画完成の瞬間であることは間違いない。

『2』に関わった人物の中でも最重要であろう真面さんのスケジュールを聞く。スタッフに貴賤《きせん》を設ける理由はないが、しかしスポンサー様というのはやはり別格で偉いので、真面さんの都合を優先して日程を調整する。特に今回はにわかには信じられないほどの額面を供出していただいているし、是が非でも真面さんの予定に合わせるのが筋というものだろう。

相談の結果、初号は十一月十日に仮で決まった。真面さんは他のスタッフの都合が悪ければ調整すると言ってくれた。お金持ちなのに人格者である。ケチで人格破綻者の最原さんに爪の垢《あか》を届けたい。無事予定日も決まって、僕は肩の荷が下りた気分でコーヒーをいただいた。真面さんの入れてくれるコーヒーはとても美味しい。

「とうとう完成だね」

真面さんもコーヒーに口を付けて言う。

「長かったです……」

「でも五ヶ月なら、映画の撮影期間としてはかなり短い方だと思うけど」

「実はそうなんですよねぇ……でもこう、密度が半端なかったので」

「そうだね。撮影の間、数多君はいつ会っても眠そうだった」

僕は苦笑する。撮影が終わってから毎日六時間以上寝ている僕には、なぜ先月は二時間の睡眠でも平気だったのかがもう思い出せない。

「完成、か」

真面さんはそう呟くと、コーヒーをもう一口飲んだ。何かを考えているようだった。

何を考えているのか、何となくだけどわかる。

それは多分〝ホームズ〟の考え事だ。

「……最原さんの映画については」僕は言葉を選びながら聞く。「試写を観て判断、って感じですか？」

「さすがにもう、それしかないかな」真面さんは小さく息を吐く。「本当は、映画が完成する前に何かを摑みたかったんだけど」

「観てからじゃダメなんですか？」

「観てからじゃダメかどうかも、判断できてないからね」真面さんが言う。「前に言ったけれど、もし彼女の映画が〝よくない映画〟なら、それはもう観てしまうことそのものがよくない結果を招くんだろうと思う。これはCERN《セルン》の実験の時と同じ不安だね」

「セルン？」

「欧州原子核研究機構。ニュースで少しだけやったけど知らないかな？　以前にヨーロッパの科学者が素粒子加速器の実験を発表したんだけど、その過程で小さなブラックホールが発生するかもしれないって言ったんだよ。それを聞いた一部の人が「実験に失敗したら地球が消滅するかもしれない」という懸念に囚《とら》われた。誕生したブラックホールに全て吸い込まれてしまうんじゃないかってね。実験中止の訴訟にまで発展したよ」

それは確かにテレビでチラッと見た覚えがある。もう結構前の話だ。その後どうなったのかまでは知らないけど……。

「実際危険性はほとんど無いんだけど。そういう不安を感じる人がいるのも理解できる。僕は理系寄りの人間だから発表を見れば危険が無いことはわかるけれど、そうでない人は説明を聞いても不安が消えないだろう。自分の知らない世界の話だから無理もない。ちょうどそれと真逆の話だね。今回の場合、理系寄りの人間である僕はこの映画がどんな危険性を孕《はら》むのかが測れていない。それが不安に繋がっている」

「その……映画で地球が消滅することはないと思いますけど……」

「そうだね」真面さんが微笑む。「ただ図式は同じということさ。地球が消えると思っている人間からしたら、CERNの実験はやってしまってからでは遅い。やる前に止めなければいけない。そして映画は観ることが全てだ。結果は観た時に出る。だからこそ僕の判断は、映画を観る前にしなければならなかった」

真面さんはいつもと同じように冷静な口調で分析している。地球が消滅するなんて喩えはさすがに突飛だとは思うけれど、でもこの人の考え方には正にも負にもバイアスというものがない。真面さんは工学系の大学出身だと以前に聞いた。そのせいなのか、思考のベクトルがどこまでも理系的だと感じる。

「でも試写まで決まってしまうと、流石にもう手遅れかな」

そう言って真面さんはコーヒーに口を付けた。

僕は、真面さんの気持ちがよく解っている。

この人は、別に最原さんや最原さんの映画のことを悪く思っているわけじゃない。

真面さんはこの映画を偏りの無い目で見ているだけで、誰かを悪者にしたいわけでも、誰かを犯人にしたいわけでもない。真面さんはただ冷静に、最原さんという人を分析しているだけなのだと、僕はよく解っている。

だけど、僕は。

「あの……」

「うん？」

真面さんに、伝えたいことがあった。

「この映画は………『2』は、きっと素晴らしい映画だと思うんです」

僕は訴えるように言う。

「なんていうかその、真面さんみたいに論理的な話ではないんですけど……。僕はこの五ヶ月間スタッフとして映画に参加して、ずっと映画を作ってきました。その時にみんなが映画を作るところもずっと見てきました。だから僕は、最原さんが映画を作るところもずっと見てきたんです。最原さんは本当におかしな人で、変人で、ドSで、でも時々ドMで、嘘吐きで、人の嫌がることが大好きで、人を貶めるためなら自分がどれほど外道《げどう》に落ちようとも構わないような、非人道的という概念の化身のような人で、す、けれど……も……」

自分で言った言葉にどんどん追い込まれつつ、僕はなんとか心を奮い立たせて言葉を繋ぐ。

「でもあの人は、映画に対してだけは本当に真っ直ぐだったんです。どこまでも実直で。不器用なくらい頑なで。スタッフ全員がおかしいと思った事も、スタッフ全員が無理だと思った事も、それが映画を面白くするためなら何でもやってのけた。あの人は映画以外見ていなかった。映画しか見ていなかった。途方もない嘘吐きの最原さんは、映画でだけは本当のことを話してくれていたように思うんです。だからその……本当に何の根拠もない話ですけど……」

僕は意志を込めて真面さんの目を見つめた。

「そんな人の作る映画が〝よくない映画〟だなんて有り得ないと、僕は思います」

自分でも言った通り、何の根拠もない意見だと思う。

精神論と思い込みとで語っただけの、耳あたりが良いだけの言葉だと思う。

でも僕は。

信じたかった。

自分の参加した映画を信じたかった。最原さんの映画を信じたかった。『2』という映画を信じたかった。このどこまでもまっすぐな映画を、ただ信じたい。それだけだった。

真面さんはコーヒーの湯気を眺めている。

少しの間の後、真面さんは口を開いた。

「数多くんにはスパイみたいな気分の悪い真似をさせてしまって、済まないと思っているんだ」

「あ、いやその」僕は慌てて返す。「気分が悪いだなんてそんな」

「『2』を観よう」

真面さんは言った。

「そう……ロジカルに考え過ぎるのは自分でも悪い癖だと思っているんだよ。特に今回相手にしているのは映画だ。映画はロジカルな分野ではなくクリエイティブな分野だ。最原さんのような創作者を考慮する時、ロジックに当てはまらない部分がある方が正常なんだ。だけど僕はいつもそれをなんとか計算し切ろうと躍起になってしまう。そうだね、その方がよほど非論理的な行為かもしれない……」

真面さんは自分に向けて呟くように言うと、顔を上げて僕を見た。

「初号試写で『2』を観るよ。わからないものをわからないまま観る。これはとても楽しいことだ。最原さんと数多君の映画。楽しみにするよ」

「あの……」

「うん」

「ありがとうございます」

「こちらこそ」

僕は真面さんと一緒に小さく笑った。

試写の前に真面さんと話せて、本当に良かったと思う。

「流石に今回は諦めかな。ここから考察しようにも、もう新しい材料もない。数多君の知っていることは全部聞いてしまっているしね」

「そうですねぇ…………あ」

声が漏れた瞬間、自分の失敗に気付く。あう、やばい。

「あれ。まだ何かある?」

当然真面さんが聞き返してくる。まぁそうですよね……。

実を言えば。

たった一つだけ話していないことがある。

それは意図的に隠していたとかそういうわけじゃなくて。ずっと話そうと思っていたけど話しそびれていたことだった。割と何度も話そうとしては、今度にしよう、まぁ今度でいいかと止めていただけの話。

撮影期間中の〝あの夜〟の話だった。

あの夜、と自分で考えてからまた少し気恥ずかしくなる。そうなのだ。なんで今まで言いそびれていたかといえば、単純に恥ずかしいからなのだ。いや別に恥ずかしい部分だけ隠して話せば良いんだけど……。ただ思い出すのもひたすら恥ずかしくて、むやみに痒《かゆ》くなり、つい口籠ってしまう。

でもまぁあれ以来最原さんと何かあったわけじゃないし……。多分あれは……こう、お互い雰囲気的なものだったと思うし……。そうだ、あれは事故だ。傷ましい事故だ。だからなるべく思い出さないのが正解なのだ。しかし人生の中には傷ましい事故の記憶を呼び起こさねばならない時がある。それがどうやら今らしい。

「そのぅ……」

僕は致命的な箇所に触れないで済むように、話の順番を検討しながら喋り出した。

「撮影中に最原さんと雑談した時のことなんですけど……。その時最原さんが、〝創作とは何か〟の持論を教えてくれたことがあったんです」

「へぇ」

真面さんはいつも通りに頷いて聞く。

「最原さんはこんなことを言ってました。〝面白い〟も〝美しい〟も、全ては〝感動〟の一側面でしかなくて。創作というのは人を感動させるためにある。つまり人の心を動かすためにあるんだと」

「それはまた、すごく一般的な解答だね」

真面さんが拍子抜けしたように言う。実は僕もちょっとそう思った。最原さんからわざわざ言われてみなくても、創作とは人の心を動かすものだというのは割とみんなが知っていることだと言えなくもない。

「あと、創作することは人を愛することなんだとも」

「愛？」

「ええ。愛っていうのは人に関係したいと思う欲求なんだそうですよ。だから人を愛したい人が創作するんだと。人と関係したい人が、人の心を動かしたいから創作するんだと、そんなことを最原さんは言ってたように思います」

「愛かぁ……」

真面さんはソファに体を預けて考え始めた。映画制作の最後の最後で僕から伝えられたのは、何の役にも立たなそうな、哲学入門みたいな話だった。愛では流石にヒントにならないだろう。お役に立てずに申し訳なく思う。でもとりあえず僕は、あの夜の秘め事を上手く隠したまま話せたことに胸を撫《な》で下《お》ろした。

真面さんは目を伏せながら、もう一度「愛」と呟いた。

ロジカルに考えるのは悪い癖だとさっき言っていたけれど、多分今も真面さんは愛をロジカルに考えているのだろうなぁと推察する。それは創作をロジカルに考えるよりもさらに面倒そうな、なんとも答えの出しようのない問題だと思った。

真面さんは顔を上げた。

「え？」

真面さんの声を聞いて、僕も顔を上げる。

「はい？」

「いや……ああ」

真面さんが生返事をした。視線が宙空を見つめている。

「どうかしましたか？」

真面さんは答えない。

「あの……」

「シンプルだ……」

真面さんは一人で呟いた。もう僕を見ていない。真面さんはどこまでも一人で言葉を放ち続ける。

「こんなにも単純な……」

「あの、真面さん」

「愛だよ」

真面さんはやっと僕を見た。

「愛することだったんだ」

「？」僕はキョトンとしてしまう。「あの……どういうことですか？」

「ああ、ごめん……」

真面さんが体を起こす。自分を落ち着けるようにコーヒーを口にする。僕は真面さんが戻るのを待った。

「ごめん。少し頭が飛んでいたみたいだ」

「いえ、僕は良いんですけど……大丈夫ですか」

「うん、大丈夫だ……。それより数多君。もう一つ謝らないといけない」

「え、はい」

「映画は、観ないかもしれない」

「え？」僕は目を丸くする。「観ない？」

「予定を変更しよう。初号試写の前に、最後のチェックをする」

「初号の前に……ですか？」

初号試写の前にやるチェック。

それは、確かに存在する。

そう、それは。

「ああ」

真面さんは、頷いて答えた。

「0《ゼロ》号試写だ」

1

1

0号試写。

0号フィルムを流す試写。

0号フィルムとは、完成された映像と完成された音響を合わせてプリントされた、言うなれば完成品に最も近い状態のフィルムを言う。そのフィルムをチェックする工程こそが0号試写だ。

つまりこれが最後のチェック。

初号試写の前の最後のチェック。

完成前の最後のチェック。

『2』という映画の最後のチェック。

0号試写が始まる。

2

夜の街並みの一角に、ネオンに煌々《こうこう》と照らされた映画の看板が浮かぶ。

僕は四つ並んだ人気映画の看板を見上げた。どれもテレビで宣伝しているメジャータイトルだった。さすがは駅徒歩一分、吉祥寺でナンバーワンの映画館にふさわしいラインナップだ。

吉祥寺イデア。

三二〇の真新しいシート、デジタル上映システム、7・1chのサラウンド設備を備えた、今吉祥寺で最も新しい映画館である。

看板から視線を落とす。正面には劇場の入口があるが、僕はそこに向かわず建物の脇の道に入った。イデアの裏側に回ると鉄扉の通用口があった。重い扉を開けて、ビルの中へと入る。

デパートみたいな幅の広い階段を上がっていく。

実は今、このイデアは貸切になっている。それはなんと、『2』の0号試写のためである。

試写ならどこかの試写室でも借りてやれば良いのではと思わなくもないのだが。0号試写の話が持ち上がった時最原さんは「じゃあ折角なので」とイデアの使用を提案した。その連絡が行くや否や真面さんは簡単に貸切にしてくれた。お金は大切なものだという教育が必要な二人だと思う。

でも流石の真面さんでも吉祥寺駅前の人気劇場を貸し切るのはちょっと難しかったのかなと思える点が一つだけあった。

僕は携帯の時計を見る。深夜の一時である。

レイトショーの時間はとうに過ぎて、ミッドナイトショーなどと呼ばれる時間になっている。イデアは人気作品を多数上映しているのでやはり日中の使用は難しかったんだろう。そういえばシアターパルスも深夜は貸切上映をやっていたな。たまに贅沢な井の芸の学生が自分の映画を流していたりすることもあった。こっちの貸切とは全く規模の違う話だけど。

試写が行われるスクリーンは五階にある。僕は誰もいない階段を上がっていく。カツンカツンという足音が上下に響いた。無人の映画館の階段は、それこそ映画にでも出てきそうな空気をまとっている。

五階に到着すると全ての明かりが点いていて、まるで営業中のようだった。売店には流石に人は居ないが自販機などは全部動いている。誰も居ない深夜の劇場に入るのなんて初めてで、僕はなんだか子供みたいにワクワクした。

ちなみに今日の0号試写には映画のスタッフはほとんど来ない。というか誰もこない。粗方のスタッフは自分のセクションの仕事を終えて散り散りであり、後は初号試写を待っている状態である。だからこの試写には0号を見る必要のあるスタッフしか呼ばれていない。

劇場に入る赤い扉を押し開ける。

中は明るい。三二〇席が階段状に並んでいて、正面にはカーテンに覆われたスクリーンがあった。

そのスクリーンの下。

舞台の前に、誰かが立っていた。

僕は階段の通路を降りていって声を掛けた。

「真面さん」

真面さんは顔を上げた。

「やぁ」

真面さんは舞台に腰を預けながら立っていた。僕は通路を降り切って、スクリーンの前の広い空間に辿り着く。

「深夜の映画館て、ちょっと興奮しますね」僕は客席を見渡しながら言った。

「そうだね。なんだか不思議な高揚感がある」

「やっぱり昼は借りられなかったですか？」

「いや？　僕は昼でもよかったんだけど。最原さんは夜の方が良いというから」

昼でも平気だったと事も無げに言う真面さん。日中は借り辛いなどというのは僕の希望的杞憂《きゆう》だったらしい。でも最原さんの指定だったのか。最原さんもレイトショーとか好きなんだろうか。

僕は誰もいない客席をもう一度見渡した。彼女でも僕と同じように、深夜の劇場にドキドキしたりするんだろうか。

「ええと、最原さんは……」

「もう来てるよ。映写室にハードディスクを持っていった。上映準備も簡単になったね最近は」

真面さんの言う通り、昔に比べれば上映はとても楽になった。フィルム時代は映写技師が難しい機械と格闘しながらの作業だったそうだけど、今はHDDをつないだプロジェクターで再生するだけだ。専門技術は何も要らないし、アルバイトでも出来てしまう仕事だ。

「ただ」真面さんが、映写室の小窓を見上げて呟く。「今日は流さない可能性が高いけどね」

「？」

僕は真面さんの顔を見た。

そう言えば真面さんはこの間も映画を観ないかもしれないと言っていた。なんでだろう。試写で映画を流さないで他に何をするんだろうか。

なんでですか？と、聞こうとした時だった。

スクリーンから一番遠い壁面、劇場の一番後ろ側の壁の扉が、ゆっくりと開く。

入ってきたのは最原さんだった。

彼女は中に入ると、そのまま階段通路を降りてくる。最原さんは今日も普段通りの格好だった。部屋着に一枚羽織った程度の、深夜にコンビニにちょっと行く程度の格好。人が少ないとはいえ一応試写で、あなたは監督なんだからもうちょっと気を使ったらどうかとも思うのだが。同時に今更だとも思った。

とかくこれで、今日の少な過ぎるスタッフは揃った。

僕と、真面さんと、最原さん。

これが0号試写をチェックするスタッフの全て。真面さんが呼んだ全員。

たった三人だけのために劇場を貸し切った、なんとももったいなくて、なんとも贅沢な試写だった。

最原さんは下に我々が待っていても全く急ぐ様子もなく通路を降り切り、そのまま僕らのそばまで来て立ち止まった。真面さんが舞台から腰を離して向き直る。

「準備はできました？」真面さんが聞く。

「ええ。でも」

最原さんは少し笑った。

「ご覧にはならないんですよね」

僕は少し驚く。最原さんは真面さんと同じ事を言っている。

試写なのに映画を観ない……？

それはいったい、どういうことなのだろうか。

「ええ、多分。観ません」

そして真面さんも平然と答えた。

「舞面真面さん」最原さんの唇が、丁寧に言葉を紡ぐ。「私の映画を、どこまでご理解いただけましたか？」

「そうですね……」真面さんは少し上を向いて考えた。「大体、半分くらいだと思います」

「半分」

最原さんの目が細まる。

「天才ですね」

巨匠・最原さんは尊大に答えた。自分の半分の理解だと言っている相手を天才だと称するなら、自分はその倍は偉いと思っているのだろう。天才を通り越して天体のような態度のでかさである。

「あの……」僕は天才と天体の間に恐る恐る口を挟む。「すいません、見ないというのはどういう……。ちょっと話が見えないんですが」

「今日は0号試写だからね」答えてくれたのは真面さんだった。「この場で映画の最後のチェックをするんだ。『2』という映画の最終チェックをこれから行う」

「ええ、チェックですよね？　ですから、これからフィルムを観てリテイクを出すんじゃないんですか？」

「そういった映像上のチェックは君たち現場のスタッフに一任している。僕から言うことは何もない。僕はスポンサーという立場から、それよりももっと大きなポイントを、もっと根本的な部分をチェックしなければならないと思っている」

僕は首を傾げた。

根本的な部分？

この映画の根本的な部分て……。

「『2』という映画は、いったい何なのか」

「映画とはいったい何なのか」

真面さんはザクリと言った。

真面さんが最原さんの方に向く。

「創作とはいったい何なのか」

最原さんは真面さんの質問を聞いて、薄く微笑む。

「真面さんは、それをご存知ですか？」

「半分ほど」

「天才ですね」

最原さんは薄く微笑んだ。

「貴方の半分以下です。それに、僕だけでは無理だった。数多君からたくさんのヒントをもらわなければ、とても辿り着けなかった」

「数多さんから……？」

最原さんは僕を見た。僕はなんだか責められているような気がして体を硬くする。

非常に気まずい。

「数多さんが、真面さんと通じていたんですね」

「いや、その、通じていたなんてそんな。僕はただ現場であった事とかを真面さんと話していただけで」

「裏切ったんですね」

「ちょっ、待ってください。裏切っただなんて……」

「恋人なのに」

「恋人じゃないですよ⁉」

「キスもしたのに」

「そっ、ぐっ！」

「君達恋人だったんだ」真面さんが酷いことを淡々と言う。

「ち、ちがいます！」

「セックスもしました！」

「何言ってるのこの人⁉」

「ダーリンは黙ってて‼」

「ひぃぃ‼　それはやめてください‼　それだけは勘弁して下さい‼　お願いですから‼」

僕は両手で耳を塞いでその場に蹲った。

「数多君も大変だね……」真面さんの同情の眼差しが向けられる。そうなんです。とても大変なんです。

「数多さん」

最原さんは蹲って怯える僕の肩をポンと叩いた。顔を上げると、女神のような慈愛に満ちた最原さんの瞳が僕を見ていた。

「許します」

「最原さん……」

僕は深い感謝に包まれた。色々と間違っている気がした。

「私がダーリンのことを本気で怒るわけがないでしょう？」

「そっちは撤回してくれないんですね最原さん……」

僕の一番嫌がることを知り尽くしている。流石は最原最早である。不慮の何かで亡くなっていただけないだろうかと真剣に思う。

「さぁ」

最原さんはそう言って僕の手を引いた。僕は諦観に包まれながら大人しく手を引かれて立ち上がる。最原さんは僕を導きながら、劇場の最前列の、一番真ん中のシートに腰掛けた。僕は引っ張られるままにその隣に座った。

並んで座る僕らの正面には、真面さんが立っている。

「今から真面さんが、とても素敵な話をしてくれるそうですよ」

最原さんは真面さんを見て言う。

「素敵な話でしょうか」

「ええ、きっと」

最原さんはその見開いた目で、まっすぐに前を見ている。

スクリーンの前に立つ真面さんを見ている。

まるで映画の観客のように。

「創作とは何なのか」

最原さんは、薄く微笑んだ。

「聞かせてください」

十一月一日午前一時。

『2』の0号試写は始まった。

3

「先ほども言いましたが」真面さんは静かな口調で話し始めた。「最原さんが『2』を制作している間、僕は数多君から様々な話を伺っていました。それは現場のことだったり、貴方自身のことだったり、時には映画そのものの話だったりと多岐にわたります。ですが中でも僕が一番面白いと思ったのは、数多君が最原さんの指示でやっていたという〝勉強〟の話です」

話を聞きながら僕は思い出す。撮影期間中に行った藤凰学院のこと。伊藤先生がとても面白く教えてくれた生物の授業。

「僕は元々工学が専門なんですが、数多君が習った進化論の話は僕も興味深く聞かせていただきました。種々の進化論と遺伝子選択。そこから導き出されるミーム学と進化心理学。どれもとても興味深く、数多君に聞いた後で自分でも専門書を漁ってみたんです。面白かった。進化適応環境の連続的変化と心理モジュールの呼応的変化、二重相続理論を基体とした共鳴的な生物進化と文化進化。計算主体の取捨が難しい分野ですが、その取捨を取捨する要因となったバイアスもまた面白い……」

真面さんは独り言めいて話している。どうやらもう僕が習った授業レベルの話は通り過ぎてしまっているらしく、途中から何を言っているのかよくわからなかった。結構ハマるタイプの人なのかもしれない。

「分野の面白さは置いておくとして」真面さんが話を戻す。「この分野の勉強をさせたということは、少なくとも最原さんは、創作というものの進化的な側面を考慮していたと思います。過去から連綿と続く人の文化の進化。進化してきた創作という現象。それ自体に疑いを挟む余地はありません。創作は間違いなく進化してきたものです。ここに、最原さんのもう一つの思想を加えます」

真面さんが指を一本立てて言う。

「〝創作とは、人の心を動かすためにある〟。人の心を動かす。すなわち感動です。創作物で人を感動させること、より深く感動させること。それが創作の意義だと貴方は考えている。ですが、我々はまだ〝感動〟とは何かがよく解っていない」

真面さんの言葉で、再び僕の脳裏に記憶が蘇《よみがえ》る。

それは名色先生の言ったことと同じだった。面白いとは何なのか、美しいとはなんなのか、世界の誰も理解していないとあの人は言った。

感動するとはなんなのか、人間は知らない。

だから僕達人間は、闇雲に木を探して葉を食べるキリンのように、手探りで創作し続けるしかないのだと。

「数多君が聞いた話の中に、面白い喩えがありました」真面さんが僕と目を合わせて言う。「キリンは自分の首の長さと木の葉の因果関係が理解できていない。でも天才のキリンなら理解できる。そして天才のキリンならば、踏み台を作ることもできると。

では数多君」

「え、はい」

「この〝踏み台〟の意義が解るかな？」

「意義……ですか？」

聞かれて僕は考える。踏み台の意義は……。

「背の低いキリンでも葉っぱが食べられるようになること……ですか？」

「それもまた意義の一部ではある」真面さんはうん、と頷いて言葉を続ける。「〝現行不可能であったことを可能にするもの〟。でもそれは自然選択による進化を待てば、将来的には可能になることでもある。つまり数多君の解答も内包した答えはこうだ。〝将来的に起こるであろうことを早く実現するもの〟。踏み台というのはね、進化のプロセスを技術で短縮する概念なんだよ。言うなればそれは、人工進化の手段だ」

「人工進化……」僕は真面さんの言った不思議な言葉を呟いた。

「最原さん、貴方は天才のキリンなんです」真面さんは最原さんを見遣った。「貴方は天才映画監督で、そして同時に人間としても天才なんだと思います。だから多分、貴方には〝感動〟というものが理解できている。人がより感動するとどうなるのか、人の感動の果てには何が待っているのかが、貴方には見えているんじゃないですか？　そして貴方は今、それに手をかけようとしている。この映画『2』で」

真面さんは最原さんを見つめながら言った。

「『2』は、〝感動〟を人工進化させるための踏み台なんだと、僕は考えています」

4

「壮大なお話ですね」最原さんは平然と答えた。

「ええ。壮大な話です」

「まるでSF映画です」

最原さんは微笑みながら言った。僕もそう思う。真面さんの話は本当にどこまでも壮大だった。

もちろん僕は、最原さんの撮った映画は凄いものだと思っている。まだ見ていない完成版の『2』はきっと素晴らしい映画になっているだろうと信じている。もしかしたら映画史に残るような、すごい作品になるかもしれないとすら思っている。でも真面さんの話は、そんな僕の夢のような想像をも軽々と飛び越えてしまっているように思う。

「本当にSFです」真面さんは頷いて言う。「自分でも飛躍が過ぎる話だと思っています。感動の人工的な進化……フィクションの題材にはぴったりでしょうね。何せ、もしこの仮説が正しいとしたら、僕らは『2』を見るだけで〝感動〟という概念の解答に辿り着けることになってしまう。一番美しいもの、一番面白いもの、一番感動するもの、その全ての答えが『2』に入っていることになってしまいますから」

「それは」最原さんは乱れぬ口調で答える。「買いかぶり過ぎですよ」

「僕も実は、こんな話をするつもりはありませんでした」

真面さんは小さく溜息を吐いた。

「これはまるで妄想ですから。あまりにも突拍子のない話で、論拠がありませんし説得力もない。思いついたとしてもわざわざ提示する意味のない話です。ですから考えついた後もずっと頭の片隅にあっただけで、これが結論の一つになるとは思っていなかったんですよ」

そこで真面さんの顔が僕に向いた。

「でも最後の最後にヒントが降ってきた。最原さんの到達した真理の一端に、僕も手をかけられるかもしれない大きなヒントが手に入ったんです。数多君のおかげで」

僕は真面さんを見返す。

「僕の……ヒント？」

「〝愛〟の話だよ」

言われて僕は思い出す。それは真面さんに最後に話すことになってしまった例の話だ。

深夜のサンロードで最原さんが話してくれた、人を愛することの話。

〝創作とは、人を愛すること〟

「愛」真面さんが続ける。「普遍的で、抽象的で、不安定な概念だと思います。皆が普通に使っている言葉なのに、その実体を正確に把握できている人間はいない。それはつまり〝感動〟と同じです。〝愛〟もまた、人の理解が未だ到達しえない概念なんです。数多君から愛の話を聞いた時、僕は初めてそれについて考えを巡らせました。だけど僕は創作者じゃない。僕は最原さんのようにクリエイティブな発想の展開はできません。だからいつも通りに、論理的にだけ、ロジカルにだけ考えてみました。愛とはなんなのか。

愛とは人間と人間が惹かれ合う心情です。友人同士にあり、家族同士にあり、そして何より男女の間にある、お互いを求め合う心理です。男性が女性を愛する心理。女性が男性を愛する心理。進化心理的に見ても一番解りやすい例でしょう。愛し合えば子孫が残る。子孫が残ることはすなわち選択です。愛という概念は最も進化しやすく最も次世代に残りやすい人類の根底的観念だ。またそれは心理的なものだけでなく生物的な部分にもはっきりと現れています。男性器と女性器はそれぞれが相手と適合しやすい形に進化している。長い歴史の中で雄性と雌性は別個に、そして一緒に、お互いを求め続けるように進化し続けてきたんです」

真面さんは変わらない口調で、男女の事を淡々と語った。それはどこまでも論理的で、抽象的な精神論の入る余地のない、事実だけの話だった。

男女の体は生物的に適合しやすい形に進化した。

男女の心理もまたお互いを求めるように進化した。

シンプルで、至って簡単な、揺るぎようのない真理。

「つまり、そういうことだったんです」

「え？」

僕はつい声を漏らして、真面さんの顔を見た。理解が追いつかずに頭を回転させる。

ええと……どういうことだ？　今のはどこと繋がる話だろう。

その時だった。

視界の端に動きを感じて顔を向ける。スクリーンの右方向で入場扉が開こうとしていた。僕はゆっくり開いていく扉を見つめた。隣の最原さんもそれを見ていた。

扉が開き切り、人が入ってくる。

コツコツと足音を響かせて劇場に入ってきたのは、忘れようもない、あのお面の女性。

みさきさんだった。

真面さんの秘書で、占い師だと名乗った謎の女性。確か真面さんとは同じ苗字だと言っていた。舞面みさきさんだ。淀みない足取りで歩み寄ってくるみさきさんは、今日も変わらず、白い動物のようなお面をかぶっている。

だが問題はそこではなかった。

みさきさんは右手を上げて、何か大きなものをぶら下げていた。かなり大きいが片手で軽々と持ち上げている。僕は初め、それが何なのかわからなかった。いや、見ればすぐにわかる。その物体が何なのかはわかる。だけどその映像を理解するのを、僕の頭が拒んでいた。

みさきさんが片手で持ち上げていたのは。

子供だった。

人……間違いない、子供だ。女の子だ。みさきさんは小学生くらいの背丈の女の子を、まるで猫の首でもつまみ上げるように軽々と持ち上げて歩いてくる。かなり大きな子なのに、いったいどんな力で持ち上げているのだろうか。ぶら下げられているその子もまた、つまみ上げられた猫のように力無く四肢を垂れ下げている。頭も下を向いてしまっている。意識がない。

…………生きて、いるのか？

いやまさか……死体だなんてことは……。

その時、一瞬だが、隣の最原さんの肩がピクリと動いた気がした。

向こうを向いているので顔は見えない。

「寝とるだけだ。安心しろ」

子供を持ち上げたみさきさんは、歩きながら僕らに向けて言った。

いや僕らにというより、むしろ最原さんに。

……え？

じゃあ………あれって。

……まさか。

まさか？

みさきさんは子供を吊るしたまま、真面さんの隣まで来て立ち止まる。シートに座る僕らの正面に、真面さんと、子供を吊るすみさきさんが並ぶ。

真面さんは、さっきまでと全く変わらない口調のままで。

「最原最中さん」

平然と言った。

「貴方の娘です」

僕は絶句した。

シートに座ったままの目線から、ぶら下げられた少女を見る。頭が下を向いてしまっていてはっきりとはわからないが、その顔立ちは確かに一度だけ見たあの子だ。

最中ちゃん。

最原さんの娘。

「え……ていうか……」

僕は困惑した頭で、上擦りながら口を開く。

「あの、真面さん……何をやってるんですか……子供を、そんな」

話しながら僕はオロオロして最原さんの顔を見る。最原さんの口は真一文字に結ばれていた。無表情だった。最原さんはいつも比較的無表情だが、それでも普段は喜怒哀楽が端々から見て取れる。だが今の最原さんは本当に無表情だった。怒っているんじゃ…………でも当たり前だろう。だって自分の子供をこんな。

「数多君」

真面さんが僕を見る。

「こういうことだったんだよ」

僕は真面さんの言葉を理解しようと努めた。

だけど解らない。解らないまま、混乱した頭で聞き返す。

「あの……どういうことなんですか……。わかりません。説明して下さい」

「人は愛し合うものだ」

真面さんは低い声で、噛み締めるように言う。

「男性は女性を、女性は男性を、互いに愛して初めて完成なんだ。一人だけで愛してもそれは不完全なんだよ。数多君、覚えているだろうか。以前に僕と君で『2』というタイトルの意味について話したことがあったと思う。主人公とヒロインの『2』。愛し合う二人の『2』。僕らは絵コンテを見てそういう意味だと結論付けた。でもそれは間違いだったんだ。『2』とはこの映画そのものだったんだよ。最原さんの作った映画、それが『2』。なら『1』は？」

「え？」

思考が一旦止まる。

……『1』？

『1』？

「最原最中という人間に観せるためだけに作られた映画。『2』」

真面さんの言葉が僕の耳に届く。

その瞬間。

僕の思考が再び動き出した。物凄い速さで動き出した。エンジンを始動させたような唸りが聞こえる。脳が目まぐるしく回転を始める。知っていた情報が凄《すさ》まじい勢いで混ざり合う。収束する。一つの場所に集まっていく。宇宙の塵《ちり》が集まるように、新しい星が生まれるように、たった一つの答えに向かって全ての脳神経が融《と》けていく。

浮かび上がったのは。

あのクイズの答えだった。

『最早君が教わりにきたのはね』

頭の中の名色先生がニタリと微笑んだ。

『〝完全な子育ての仕方〟だよ』

情報が混ざり合う。収束していく。答えを生む。

頭の中に、神様にでも出会ったような確信が生まれる。

ああ……これ……。

これなんだ……。

これが、答え。

その答えが。

真面さんの口から宙に放たれた。

「『2』という映画を観るためだけに育てられた人間。『1』」

真面さんが吊るされた最中ちゃんを指差す。

「この子が『1』ですね？」

「そうです」

最原最早は。

薄く微笑んだ。

5

「全ての創作は、鑑賞されて初めて完成する。創作者は鑑賞者を感動させるために作品を作り、鑑賞者は感動するために創作者の作品を観る。創作者と鑑賞者は対等なんです。お互いがたった一つの目的を目指して行う共同作業。子供を産むために男女が交わるように。感動を生むために創作者と鑑賞者が交わる。観ればいいだけじゃないんです。鑑賞者の精神と創作者の作品は、相補的に、完璧な形で調整されていないといけないんだ。その時、初めてこの世界に〝本当の感動〟が生まれる。貴方はそう考えたんじゃないですか？　最原最早さん」

　真面さんの話は止まらない。

　話を聞きながら僕の心は二つに乖離していた。それしかない、それが答えだと確信していると自分と、そんなわけが、そんなことがと否定する自分が同時に存在していた。僕はその二人をなんとかしてまとめようと必死で頭を回した。

　特定の人間に観せるために作った映画と。

　特定の映画を観るために育てた人間。

「そんな馬鹿なこと……」

「馬鹿なこととは言えない」真面さんが僕の言葉を真っ向から否定する。「まず前提として、全ての人間には創りたいという気持ちと観たいという気持ちがある。だけどその二つは実は両立できない。創作者は自分のアイデアを最高の形で鑑賞できないからだ。作者はまずアイデアを思いつき、それを最高の状態で鑑賞できるように可能な限りの演出を施す。その作業こそが創作だ。逆に言えば思いついた本人は、結果を先に知ってしまっている以上、その時点でもう最高の鑑賞者にはなれないんだよ。ラストを知る人間がラストで感動することはできない。だからこそ究極の作品と究極の鑑賞者は別個に進化するしかない。これはシステムの性質上避けられないことだ。

もう一つ考えてみてほしい。たとえば生まれたばかりの赤ん坊は彫刻や絵画や映画で感動できるだろうか？　僕はできないと思う。光や陰、色味程度の原始的な表現ならば新生児でも刺激を受けるかもしれないが、それが〝感動〟かと言えばそうではない。人間の感動とは、人間社会と文化の中で育まれた〝人間の精神〟が動くことに他ならない。人が感動するためには、先に《人間らしい精神》が成熟している必要があるんだ。人を好きだという感情・友達を大切だと思う感情・死を悲しむ感情。人間としてどこまでも普通の、誰もが持っている人間らしさ。最高の鑑賞者とは〝この世で一番人間らしい人間〟のことだ。わかるかい数多君。僕たち人間は日々を普通に過ごしながら、感動するための心を育て続けているんだ」

真面さんの説明が順番に頭に染みていく。僕は反論の余地を見いだせないでいる。バカなことと口にしたはずなのに、何がバカなことなのかを僕は説明できなかった。

真面さんが両手の人差し指を立てて言う。

「理想的な作品と理想的な鑑賞者。僕は将来的にどちらも自然に生まれるだろうと考えている。創作のミームと鑑賞のミームはこれからも自然選択を受け続け、人の文化は今よりも洗練され、成熟し、進化するだろう。そうして何百年何千年か後に、最高の創作者と最高の鑑賞者が出逢う日が必ずくる。その時、人は真の〝感動〟に巡り会うんだと僕は思っている。だけど……」

真面さんは手を下ろして、シートに座る最原さんを上から見据えた。

「最原さん。貴方は、貴方という天才創作者は、鑑賞者の何百年も先にその〝答え〟に辿り着いてしまった。そして両方創ってしまったんだ。それもまた当然でしょう。創れるならば、貴方はきっと創ってしまう。なぜなら貴方は創る天才なのだから」

最原さんは何も言わない。

「これが僕の出した答えですよ。最原さん」

真面さんはどこまでも冷静に話す。

「創作とは、人を感動させるために進化してきた文化であり、人とは、創作に感動するために進化してきた生物なんです」

頭の中に、真面さんの〝答え〟が広がっていく。

どこまでも高遠で、どこまでも深奥なその答えは。

『創作とは何か』の答えであると同時に、

『人間とは何か』の答えだった。

「人が……」喋りながら自分で驚く。僕の声は震えていた。

「僕たち全員が、創作に感動するために存在するって言うんですか……」

「数多君。今のはね、穿《うが》った表現でしかないんだ」

真面さんは変わらぬ口調で答える。

「全ては結果論だ。生物も、概念も、目的なく理由なく闇雲に進化してきた結果に過ぎない。でもその結果があまりにも完璧過ぎると、僕らはついそこに意志や目的があるかのように表現してしまう。本質は変わらない。ただ表現だけがわずかに違う。それだけの話だ」

真面さんは言い含めるように説明する。

そうだ。説明されなくても僕はもう解っているはずだ。それを何とか否定したいと思う瑣末な自分が表面に出ているだけで、僕の本質的な部分はもう全てを理解している。

キリンの首が伸びたのは、首の長いキリンが生き残っただけの、ただの結果でしかない。だけどそれをあえて穿って表現すれば、こういう言い方になる。『キリンの首は、高所の葉を食べるために進化した』。

だから僕たち人間も、人間だけを例外視さえしなければ間違いなく言えてしまう。

『人は創作に感動するために進化した』と。

それは誰にも否定できない。

それは誰にも覆《くつがえ》せない。

だって。

僕たちはこんなにも読みたくて、聴きたくて、観たがっているのだから。

僕たちは今この瞬間も、どうしようもなく作品を求め続けているのだから。

「人の生は構築です……」

澱《よど》みのない声が耳に届く。

僕は顔を向ける。隣の最原さんが、ゆっくりと、言葉を紡いでいた。

「人間とは、生まれた瞬間からずっと積み上げ続ける積み木のようなものです。世界はそれを積み上げる手です。ですが世界には、それを損なうものもまた溢れている……。人生の中で人は歪みます。初期に土台が歪んでしまえば、後からいくら表面を取り繕ったとしても完全に矯正することはできません。だから最初から、一つも間違えないように積むんです……隙間ができないように、まっすぐに、完璧に……」

それは。

自白だった。

人の育て方を滔々《とうとう》と語る最原さんの言葉は。

同時に、自分の娘をそういう風に育てたという、一分の隙も無く完璧に育てたという。自白だった。

それを聞いた真面さんが小さく頷く。

「貴方は最原最中という人間を、『1』として積み上げた。『1』と『2』を創り上げた。最原さん、これが僕の答えです。貴方の計画について、僕が考えたことの全てです」真面さんが小さく息を吐く。「そして多分、貴方が考えたことの半分でしょう」

僕は真面さんの顔を見る。

半分……？

ああ……そうか。

そうだ。半分だ。僕はやっと意味に気付く。真面さんの語った答えは確かに半分でしかない。

「だから僕は、貴方からもう半分を聞かなきゃならない」

真面さんはシートに座る最原さんを上から見据える。僕も隣に座る最原さんを見た。

そうだ、聞かなきゃいけない。僕もそれを聞かなきゃ。

「ここに『2』と『1』が揃いました。映画『2』のフィルムと、貴方の娘・最原最中。『1』に見せるための『2』。『2』を観るための『1』。全ての準備が整った。ではその先には何があるのか？」

真面さんが核心を問う。

そう、それこそが残りの半分。本当の答え。創作と人と全ての存在の答え。

『1』と『2』が揃った時。

最中ちゃんが映画を見た時。

真の感動が生まれた時。

人はどうなってしまうのか。

「僕にはわからない。いいや誰にもわからない。それがわかっているのは、今この世界でたった一人。最原最早さん、貴方だけです。それを貴方の口から教えてほしい」

真面さんはそう言うと、隣のみさきさんに視線を送った。

するとみさきさんは何も言わず、頷きもせずに、最中ちゃんを持った手を軽々と掲げる。意識の無い最中ちゃんの体が、紐《ひも》の切れた人形のようにぶらりと持ち上がる。

「教えてもらえなければ」

真面さんは言った。

「この子は殺します」

6

僕は反射的に腰を浮かせていた。

「ま──」

「真面さんっ!!」

真面さんは僕に目もくれずに最原さんを見つめている。

最原さんは答えない。

「ちょっと、待ってください、そんな、急に何を言ってるんですか……?」

僕は混乱する頭を無理矢理落ちつけながら聞いた。殺す? 殺すって? そんな、なんで。

「数多君」真面さんは最原さんを見つめたままで僕に返答する。「僕はこの件を、多分君よりも深刻に考えている。最原さんの『2』という映画は、最中ちゃんだけではなく自分にとっても大きな意味を持っていると思っている。僕は彼女の映画が、自分には想像もできないような危険を孕んでいることを懸念しているんだ。これは何が起こるかわからない〝実験〟なんだよ。『2』と『1』が出会った時、最中ちゃんは、人はどうなってしまうのか。それを先に説明してもらわないうちは、僕はスポンサーの責任としてこの映画の上映を認めることはできない」

「そ、それは……」

反論できなかった。真面さんの危惧は僕にもはっきりと伝わる。僕たちは最原さんの思考に全く追いつけていない。最原さんがこの先に何を見ているのかが全く解っていない。

真面さんは以前からずっと考えていた。『2』が〝よくない映画〟かもしれない可能性をずっと考えていた。真面さんはこの場のことを、誰よりも前から想定して行動していたのだ。

でも、だからって、子供を殺すなんて。

「先に言っておくけれど」真面さんはやはり視線を向けずに僕に言う。「何かをして止めようなんて考えないでほしい。ここで行動に出て、みさきから最中ちゃんを取り返そうなんて思ってはいけない。それはできないんだ。みさきは僕の秘書だけれど、同時に護衛でもある。彼女は強い。みさきはこの場にいる全員を簡単に処理できるだけの力を持っているし、今から一秒でこの子の首をはねることだってできる。詳しくは説明しないけれどわかってほしい。僕は嘘は言わない」

真面さんは今までにない冷たい語調で言った。そのあえて冷徹な言葉は真実を孕んでいることを僕に伝えるためのものだった。僕はみさきさんを見る。お面をかぶった細身の女性が小学生を片手でつまみ上げている。それはどこか物理法則を無視しているような、脳が理解を拒むような絵面だった。理屈じゃなく理解する。真面さんはきっと嘘は言っていない。

「最原さん」真面さんの声が、最原さんを断罪するように響く。「最後のチェックだ」

それはまさにこの場の意義だった。

0号試写の目的。

映画の最後のチェック。

真面さんが最原さんを見つめている。僕も隣の最原さんを見つめて、言葉を待つ。

どこまでも長く感じられた数瞬の後。

最原さんの唇が。

動いた。

「結果は」

澄んだ声が僕らの耳に届く。

「皆さんも、もう知っていることなのです」

最原さんの言葉が、まるで波紋のように劇場の中に広がっていく。

「たくさんの人が、昔から知っていることなんです。正確に把握できていなくとも、朧げな解答の輪郭は誰もが知っていましたし、知った人はみんなそれを口にしたはずです。創作者が創作の真理に手を掛けた時。創作の到達点を垣間見《かいまみ》た時。人は自然に、こう表現してきたのですから」

最原さんは、まるで大人が子供に教えるように。

その一言を呟いた。

「《神が、降りた》」

最原さんが、吊るされたままの自分の娘を一瞥《いちべつ》して言う。

「多分……神様になるんだと思いますよ」

7

「殺すか」

みさきさんは言った。恐ろしく平坦《へいたん》な口調で。あまりにも恐ろしいことを口にする。

「みさき」

「この女はやばい」

真面さんの声を振り切り、みさきさんはお面の顔を最原さんに向ける。

「こいつは壊れている。見事に壊れている。ネジが飛んでるどころじゃない。ネジは飛ばす部品だと思っておる。この女は人の理外、人の埒外、人でなしだ。真面よ、正直お前の手に余るぞ。この餓鬼《がき》は殺しておくのがベストだ。迷うな。興趣《きょうしゅ》に惹かれ過ぎるのはお前の悪い癖だ」

「待ってください!!」僕は立ち上がって叫んでいた。何も考えていない、反射的な行動だった。「何を言ってるんですか!! 最中ちゃんを殺すなんて!! おかしいですよ!!」

理屈も何もない制止の言葉を叫び上げる。止めなきゃ。なんでもいいから、とにかく止めなきゃ。

「小僧」

お面の黒い穴が僕を見た。

僕はその瞬間、背筋に恐ろしく冷たい何かを感じてその場で立《た》ち竦《すく》む。

「お前に責任が取れるのか」

「せ……き、にん？」

「この餓鬼が神様とやらになったら、その責任が取れるのか？　その先のことの、神様とやらが生まれた後の世界に対しての責任が取れるのか？」

「そ、れは」

「私にも取れん」

みさきさんが最中ちゃんの首から突然手を離した。が次の瞬間には、落下する途中で彼女の後頭部を片手で掴んでいた。まるでハンドボールでも掴むように、片手の握力だけで最中ちゃんの頭を持って体全体を支えている。その力はやはり異様だった。

「だから殺しておこうじゃないか」

みさきさんの指に少しだけ力が入ったのがわかった。僕は目を見張る。

何を。何を。

彼女の指が、最中ちゃんの頭を握ったまま わずかに動く。

最中ちゃんの頭が、なんだか、果物のように見える。

「いいな、真面」

真面さんの返事を待たずに、彼女の指に力が入る。

僕の脳裏にはありえない映像が浮かんでいた。

まさか。

そんなことできるわけが。

最中ちゃんの。

頭が。

「まっ!!」

「待ってください」

凶行を静かに止めたのは。

最原さんだった。

「なんだ」

みさきさんは横柄に答えながら最原さんを一瞥した。最原さんはずっと座っていたシートからなめらかに立ち上がった。

「話をさせてもらえますか？」

「話？」

「ええ」言って最原さんは、意識のないままの最中ちゃんを指差す。

みさきさんが真面さんにお面を向ける。真面さんが頷き返す。みさきさんは全員に聞こえるくらいに大げさな溜息を吐くと、物凄く面倒そうに首を振った。

「妙な真似をしたら殺す」

そう言うと彼女は最中ちゃんを雑に下ろした。意識のない最中ちゃんがそのまま床に横たわる。

最原さんは人質になっていた自分の娘に駆け寄るでもなく、普通に歩いて近寄っていく。

みさきさんの足元で、最原さんは娘を抱き起こした。僕はやっと最中ちゃんの顔をしっかりと確認する。両側にピンで留めた髪。前に事務所の下で一度だけ見た最中ちゃん。

最原さんは彼女の頬を優しく撫でると、軽く肩を揺すって起こした。

最中ちゃんの瞳が薄く開く。良かった。気絶しているだけというのは本当だった。

彼女はまだ意識がしっかりと戻らないのか、ぼんやりとした目で、抱きかかえる最原さんを見つめている。

「大丈夫ですか？」

最原さんはとても優しい声をかけた。

最中ちゃんはそれに。

かすれた声で答えた。

「………おばさん？」

空気が。

凍った。

瞬間、弾かれるようにみさきさんの手が伸びて、娘を抱く最原さんの襟首を捻り上げ、恐ろしい力で一気に持ち上げた。

「誰だこれはっ!!!」

「最中のお友達の、理桜《りざくら》さんです」

最原さんが捻り上げられたまま平然と言う。

僕は状況に追い付けない。

真面さんも目を見開いて、愕然としている。

最原さんは持ち上げられたまま首を向けて、絶句する真面さんを見た。

「真面さんは頭の良い方ですから、もしかしたらこの映画の本質に気付くかもしれないと思っていました。そして真面さんなら自分の理解の及ばないものを、自分のコントロールできる状態に置こうとするだろうとも予測していました。方法は二つ。映画を押さえるか、最中を押さえるかです。映画の方は実質的に押さえられません。デジタルソースのフィルムはいくらでも複製できますし、私の裁量でいくらでも改変できます。映画を押さえるという行為は無意味です。ですから掌握が可能なのは最中しかありません。最中は代わりがいない。最中は一人しかいない。最中は創作の要です。ですから真面さんは間違いなく最中を押さえにくる。それがわかっていましたから、別の子と暮らしていました。この五ヶ月の間、最中のお友達と一緒に暮らしていたんです。ちょっとしたホームステイという名目で。理桜さんは、とても良い子でしたよ」

最原さんが、誰一人及びもつかないことをスラスラと語る。

真面さんはそれをただ聞いている。放心に近い表情で聞いている。

僕は思う。

ああ。

だめだ。

だめなんだ。この人は僕らとは違うんだ。最原さんは違うんだ。僕でも、僕よりずっと頭の良い真面さんでも、彼女には全く追い付けないんだ。最初から理解なんて無理だった。勝負なんて絶対に無理だったんだ。

最原最早は。

天才なんだ。

「本物はどこにいる!!!」

みさきさんの怒声が轟く。劇場全体が震えるような恐ろしい声が最原さんに浴びせかけられる。

そうだ……本物は……。

ここにいないなら、本物の最中ちゃんは……。

その瞬間。

頭の中のエンジンが再び唸りを上げるのがわかった。意志と無関係に思考が走り出す。知っていることが集まってくる。必要な情報だけが自動的に選別されて、答えに向かって目まぐるしく加速し、瞬く間に積み上がり。

僕はその場所に辿り着いた。

思うより早く僕は駆け出していた。自分でも驚くくらい突然に、最原さん達を置き去りにしたままシートの前を走り抜けて、階段状の通路を一段飛ばしで駆け上がった。

「数多、君？」

後ろから真面さんの声が聞こえた。僕はなんとか体を自制して通路の途中で急ブレーキをかける。振り返り勢いのまま大声で叫ぶ。

「真面さん!! 今は深夜です!! 最原さんが指定した深夜です!!」

「え？」

「深夜なら誰でも貸し切れる映画館があります!!」

僕は再び駆け出した。劇場の扉を勢いよく押し開いてそのまま非常階段に走りこむ。すぐ後ろから階段を駆け下りる音が続いた。真面さんも走ってきていた。僕らは一緒に吉祥寺イデアの裏口を飛び出して駅の北側に走った。

深夜のサンロードに駆け込む。誰もいないアーケードを全力疾走で走り抜ける。

嘘だったんだ。

設備が達していないなんて、嘘だったんだ。

息を切らせながら、僕と真面さんは最短の時間でそこに辿り着いた。

『吉祥寺シアターパルス』。

最原さんの、想い出の映画館。

悲鳴を上げる足を奮い起こして外階段を駆け上る。二階の入口から中に飛び込んだ。

三つのスクリーンのうち二つは終わっている。唯一開いていたスクリーン。貸切のシアター3。

壊れるくらいの勢いで扉を開けた。真面さんも後ろからついてきた。廊下の照明の光が、真っ暗な劇場の中に差し込む。

一〇五席しかない狭い劇場の、空のシートが並ぶ空間の、一番真ん中の席に。

小さな頭が見えた。

そして正面のスクリーンに浮かぶ、

“THE END”

終わり……。

映画が……終わっている。

『2』の上映が、もう終わっている。

「最中ちゃん!!」

僕は後ろから、その小さな頭に向かって叫んだ。

彼女は、静かに立ち上がって。

振り返った。

暗い劇場の中で、少女の顔が朧げに見える。前髪を両側に分けてピンで留めている。おでこと目が何にも隠されずに露出している。そのぼんやりとしか見えない目だけで、僕はその子を最原さんの娘だと確信した。

しっかりと見開かれた目がまっすぐに僕を見ている。そして彼女は何か帽子のようなものを頭にのせていた。だが暗くて、それもうっすらとしか見えない。

僕は劇場の中に一歩足を踏み入れる。

その一歩踏み込んだところで。

僕は体を震わせて立ち止まった。

僕が一歩近付くと、その帽子のようなものがよく見えた。一歩進んだくらいでそんなに見えるわけがないというくらいによく見えた。おかしい。見え方がおかしい。僕

は一メートルと近付いていないのに、まるですぐ隣まで行ったみたいに見えるように
なった。距離と見え方が比例していない。そこだけがまるで画像処理を施したように
突然見えるようになった。
それは、帽子ではなかった。
それは、僕が生まれて初めて見るものだった。
動いている。なんだか生き物のように動いている。白い。真っ白だ。
それはまるで白い蛇のような、自分の尾を齧る白蛇のような。
真っ白な《輪》だった。
「あれは……」
隣で真面さんが呻く。
「あれ……なん……ですか？」
僕は呆然と聞いた。なんだあれ……。なんだ、あれは。
「……磁場……か？」真面さんが探るように呟く。
「磁場？」
「いや解らない……。解らないけどあの動き方は多分……磁場のうねりだ。そうか
……ああ、そうか……そうだ。脳だ。脳の神経細胞を流れる電流が、電磁誘導で

磁場を作ってるんだ。つまり……あの子の、『1』の〝準備された脳〟に『2』の〝準備された映画〟が届いた時〝新しい感動〟が生まれる。神経細胞の新しいネットワークが構築される。それは多分我々の脳とは違う脳だ。特殊な形で特殊な電場を作る脳だ。その未知の脳内電気活動が、電磁誘導の形で磁場として脳の外側に放出されているんだ。多分あれは……僕らが今見ているのは実際に存在するものじゃない。そういう見え方じゃない。あの輪はきっと幻だ。放出されている彼女の磁場が、僕らの脳に干渉して二人に同じ幻を見せているんだ。同じ幻……そう、これは……脳の電磁場を利用した超実体的なネットワーク拡張……ああ……そうか……そうなんだ……！」

真面さんが大きく目を見開く。

「脳を、拡張したんだ……！」

「え？」

真面さんが僕に向いて言う。

「感動させたんだ」

「かん……どう？」

「心を動かしたんだよ!!　脳の外に!!」

真面さんの言葉の意味が、言葉の意味のまま頭に届く。

僕はそれを理解しながら、やはり同時に理解を拒んでいた。

そんな、そんなことが。

心を脳から出すなんて。

だって、そんなことをしてしまったら……。

それはもう
人間じゃないじゃないか。

僕は最中ちゃんを見る。頭の上に奇妙な白い輪を浮かべながら、こちらを向いて立ち尽くす彼女を見る。命を宿したような不思議な輪が、自らの命を主張するように動き続けている。それはなんとも神々しい、神秘的な映像だった。

そして僕は気付いた。

ああ、そうか……。

そうなんだ……。

解った。やっと僕にも解った。目の前で起きている現象をなんと呼ぶのか、僕は今更ながらついに理解した。

僕は、その答えを呆然と呟く。

「天使……」

吉祥寺の、学生時代から慣れ親しんだ映画館の中で。

僕は天使を見ていた。

「ほぉ……」

突然の声に驚いて振り向く。僕と真面さんの後ろには、いつのまにかお面の女性が立っていた。みさきさん、みさきさんも追いついてきたのか。

「天使様とは」みさきさんが僕と真面さんの間を抜けて前に出た。「不足のない相手ではないか」

すると、まるでみさきさんに呼応するように。

最中ちゃんも歩き出した。

最中ちゃんはシートの間を歩いて抜けると、細い通路をこちらに向かって上ってくる。その歩みはただの子供と全く変わらない。普通の小学生の女の子が、普通の足取りで近付いてくる。

だがその頭上の輪は彼女が近付くごとにどんどん力強さを増していた。形が変わったわけではない。見え方が変わったわけでもない。ただ言い知れない感覚だけが、輪から放たれる奇妙な圧力だけがどんどんと力を増している。その未知の神々しさを前にして僕はただ茫然《ぼうぜん》と立ち尽くす。

　最中ちゃんは真っ直ぐに通路を上がってくる。

　その道を阻むようにみさきさんが待っている。

　そして二人の距離がほんの三メートルにまで近付いた瞬間。

　最中ちゃんは、口を開いた。

「■」

　それは一万の言葉を同時に口にしたような不思議な言葉だった。

　一万の歌を一言で歌ったような不思議な歌だった。

　耳がおかしくなる。いやおかしくなったというのは違う。こっちが正しいのだ、今までがおかしかったのだと思わされる。僕はもう、耳というのは今の声を聞くために存在する器官なのだとしか思えなくなっていた。

　ドサ、という音がした。

　顔を向けると何故か真面さんが倒れていた。床にうつ伏せになって、そのまま動かなくなっている。なんで。なんで真面さんが。いったいなにが。

　パキンという音がした。

直後にみさきさんもドサリと倒れた。何が起きているのか解らない。うつ伏せに倒れたみさきさんの両脇には、真ん中で真ッ二つに割れたあのお面が転がっている。

二人とも動かない。二人とも倒れてしまった。

僕は。

平気だった。

僕だけが、何も変わらずに平然と立ち尽くしている。その時僕は、最原さんと初めて出会ったあの日を思い出した。どうしてなんだ。どうして僕だけが、いつも。

最中ちゃんは足取りを緩めることなく通路を上ってくる。倒れたみさきさんの横を抜けて、僕の目の前まで来る。

そして彼女は。

僕の手を取った。

最中ちゃんが僕の手を引く。

僕は何の抵抗もできずに引かれる。

引っ張られたまま、僕はシアターパルスを出た。

誰もいない深夜のサンロードを。

僕は天使に手を引かれて歩いた。

吉祥寺イデア。

五階。さっき出てきた時のままの、誰も居ない映画館。

劇場の中に入る赤い扉を、最中ちゃんが押し開ける。

最中ちゃんは場内の階段通路をコツコツと降りていった。

手を引かれたままの僕も一緒に降りていった。

僕らは手をつないで、スクリーンの前まで来た。

スクリーンの前にはさっきの子供が倒れていた。最中ちゃんの代わりに攫《さら》われてきた女の子。理桜ちゃんと言っただろうか。彼女はスクリーンの舞台に寄りかかるよう座りながら意識を失っている。

僕と最中ちゃんは一緒に歩み寄る。

僕らはまっすぐに、それに近付いた。

理桜ちゃんが寄りかかっている舞台の、ちょうど真上。

スクリーンのカーテンの前に、ぽつんと転がされていたのは。

満足そうに薄く微笑んだ、
最原さんの首だった。

2

1

頭の中に天使がいる。

十一月も半ばの月曜日。僕は長く親しんだ吉祥寺の事務所を片付けていた。でも片付けると言ってもそもそも物が少ない。私物をぽいぽいと鞄に詰めて、あとは水回りや部屋の床を軽く掃除した。ここも月末には引き払うことになる。

もったいないので持って帰れそうな備品の選別を始めた。台所用洗剤やティッシュはもらっていこう。書籍は欲しいのだけを残して後はまとめて縛る。少女漫画は……

いいや、置いていく。ホワイトボードや会議テーブルはもらっても流石に置き場がない。PCはどうしようかな。多分僕が持っているのよりもかなり高性能なんだけど。もう持ち主が居ないとはいえ、この値段の物は簡単にもらっていいものかとちょっと悩む。

でも欲しいなぁと考えながら、冷蔵庫の上に置いてあった箱を手に取った。中身は最高級紙コップだった。それを持って帰る気はなかったが、僕はとりあえず捨てずに元の場所に戻した。もしかするとまだ使うかもしれない。

チャイムが鳴った。

「片付け進んでる？」

舞面真面さんはお菓子を持って事務所を訪れた。

2

最高級紙コップにペットボトルのお茶を注いで出す。読みが当たった。一流給仕の野性的勘というやつだろうか。役者で食べられなかったら喫茶店のマスターになるのも良いかもしれない。

「ＰＣはもらっても良いんじゃないかな」

会議テーブルでお茶を啜りながら真面さんは言った。

「ですよね」

僕も自分のお茶を置いて腰を下ろす。真面さんの許可が出たので大手を振って持って帰ろう。いや、あのＰＣは予算が下りる前からあったものだから別に真面さんの許可は必要ないのだけど。僕は無意味な安心が欲しいタイプの小市民なのでつい身近な偉い人に聞いてしまった。

「中身も特に代わり映えはなかったしね」

真面さんは呟くように言った。

あの後。

この事務所は真面さんの雇った人達が一度総ざらいにして調べたそうだ。僕は立ち会わなかったのでどんな調査が行われたのかは知らないが、きっと鑑識みたいな人が来たんだろうと想像する。だからあのＰＣも一旦引き上げられてから戻ってきたものだ。もうハードからデータから隅の隅まで調査済みなのだろう。

そういう調査が入るのも当然だと思う。実際、それだけのことがあった。

ただ。僕はなんとなくわかっていた。こんなところをいくら調べても何も出てこないだろうことを、僕はきっと知っていた。

　全ての答えは。

　あの人の頭の中にしかない。

「最原さんには」

　真面さんが静かにその名を口にする。

「悪いことをしたと思ってる」

　真面さんは、テーブルに視線を落としたまま言った。

　僕は何も言えずに口を閉ざす。

　何を答えれば良いのかわからない。良いとは何なのかもわからない。最原さんを巡る一連の事に関して、どうすれば正しかったのか、どうすれば最善だったのか、どうすれば幸せなエンディングが訪れたのか、僕にはわからない。その答えは僕の中には存在しない。

　無言でテーブルを見つめる。お茶の入った紙コップが佇んでいる。

　このコップを買った人はもう居ない。

　その時、正面の真面さんが、何かに気付いたように顔を上げた。

「ああ、数多君……違うんだ」

「え?」僕は聞き返す。「何がですか?」

「言葉が足りなかった。ええとね……僕は、最原さんの命を奪ったことを申し訳なく思ってるんじゃないんだ」

「え……?」僕は戸惑いながら聞き返す。「それは、どういう」

「僕はね」真面さんは宙空を眺めながら言う。「最原さんの映画の完成を止められなかったことを申し訳なく思っているんだよ。彼女の計画をもっと早く看破していれば、最中ちゃんが映画を見る前に止められたかもしれない。僕はそのことを申し訳なく思っているだけなんだ」

キョトンとした顔をしてしまう。

真面さんが何を言っているのかよくわからない。

「僕は思うんだ」

真面さんは寂しそうな顔で呟いた。

「最原さんは、止めて欲しかったんじゃないかな」

3

「どういう……ことですか？」

僕はテーブルに身を乗り出して食い付いた。

止めてほしかったたって……。

一体何をどうすればそんな結論に辿り着くのか。

「簡単な話なんだ。だけど矛盾を孕んでいる。だから一見すると簡単じゃない。でもその矛盾を認めてしまえば、それはとても簡単な話なんだ」

真面さんは独り言のように話を続ける。

「僕が彼女の映画の秘密、『2』の真実に気付けたのは、数多君からもらった情報があったからだ。数多君からたくさんの報告を聞いて、それら全てをヒントにして、僕はやっと最原さんの企てに辿り着くことができた。まぁそれでも簡単に上を抜かれてしまったわけだけどね……。とにかく、僕は君からたくさんのヒントをもらったね。撮影の話、進化論の話、彼女の創作論、最中ちゃんの存在、そして愛のことについて」

僕は頷く。それらは全て最原さんと直接関わっていた僕が自分で経験したことであり、そして間接的に真面さんに伝えたことだった。

「じゃあこうして映画を撮り終えた数多君に聞きたい」

「はい」

「たとえば君が習った進化論の話が、本当に役者をやる上で必要だったと思う？」

「………それは……」

記憶を呼び起こす。伊藤先生がしてくれた講義はとても楽しくて、同時にたくさんの知識も付いた。先生の授業の内容は教養として間違いなく身に着いている。だけどそれが映画を作っている時に役に立ったかと言われると……役者として演技をする上で活《い》かせたかと言われると、首を傾げざるを得ないかもしれない。最原さんが僕に進化論を勉強させた理由は、結局最後までよくわからなかった。

「理由は簡単なんだよ」

真面さんが言う。僕は顔を上げた。

「最原さんはね、ヒントを出していたんだ」

「……え？」

「まさにそのままさ。彼女は謎解きのヒントとなるであろう進化論の話を君に教えようとして学校に行かせていたんだよ。自分の映画の真実に気付くように。『2』と最中ちゃんの秘密に気付くように。いやその授業だけじゃない。愛の話も、創作論も、全てがヒントだった。最原さんは答えに辿り着くのに充分な量のヒントを、ずっと出し続けていたんだよ」

僕は困惑した。

いや、だって。

「それは……おかしくないですか？　だって、なんでわざわざそんな真似を……」

「止めて欲しかったんだと思う。『2』の完成を。『2』の上映を。最中ちゃんが『2』を見てしまうことを止めて欲しかったんだと思う」

真面さんの答えに困惑が増す。

「そんな馬鹿な……だ、だって最原さんは、ずっと『2』を作ってきたじゃないですか……。『2』を完成させるためにあらゆることをしてきたじゃないですか。この半年間、最原さんは本当に寝る間も惜しんで映画を作ってました。そもそもそれ以前の十年間、あの人はずっと最中ちゃんを育て続けてきたんですよ？　映画を見せるために、映画を見せるためだけに十年間もずっと……そこまでして、あらゆることを『2』に注いできたはずなのに、それを止めて欲しかったなんて……」

「『2』と『1』は」真面さんは僕の言葉を遮って言う。「創作の到達点なんだ」

「到達点……」

「面白いということ、美しいということ、感動するということ、その全ての答え。それが『2』と『1』だ。映画と最中ちゃん。究極の映画と究極の鑑賞者。今日までの人間の文化はこの二つを作り出すためにあったんだ。『2』と『1』こそが創作の終点……つまり、ゴールなんだよ。それを閃《ひらめ》いた時、閃いてしまった時、最原さんはいったい何を思っただろう。それは僕みたいな凡人には想像するしか無い世界だけれど。きっと彼女はこう思ったんじゃないかと思う。『創りたい』。そして同時に『創りたくない』と」

真面さんの言葉が、とても素直に、スッと心に落ちていく。それは僕の心の中の穴にぴったりと収まって、もう動かなくなった。

真面さんの話は矛盾していた。『創りたい』と思うと同時に『創りたくない』と思う。それは矛盾だ。相反する二つの意見。全く正反対の願望。

だけど僕は、その矛盾をとても素直に受け入れている自分に気付く。だってそれは人間なら誰もが持っている矛盾だ。やったら終わってしまうことを、終わらせたくないと思うこと。それでもやりたいと願うこと。大好きな映画を見たい気持ちと、大好きな映画が終わってほしくないと思う気持ち。

僕はもう遠くなってしまった、劇団の新人公演を思い出す。

それは、あの名探偵ポラリスが最後に挑んだ、人間の矛盾だった。

「『2』と『1』が完成した時、創作は終了する。創作という概念は終わりを迎える。最原さんは創作者だ。天性の創作者だ。彼女は創作の天才で、そして本当に創るのが好きだったんだ。ならこの矛盾は当然だ。だけど彼女はやめられない。創るのをやめられるわけがない。だって彼女は創作者なのだから。だからこそ、彼女はせめて、自分を止めてくれる人間までも創っていたんだ。そのために最初の白羽の矢が立ったのが……」

僕は顔を上げる。

そうだ……それは。

「僕……」

真面さんは頷いた。

「最原さんは、最初に君を選んでいたんだと思う。だからこそ君は、全てのヒントを知っていた。この映画の結末に繋がるヒントを全て与えられていた」

僕……。

僕に……。

最原さんは、僕に止めてもらおうとしていた……。『2』が完成するのを、創作が終わってしまうのを、僕に止めてもらおうと。

「実際には僕と数多君が協力して臨むことになってしまったけどね」真面さんが寂しそうに微笑む。「そして二人でもだめだった。僕らは彼女の足元にも触れられはしなかった。僕たちの、完敗だ」

僕は今やっと、真面さんのさっきの言葉の意味が解った。

ああ……本当に。

本当に、申し訳ない。

最原さんに全く顔向けできない。ここまで完璧にお膳立てをしてもらって、後はもう解決するだけというところまで創ってもらって。なのに僕は、ばかみたいに踊っていただけだった。舞台の真ん中で下手くそな踊りを披露しただけだった。主演男優なんかじゃあない。僕は本当に何もできていない。心の中で、今はもう居ない天才監督に頭をつけて謝罪する。不甲斐ない演技を、心の底から謝罪する。

でも、いくら謝っても。

次のテイクは無い。

「僕にはあれしかできなかった」真面さんは諦めたような口調で言う。「僕にはもうあの選択しかなかった。彼女の最後の望みを叶えられないまま、彼女に失意を抱かせたまま、あんな風にしか解決できなかった自分を本当に恥じている。でも僕は……あのまま彼女を放ってはおくこともできなかった。僕は最原さんのようにはなれない。最原さんの高みには到達できない。人はまだ誰も彼女の境地には辿り着けていない。だから僕は一人の人間として、この世界に生きる人間として、今の世界を守るしか選べなかった」

それは真面さんの懺悔《ざんげ》だった。最原さんの事件をああいう形で解決してしまったことを恥じた真面さんの、本心の吐露だった。

僕には真面さんを責めることなんてできない。

いや誰も真面さんを責めることなどできないだろう。真面さんの選択は、きっと正しい。だけど僕はそれを肯定することもできなかった。今の僕は肯定も否定もできないただの子供だ。そんな人間に、答えを選んだ真面さんを責める権利なんてあるわけがなくて、僕は口を噤《つぐ》む。

沈黙が降りてくる。

座談が途切れる瞬間を〝天使が通る〟と呼ぶことを、僕は思い出していた。

「最中ちゃんを捜そうと思う」

真面さんが顔を上げて言った。

最中ちゃんは。最原最中は、あの日から行方不明になっている。

「当てはあるんですか？」

「無いと言うしかない。探すのはきっと難しいのだろうとも思う。なにせ相手は天使だからね……。普通の人間を探すのとはわけが違う。とはいえ、今この世界であの天使の存在を知っているのは僕らくらいだから。捜さないというわけにもいかない」

「見つけたら……どうするんですか？」

「それもわからない。でもね、数多君」

真面さんは小さく微笑む。

「答えが決まっていないことは人の希望だよ」

「……パンドラの箱、ですね」

真面さんはもう一度微笑んだ。

その時、バンッと玄関の扉が乱暴に開いた。チャイムも鳴らなかった。

事務所に入ってきたのはみさきさんだった。

みさきさんは相変わらずのお面姿だった。そのお面はこの間割れてしまった物だ。

真ん中で綺麗に割れたお面は、今は接着剤とテープで痛々しく補強されている。そうまでしてかぶり続けているところを見るに、かなりお気に入りのお面らしい。

「いい加減戻るぞ」

みさきさんは吐き捨てるように言った。かなり機嫌の悪そうな声色である。僕は内心ビクビクと怯えながらみさきさんを見る。

「あの……みさきさん」

「なんだ」

超不機嫌な声に腰が引けつつ、僕は恐る恐る口を開いた。

「もし……最中ちゃんが見つかったらどう」「殺す」

みさきさんはすごい食い気味に答えた。

「百回殺す。百万回殺す。もうそろそろいいかなと思ったところからさらに百億回殺す。ぎたんぎたんのばたんばたんのばらんばらんのずたんずたんのぶよんぶよんのえろんえろんにして東京スカイツリーのてっぺんに速贄《はやにえ》にして新観光名所にしてやる。いやはやなにせ天使様だからなぁ高い所がお好きだろうからなぁもっと高い建物があればよかったんだがなぁ。そうかあれか宇宙か。宇宙葬というやつか。それがいい。おい真面ロケット買え」

「見つかったらね」

真面さんは恐ろしい返事をして立ち上がる。

「そういうわけでそろそろお暇《いとま》するよ……と、そうだ数多君」

「はい」

「もし最中ちゃんが見つかったら、君にも連絡した方が良い？」

真面さんはなんでもない事を聞くように、普通に聞いた。

僕は。

「……いえ」

少しだけ迷ってから、首を振る。

「連絡は、いいです」

「うん。そうか。そうだね」

真面さんはやはり普通に頷く。

「じゃあ、ここでお別れだ」

「ええ」

「ありがとう」

そう言って舞面真面さんは、舞面みさきさんと一緒に事務所を出ていった。真面さんの言う通り、僕たちはきっともうお別れなんだろう。生きる世界が違うことを、僕らはお互いによく理解している。

でも僕は、あの二人に出会えてよかったと思う。真面さんはなんだか不思議な人だった。みさきさんは結局よくわからない人だった。きっと僕の脳は、あの二人の事を忘れない。

梱包《こんぽう》したパソコンを抱えて、僕は事務所を出た。

4

アパートに戻り、パソコンを降ろす。流石にデスクトップは重い。僕は息を吐きながら箱を部屋の隅に寄せた。セッティングは後でやろう。

パソコンと一緒に持ってきた紙袋を開く。中には少しの私物と、もらってきた日用品と。

そして、紙コップ。

袋から取り出して、足の低いテーブルの上に置く。冷蔵庫を開けてペットボトルの買い置きを眺めた。午後ティーでもいいけど、やっぱりここはお茶だろう。僕は最原さんの好きだった銘柄のお茶を取り出して、ペキと蓋を開けた。

ココッ、という音がした。

それは聞き慣れた音だった。この数ヶ月で何回も、何十回も聞いた音だった。テーブルを叩く音。紙コップの底でテーブルを二回叩く音だ。

ペットボトルを持ってワンルームの部屋に戻る。

最原最中ちゃんが、お茶を待っていた。

5

僕はため息を吐いて、彼女のコップにお茶を注いだ。テーブルの脇に腰を降ろす。アパートの小さなテーブルと最中ちゃんを見ていると、まるで最原さんと事務所の会議テーブルが一緒に縮んだみたいな印象を受ける。

「さっき、真面さんと話したよ」

僕はお茶を啜りながら言った。

「ええ。知っています」

最中ちゃんもお茶を啜りながら答える。

「……なんで知ってるの？」

「聞いてましたから」

「どこで」

「横で」

最中ちゃんはそう言って一冊の漫画を僕に見せてきた。それはさっき、僕が事務所に置いてきたはずの少女漫画だった。僕はもう一度溜息を吐く。どうやらこの子はあの場にずっと居たらしい。僕は全く気付かなかった。真面さんとみさきさんも当然気付かなかっただろう。見つかっていたなら間違いなく半殺しにされているはずだ。できればの話だが。

「催眠術みたいなものです」

最中ちゃんはそんなことを簡単に言った。正直納得はいかないが、まぁそういうこともできるんだろうと無理矢理納得せざるを得ない。この子が催眠術師だというのならえーうそでしょーと疑う気にもなる。しかし残念なことに、この子は天使なのである。

最中ちゃんは、あれからずっと僕と一緒に暮らしている。

あの日。

吉祥寺イデアで最原さんの死を目の当たりにした最中ちゃんは、その場で泣き崩れた。大声で泣いた。わんわんと泣いた。その姿は天使でも何でもなく、母親を亡くしただけのただの子供だった。

それから僕は理桜ちゃんを背負って、三人でその場を後にした。最原さんには何もできなかった。最原さんがどうなったのか結局僕は聞けなかったけれど、あの事件が全く報道に上らなかったことを考えると、きっと真面さんがどうにかしたんだろうと思う。

僕は翌日に理桜ちゃんを実家に送り届けた。目を覚ました理桜ちゃんは、最中ちゃんのことを頻《しき》りに気にかけていた。どうやら二人は友達らしかったが、さすがに天使になったと言うわけにもいかず、僕は言葉を濁してごまかした。

それ以降。

最中ちゃんはずっと僕と一緒にいる。

彼女はもう十日もこのアパートで寝泊まりしていた。なので僕はしょうがなくご飯を出したり着替えを用意したりゲームに付き合ったり昼ドラを見ながらゴロゴロしている最中ちゃんに掃除機かけるからどいてと言ったりしていた。つまるところ面倒を見ていた。

ぶっちゃけなぜ僕が面倒を見ているんだろうと思うし、そもそも面倒を見る必要があるのかとも思う。なにせ彼女は今や天使なのだ。やろうと思えば何でも一人でできるだろう。さっき僕らの目をくらましたような奇妙な力を使えば犯罪行為だって思いのままだ。僕の庇護《ひご》なんか無くたって、彼女は一人で立派に生きていけるだけの力を持っているのは間違いない。

だけどこうして一緒に過ごしているうちに、僕は一つだけ気付いたことがある。

最中ちゃんは確かに天使で。

そしてただの子供だった。

大人びた話し方や不思議な力で勘違いしてしまいそうになるけれど、彼女は間違いなく十歳の子供だった。そして僕は二十二歳の大人だった。だから僕は責任ある大人として子供を放っておくわけにもいかず、結局本人の望むままにこうして一緒に暮らしている。子供と暮らすなんて正直初めての体験だったが、幸いなことに最中ちゃんはお母様に大変よく似ていらっしゃるので、僕はもう大体の扱いを心得ていた。あと僕の扱いもよく心得られていた。久しぶりにやった豚真似クイズは久しぶりだろうがなんだろうが辛い遊びだった。

そんな僕の沈鬱な心情をよそに、最中ちゃんは今も黙々と少女漫画を楽しんでいる。

少女漫画の好みもお母さんによく似ている。

まぁでも。

こうして本人に元気が戻ってきたのは、とても良いことだとは思う。

なので当面の問題は。

「これからどうする気なの、君……」

僕はため息交じりに聞いた。

正直に言ってかなり疲れている。完全に育児疲れである。なにせ大学を卒業してたった半年の、単なるフリーター役者の僕が突然十歳の子供と共同生活を始めたのだ。急激な生活の変化に僕の精神はかなり摩耗していた。たとえば漫画やドラマならハートフルな展開にもなりそうなシチュエーションなんだろうけど。現実というのは普通に厳しいし、あと相手が天使だ。ちょっとネタを詰め込み過ぎである。プロットの再考を求めたい。

最中ちゃんは僕の質問に顔を上げると。

また顔を下げて漫画を読み始めた。

「君、何も考えてないだろう」

「よくわかりましたね」

僕は彼女の頭を指差した。そこに例の輪は無い。

しばらく見ていてわかったのだが、どうやらあの輪っかは彼女が頭を使っている時によく見えてくるらしい。真面さんは脳の拡張だと言っていたから、多分何かを考えている時に発生するものなのだろう。だから輪が出てない時は大抵何も考えてない。

「催眠術で見えないようにしているだけかもしれないでしょう」

「見えないようにしてるの？」

「してませんけど」

イラッとする。この子は本当にお母様によく似ていらっしゃる。どう育てたらここまで似るのだろう。

「その……少しは君も考えてくれない？」僕は非難がましい目で最中ちゃんを見る。

「別にご飯の手間とかで文句を言っているわけじゃないけど……。最中ちゃんは今学校も行けてないし。これからどうするかをそろそろ本気で考えないとさ……」

大人なのにすがるような気分で聞く。最中ちゃんはこれから先どうやって暮らしていけばいいのか。天使はどんな風に育てばいいのか。正直僕の手にはあまる問題だ。

というか最原さんの手以外にはあまる問題だ。人類に対する物凄い宿題である。

「とりあえず学校くらいは行った方が良いと思うんだけど。ああでも、真面さんが君を捜してるんだっけ……。それはちょっと危ないのかな……」

「そうですね」

最中ちゃんは漫画を置いて軽く頷いた。こういう端々の所作は、本当に最原さんの生き写しである。

「私もそろそろ話をしなければと思っていました。ちょうど真面さんもお帰りになりましたし」

「というと……ああ、なるほど」

僕は納得する。つまり真面さんがこっちに来なくなるのを待っていたのか。あの二人に見つからないようにと用心していたわけだ。

「いいえ」

最中ちゃんが首を振る。

「別に私は真面さんに見つからないようにしていたわけではありません」

「あれ？　違うの？」

「あの人達と会っても特に問題はありません。あの人達では私を捉えることはできませんから」

最中ちゃんはさらりと言い切る。大した自信である。

「じゃあなんで……」

「真面さんがいるうちは、用心して話せないだろうと思ったからです」

最中ちゃんが僕の目を見る。

ピンで留めた髪と見開かれた目が、否応なく最原さんを思い出させる。

「数多さん」

「うん？」

最中ちゃんが僕を見据えた。

突然、視界に白い《輪》が浮かび上がる。

ああ……久しぶりに見た。あの輪だ。まるで生き物のようにうねりながら空中に浮かぶ、どこまでも神々しいあのリング。僕はそれを呆然と眺める。彼女は今、頭を巡らせている。何かを考えている。

「今ならわかります」

最中ちゃんは言う。

「数多さん。数多一人さん。井の頭芸術大学卒。フリーターで役者で『2』の主演男優。お母さんが劇団でスカウトした冴えない新人役者。数多一人さん。

魔法使い。黒い魔法使い。真っ黒い服に身を包み、真っ黒いグラスで顔を隠した、スーパーハッカーで魔法使いの、お母さんのお友達。〝吉祥寺の魔法使い〟。

全部。

貴方の《演技》だったんですね。

お父さん。

二見遭一さん」


頭の中で、クラッパーボードの音が鳴る。

こうして、数多一人の登場カットは終わりを迎えたのである。

6

僕は深く、深く、長い息を吐いた。

ああ……長かった。

本当に……これは久しぶりに辛い役だった。

「やっぱりわかるんだ……天使って凄いね」

僕は感嘆の言葉を漏らす。実はまだ平気かなと思っていた。だけども全然バレバレだったようだ。となるとあの日からか。最中が天使になった日からか。じゃあこの子はそれからずっと知らないふりをして一緒に過ごしていたのか。自分の娘ながら最高に人が悪い。本当に最原さんにそっくりだ。

「説明してください」

最中は怒っている。顔を見ればわかるが輪の圧力でもはっきりわかる。なるほど便利だなと思う反面、話し辛い機能だとも思った。

「まぁ、そんなに説明することもないけど……」

僕は自分の娘に説明するために、遠い記憶を呼び覚ます。

それはもう十年も前の事。

「全ては最中が生まれた時からの話なんだ。お母さん……最原さんは、今回の計画を思いついて、そしてそのために最中をずっと育てた。『2』を観るための『1』として。君はこの十年の間、どこまでも精密に育て上げられた。積み木をまっすぐに積み上げるように、天まで積み上げるように、君は一ヶ所も積み間違うことなく、完璧に育て上げられたんだ。あ、いや、もちろん僕も育てたよ？当然二人で育てたさ。この計画は全て二人でやったことだから。そうして十年が経ってやっと君が完成する。となれば今度は映画の方を、『2』を撮ることになった。当然これも二人で作る。僕は最初《主演男優》として参加するつもりだった。だけどどうも、今回は撮影の規模がかなり大きくなりそうだったから……。スポンサーも外部、シナリオも外部でいくと最原さんが言うもんで。人が増えるとアクシデントも増える。だから僕は事故が起きないようにするために、今回は《制作進行》として現場に入ることにしたんだよ」

「制作……進行？」呟いた最中の輪がさらに圧力を増した。話しながら頭をめいっぱい巡らせているんだろう。

「表向きには《主演男優の役者役・数多一人》として映画に参加した。わかると思うけど、制作として現場をコントロールしようとしたら、最原さんの知り合いじゃいけないんだよ。最原さんの関係者だと、僕の言葉はニュートラルでなくなってしまう。僕が最原さんの味方だと思われると、言葉が信頼を失っていく。普段の現場ならそれでもいい。ただ今回はそういう用心が必要なほど強敵揃いの現場だったんだ。特に今回は、真面さんがいた」

真面さん。舞面真面さん。

僕はあのどこまでも頭の良かったお金持ちを思い出す。

「僕は真面さんをコントロールし切らなければいけなかった。あの人を映画に参加させて、お金を出させて、映画を完成させて、そして最後は納得して帰ってもらわなければいけなかった。これは本当に難題だった……。『2』の真実を全て隠し通したまま終わらせるという案もあったけど、あの人は頭も良ければ勘も良い。きっとこの映画が普通でないことに気付くと思ったし、気付かれたら解答に辿り着くまで止まりはしないだろう。結局僕は撮影の間中、真面さんを相手に情報をコントロールし続けるハメになったのさ。でも苦労の甲斐あって、最後は映画の完成までこぎつけた上で、真面さんには全ての問題を解いたと思ってもらうことに成功した。ああもう……大変だった……。本当に大変だったんだよ……。聞いてくれ最中……。

真面さんに向けて演技するのは問題なかった。僕は役者だからそれが仕事だし、今までも最原さんの指示で似たようなことをやった時もある。ただ今回ばかりは事情が違った。事前に真面さんについて下調べをしている時、僕は非常に厄介な情報に辿り着いてしまったんだ。〝舞面真面には優秀な秘書がいる。その秘書は人の心を読むらしい〟だってさ……。馬鹿らしい。人の心を読むとかファンタジーだ。こんなガセネタ一笑に付して忘れようと思った時、最原さんは言ったよ……。『心を読まれるなら対策しないと』。そこから僕の長い準備は始まった。僕は数多一人のキャラクターを確立するために数多一人として暮らし始めた。僕はね、もう四年も前からこのアパートに住んでいるんだよ……。数多一人として。数多一人の役作りとして。そうして僕は万全の準備の末に劇団に入って映画制作に参加した。その間、僕はずっと、心の中でも演技を続けてきたんだ。心を読まれてもいいように」

最中は輪をうねらせながら茫然と口を開いている。

驚いていただけて何よりだ。どんだけ馬鹿なことをしているんだと自分でも思っている。

「一度だけみさきさんが心を読むとか言い出した時があったけど……。いやあれで本当に読まれたのかどうか……。いや、僕は信じるよ。みさきさんには不思議な力があったんだ。天使がいるんだから心を読む占い師くらいいるさ。うん……いるいる」

僕はせめて苦労が報われてほしいという願いを込めて希望的観測を述べる。でも確かにみさきさんは不思議な人だったし、本当に超物理的なものを持っているような気もしなくもない。多分最原さんの読みは当たったのだ。だって彼女の読みは、一度だって外れたことがない。

目の前では最中の輪が速さを増してうねり続けている。僕が今矢継ぎ早にした話を噛み砕いているのだろう。彼女のクロック数ならきっとすぐに理解するはずだ。僕の娘はもう人の手の届かないところに行ってしまっている。

「まぁでも……」僕はひと通りの説明を終えて、息を吐く。「苦労した甲斐もあって、

「大筋は予定通りに進行できたと思うよ」

最中の目が。

僕を見る。

「予定通り?」

最中の輪が目に見えてうねる速度をあげていく。そこから圧力が放たれる。熱ではなく、運動でもなく、どんなエネルギーなのか理解できない圧力が僕に向かって強く放たれている。まるで深海にでもいるような超圧のプレッシャーだ。これはなかなかきつい。

「予定通り?」

最中は同じ言葉を繰り返した。

「大体はね。映画『2』は完成した。『1』である最中が『2』を観た。そして君は天使になった。真面さんは今も君を捜しているけれど、天使になった最中にはもう大した問題じゃあない。最初に想定されたハードルは大筋でクリアできたと思う。シナリオ通りという表現をしても良い」

「シナリオ通り、なら」

最中の輪は〝感情〟を放っていた。

それは人を殺すような、どこまでも強い〝感情〟だった。

「シナリオ通りなら」

「うん」

「お母さんが死ぬことも」

最中の見開かれた瞳が僕を見据える。

「シナリオ通り？」

それは、真偽を問う眼《め》だった。

僕の心の真偽を問う眼だった。

僕は。

「僕は」

僕は、真実を答える。

「最原さんが死ぬことになるとは、思っていなかった」

答えを聞いた最中の瞳から。

一筋の涙がこぼれた。

それは天使も人間も関係ない、一ミリにも満たない量の、ただの水だった。

涙をこぼす最中に、自分の娘に、僕は何も言わなかった。最中を励ましも、抱きとめも、涙をふいてやることもしなかった。その資格はない。最中は最原さんのために泣いていて、最原さんを失った原因は僕にある。だからたとえ父親でも、僕に彼女を慰める資格はない。

いや……違うか……。そうじゃない。

多分僕は、悪いことをしたとすら思っていないんだと思う。この子に悪いことをしたと思っていないんだ。母親を失ったこの子に対して、悪いことをしたと欠片も思っていないから、僕は最中を慰められないんだ。

誰にも信じてもらえないかもしれないけれど、僕は最中を愛している。自分の娘を間違いなく愛している。

でも僕はそれ以上に。

最原最早を愛している。

だから僕は、二見遭一は、今までも、これからも、最原さんのためにしか生きられない。最原さんの望むことは全てやる。最原さんの希望は全て聞く。たとえそれが、最原さん本人の命を奪う望みだとしても。

心の中でごめんと謝る。自分の娘にとても酷いことをしたと思う。謝意はある。だけど後悔は欠片もない。

だって最原さんはきっと。

いつもの薄い微笑みで喜んでくれると思うから。

「お母さんは……」

ハッとして最中を見る。最中はもう泣いていない。まだ零《こぼ》れ落《お》ちそうな涙を自分の意志で止めて、彼女は振り絞るように声を出した。

「お母さんは、喜んでなんてくれない」

最中の言葉が、まるで心を読んだように僕に向けて放たれた。もしかしたら本当に心を読んだのかもしれない。今の彼女にはきっとそれくらいの力がある。

「……なぜ？」

「私は神様じゃないから」

最中は、透き通った声で言った。輪はまだ出ている。うねっている。だけどもうその輪から圧力はない。最中はもう悲しんでいない。怒ってもいない。この僅かな時間の中で、彼女は自分の精神のコントロールを取り戻している。

「お母さんは言ったはずです。私が神様になると言ったはずです」最中のクリアな言葉が続く。「でも私は神様じゃない。『２』を見た私の精神は確かに変革しました。今の私は以前には解らなかったことが解る。見えなかったものが見える。できなかったことができる。でも、それだけです。私は他の人より凄くなったのかもしれない。頭の上の輪は本当に天使の輪なのかもしれない。過去の人達が夢に見た天使に、本当になれたのかもしれません。でも……でも、私は天使にしかなれなかった。私は、神様にはなれていない。お母さんは……お母さんは……お母さんは、失敗した」

僕は、ただただ目を見張った。

ああ……最中。

この子は、なんて。

「お母さんは創作の果てに神様がいると言いました。だけど私は神様になっていない」

「創作には、まだ先がある」

僕は今さら思い出す。

ああ、そうだった……。この子は最原さんの子なのだ。あの偉大な才能の、あの創作の申し子の、天才・最原最早の娘なのだ。

「お父さん」

「……なに？」

「お母さんは失敗しました。でもお母さんは私を残しました」

「うん」

「お母さんは私に」

最中はまるで最原さんのように薄く微笑んだ。

「次を創れと言っています」

その言葉を聞いて、僕は笑った。

そうだなぁ……そうなるはずだよね……。

最中を『1』にしようだなんて無理があったんだ。

究極の鑑賞者にしようなんて元から無理な話だったんだ。

だってこの子は最原さんの子なんだから。

最原さんの子が、創らないわけがないんだから。


僕たちは部屋を出る。

自転車を引き出して、後ろの荷台に最中を乗せた。違法の二人乗りで漕ぎ出す。乗ってるのは天使だからノーカウントにしてもらいたい。やっと一仕事終えたばかりだけれど、また忙しくなりそうだ。役者の仕事は途切れないなと思った。

「お父さん」

荷台の最中が聞いてくる。

「どうしてお父さんは、そんなに凄い役者になれたのですか？」

非常にむず痒い質問だった。それに見破った本人から言われるのはとても悔しい。

けどまぁ褒め言葉と受け取っておこう。

「最原さんのことが好きだったからね」

僕は少し照れながら答える。

「最原さんは最高の監督だろ？」

「はい」

「最高の監督のそばにいるのは、最高の役者が相応しい」

僕は少しだけ演技ばって答えた。後ろの最中がどんな反応をしたのかはわからない。

けどこの子は最原さんによく似ているから、きっと彼女のように、薄く微笑んだのだと思う。

また稽古をしよう。演技の稽古をしよう。天使になった最中にも見破られないくらいの、遠い遠い演技を目指そう。それは役者である僕の創作だ。最原さんが映画を創り続けたように。僕は役者として演じ続けよう。

最原さんが見た世界に行くために。

最原さんが創る世界に行くために。

まだ当分辿り着けなさそうな、その世界のことを考える。

最原さんに会いに行こうと僕は思った。

3

エピローグ

『エリシオン』は吉祥寺駅から井の頭通りを下ったところにある貸スタジオだった。

だがもうスタジオとしては使われていない。管理をしていた団体が解散して以降、このスタジオは次の持ち主も決まらないまま休眠を続けている。

僕は以前に複製していた鍵を使って、勝手に入り口の扉を開けた。

ガラス戸を押し開けて足を踏み入れる。中は半年前とほとんど変わらなかった。使っていないのだから当たり前かもしれないけど。

後ろから最中が付いてくる。

「ここは？」

僕は振り返って答える。

「パンドラの箱さ」

二人で地下に続く階段を降りていく。下には少しだけ懐かしい稽古場がある。

扉を開けた。中はやはり以前と変わらなかった。半年前と同じ稽古場。その真ん中に、背中を向けて立っている女の人がいる。

僕は声を掛けた。

「お疲れ様です」

彼女は振り返った。

その刹那、僕の隣から物凄い突風が吹いたみたいな圧力が発生する。実際に吹いたわけじゃない。そういう力を感じたというだけだ。当然ながら例の輪である。最中さん。

「お母……さん」

輪が出てますよ最中さん。

最中は覚束ない足取りで歩き寄る。まぁ驚くだろうなぁと思う。

そこに居たのは、間違いなく首を切られて死んだはずの、最原最早その人なのだから。

「なんで」最中の輪が物凄い速さでうねっている。「死んだ、はずでは」

「ああ～……」

最原さんは。

「そうですか～……私また死んだんですね～……」

最原さんだった人は、なかなか鬱陶しい口調で言った。

最中が輪をうねらせながら振り返る。普段の倍は見開いた目で僕を見る。天使とはいえ混乱しているようだ。流石にこれはしょうがあるまい。

「一連の計画が立った時、僕はまさか最原さんが死ぬことになるとは思っていなかった」

僕は最中に説明する。

「だけど最原さんは思っていた。最原さんは何かのアクシデントで自分が死ぬかもしれないと思っていた。計画の途中で死んだら困るなと思っていたんだ。だから彼女は君の子育てを友達に頼んだんだよ。たまたまこの辺りをウロウロしている時に知り合ったっていう、不死の友達にね」

僕はポケットから二枚のメモリーカードを取り出した。その小さなラベルにはマジックで『最原最早』『バックアップ』と書いてある。

「最原さん自身の人格を移す映画を使って、彼女に最原さんの代わりになってもらっていたんだ。十年前から。君が生まれてからずっと。彼女は最原最早として君を育ててくれたんだよ。でもやっと彼女の仕事も終わったからね。十年ぶりに元に戻ってもらいました。今考えても本当に無茶なお願いをしたものだと思うけど……」

「全然平気ですよ〜」不死身の彼女はごきげんで言った。「モー様とはお友達ですから〜。親友ですから〜。朋友《ほうゆう》ですから〜。お友達のためなら十年別人になるくらい全然平気ですし、ちょっと殺されるくらい何でもありませんよ〜。私達それくらい深く繋がった親友ですから〜〜〜。ベストフレンドですから〜〜〜」

僕は久しぶりに見るこのおかしな人を少しずつ思い出した。最原さんとは実は友達というより主従に近い関係だったが。それはまぁ心に秘めよう。真実と幸せは相関関係にない。

そんな幸福の笑みを浮かべる彼女とは対照的に、全てを知った最中は呆然の表情を浮かべている。天使の輪がどこまでも圧力を上げていく。あれの抑え方を少し勉強してもらわないといけない気がする。

「だったら……」最中は震える声で言う。

「うん？」

「だったら……っ!!」

そんなちょうどのタイミングで、キィと稽古場の扉が開いた。

顔を向けると、やはり少しだけ懐かしい人達が入ってきた。

一人は半年前に少しだけ稽古を共にした男の子。劇団の最終選考に残った唯一の子役。


そしてもう一人は、変わらず美しい座付き作家。

ペンネーム・御島鋳。

僕はずっと、この人の大ファンだ。

彼女は僕を見て口を開く。

「どうでした？」

僕は答える。

「失敗しましたよ」

返事を聞いて彼女は最中を見遣る。最中の頭の輪は今まさに、これまでで一番の圧力を放っていた。

「ああ……。思った通りです」彼女は最中を見ながら目を細める。「神様を作るのに失敗すれば、天使になると思っていたんです」

彼女は独り言のように呟いた。それもしょうがない。本質的に彼女は一人だ。

「そっちはどうでした？」僕は聞き返す。

「成功しましたよ」

彼女は一緒に連れてきた子役の男の子の背に手を添えた。聞いてはみたけれど、答えはわかっていた。当然だ。彼女が失敗なんてするわけがない。

「最中」僕は最中に紹介する。「この子は君のお兄さんだよ。最原最後《さいご》」

「お兄、さん」

「最後。こっちが君の妹、最原最中」

妹を紹介すると、最後は薄く微笑んだ。流石に年が上の分だけ精神が成熟しているなと思う。いや兄だからじゃなくて、神様だからかもしれないけれど。

僕は自嘲気味に溜息を吐く。

悲しいけど、結局これが一番効率的な分業だった。僕が真面さんとみさきさんと在原さんと紫さんと伊藤先生と名色先生と理桜ちゃんと不死のお友達とその他沢山の優秀なスタッフとさらにその上最原さん本人の力すら借りてやっと失敗している間に、彼女は一人で簡単に成功している。

彼女と、残りの全員。

これが今の人類にできる、最高効率のワークシェアリングだ。

「でも」

僕は彼女を見て言う。

「これでやっとですね、最原さん」

「そうですね……長かったです……。でもこれでやっと」

最原最早は薄く微笑んだ。


「神様と天使の映画が撮れる」


そう。これでやっと準備が終わった。

僕らは今日、創作の到達点に到達した。

創作の到達点を使って、僕らは次の作品を創る。

それはこの世界が僕たちにくれた、永遠に開かないパンドラの箱だった。

次の撮影がすぐに始まる。
僕たちは次の映画を作るだろう。
その映画はどんなものなのか。
今の僕にはまだわからない。
でも、一つだけわかる。

その映画はきっと、とても面白いのだ。

THE END

あとがき

2は私たちにとって最も馴染《なじ》みの深い数です。理由は至って明確で。私たち人間は自我がありますが、自我とは自我以外が存在して初めて成立するものですので、私たちは私であるというだけで、すでに二つのうちの一つです。私たちは生まれた時から死ぬまで、一瞬の例外もなくひたすら二つのうちの一つでありますから、そんな長い付き合いの他方を愛してしまうのは必然なのかもしれません。2というのはそんな愛に溢《あふ》れた、けれど愛が結晶化する前の、この世界のいつもの感じです。

とてもあとになった今改めて振り返りますと、本書は〝あなた〟のお話でした。あなたは多分人間で、そして私も人間ですから、あなたと私は大体同じだと思います。本書には映画が登場しますし、また本書は小説ですが、映画を撮るのも観《み》るのも人間で、小説を書くのも読むのも人間で、どれもとても人間らしい行為です。この物語を書いている間、この物語を読んでいる間、私たちは協力し合いながら、人間というものに向けてまっしぐらでした。それは人間としてとても幸せなことに違いなかったのですが。

ふと冷静になってみると、人間ばっかりだなという思いもあります。人間じゃなくてもいいんじゃないかと思うこともあります。どっちでもいいのだし、どれでもいいのだし、なんでもいいんだとも。どうも創作は、何でも創っていいっぽいです。

二つのうちの一つとして、何か創ろうかなと思います。

もし何かができたら、またあなたに楽しんでいただけましたら幸いです。

本書は沢山の人類の皆様の愛でできあがっております。

初版のとても2なデザインを創っていただいたBEE-PEE・内藤信吾《ないとうしんご》様、新装版全書のイラストをいただきました森井《もりい》しづき様、人間の限界を超えた編集作業に挑み続ける担当編集の土屋《つちや》智之《ともゆき》様・平井《ひらい》啓祐《けいすけ》様、初代担当で人外の湯浅《ゆあさ》隆明《たかあき》様、その他数え切れない皆様方、本当にありがとうございます。

そして最後に、私でないあなたに、心から感謝いたします。お読みいただき、本当にありがとうございました。

野《の》崎《ざき》まど

参考文献

種の起源〈上〉〈下〉 チャールズ・ダーウィン(著)、渡辺 政隆(訳) 2009 光文社

利己的な遺伝子 リチャード・ドーキンス(著)、日高 敏隆(訳) 2006 紀伊國屋書店

盲目の時計職人——自然淘汰は偶然か? リチャード・ドーキンス(著)、日高 敏隆(訳) 2004 早川書房

遺伝子の川 リチャード・ドーキンス(著)、垂水 雄二(訳) 1995 草思社

延長された表現型——自然淘汰の単位としての遺伝子 リチャード・ドーキンス(著)、日高 敏隆・他(訳) 1987 紀伊國屋書店

ワンダフル・ライフ——バージェス頁岩と生物進化の物語 スティーヴン・ジェイ・グールド(著)、渡辺 政隆(訳) 2000 早川書房

フルハウス 生命の全容——四割打者の絶滅と進化の逆説 スティーヴン・ジェイ・グールド(著)、渡辺 政隆(訳) 2003 早川書房

ソロモンの指環——動物行動学入門 コーラント・ローレンツ(著)、日高 敏隆(訳) 1970 早川書房

行動は進化するか コーラント・ローレンツ(著)、日高 敏隆・羽田 節子(訳) 1976 講談社

性行動のメカニズム 現代の行動生物学3 大西 英爾・日高 敏隆 1982 産業図書

進化とゲーム理論——闘争の論理 ジョン・メイナード・スミス(著)、寺本 英・梯 正之(訳) 1985 産業図書

喪失と獲得——進化心理学から見た心と体 ニコラス・ハンフリー(著)、垂水 雄二(訳) 2004 紀伊國屋書店

愛と憎しみ——人間の基本的行動様式とその自然誌 アイブル・アイベスフェルト(著)、日高 敏隆・久保 和彦(訳) 1986 みすず書房

ワーキングメモリの脳内表現 苧阪 直行 2008 京都大学学術出版会

ベアー コノーズ パラディーソ 神経科学——脳の探求 マーク・F・ベアー・他(著)、加藤 宏司・他(訳) 2007 西村書店

模倣の法則 ガブリエル・タルド (著)、池田 祥英・村澤 真保呂(訳) 2007 河出書房新社

イメージの前で——美術史の目的への問い ジョルジュ・ディディ＝ユベルマン(著)、江澤 健一郎(訳) 2012 法政大学出版局

マッケンドリックが教える映画の本当の作り方 アレクサンダー・マッケンドリック(著)、吉田 俊太郎(訳) 2009 フィルムアート社

映画と共に歩んだわが半生記 淀川 長治 2008 近代映画社

〈初出〉

本書は2012年８月、メディアワークス文庫より刊行された『2』を加筆修正し、改題したものです。

メディアワークス文庫

2
新装版《しんそうばん》

野《の》﨑《ざき》まど

2019年11月25日　初版発行
2025年6月30日　5版発行

発行者　山下直久
発行　株式会社KADOKAWA
〒102-8177　東京都千代田区富士見2-13-3
0570-002-301（ナビダイヤル）
装丁者　渡辺宏一（有限会社ニイナナニイゴオ）
印刷　株式会社KADOKAWA
製本　株式会社KADOKAWA

Printed in Japan
ISBN978-4-04-912821-5 C0193

メディアワークス文庫　https://mwbunko.com/

本書に対するご意見、ご感想をお寄せください。

あて先
〒102-8177　東京都千代田区富士見2-13-3
メディアワークス文庫編集部
「野﨑まど先生」係

死なない生徒殺人事件
~識別組子とさまよえる不死~ 新装版

野﨑まど

永遠の命を持った女子生徒。

ある日、彼女は殺された。


「この学校には、永遠の命を持つ生徒がいる」

女子校「私立藤凰学院」に勤めることとなった、生物教師・伊藤は、同僚の教師や、教え子からそんな噂を聞く。人として、生き物としてありえない荒唐無稽な話。だがある日、伊藤はその「死なない生徒」に話しかけられた。

“自称不死”の少女・識別組子。だが、彼女はほどなく何者かによって殺害され、遺体となって発見される——!

“生命”と“教育”の限界に迫る鬼才・野﨑まど新装版シリーズ第3弾!

小説家の作り方

新装版

野﨑まど

“この世で一番面白い小説”。
その一つの答えが、ここにある。

駆け出しの小説家・物実の元に舞い込んだ初めてのファンレター。そこには、ある興味深い言葉が記されていた。「この世で一番面白い小説」。あまねく作家が目指し、手の届かないその作品のアイディアを、手紙の主は思いついたというのだ。

送り主の名は、紫と名乗る女性。物実は彼女に乞われるがまま、小説の書き方を教えていくのだが——。

鬼才・野﨑まど新装版シリーズ第４弾。「小説家を育てる小説家」が遭遇する非日常を描く、ノベル・ミステリー。

メディアワークス文庫

このページを見たあなたにも
〝なにかのご縁〟が
きっとある。

なにかのご縁

著／野﨑まど

シリーズ好評発売中！

イラスト／戸部 淑

お人好しの青年・波多野ゆかりくんは、ある日謎の白うさぎと出会いました。その「うさぎさん」は、自慢の長い耳で人の『縁』の紐を結んだり、ハサミのようにちょきんとやったり出来るのだそうです。さらに彼は、ゆかりくんにもその『縁』を見る力があると言います。そうして一人と一匹は、恋人や親友、家族などの『縁』をめぐるトラブルに巻き込まれていき……？　人の"こころのつながり"を描いたハートウォーミングストーリー。

既刊一覧

- なにかのご縁　ゆかりくん、白いうさぎと縁を見る
- なにかのご縁2　ゆかりくん、碧い瞳と縁を追う

発行●株式会社KADOKAWA

夏の終わりに君が死ねば完璧だったから

斜線堂有紀

最愛の人の死には三億円の価値がある——。
壮絶で切ない最後の夏が始まる。

片田舎に暮らす少年・江都日向（えとひなた）は劣悪な家庭環境のせいで将来に希望を抱けずにいた。

そんな彼の前に現れたのは身体が金塊に変わる致死の病「金塊病」を患う女子大生・都村弥子（つむらやこ）だった。彼女は死後三億で売れる『自分』の相続を突如彼に持ち掛ける。

相続の条件として提示されたチェッカーという古い盤上ゲームを通じ、二人の距離は徐々に縮まっていく。しかし、彼女の死に紐づく大金が二人の運命を狂わせる——。

壁に描かれた52Hzの鯨、チェッカーに込めた祈り、互いに抱えていた秘密が解かれるそのとき、二人が選ぶ『正解』とは？